JN080576

それは、あくまで不埒な蜜戯にて

Ichika & Ibuki

奏多

Kanata

EB

エタニティ文庫

目次

それは、あくまで不埒(ふらち)な蜜戯(みつぎ)にて

プロローグ

梅雨特有の湿った匂いが、閉めきった部屋に充満していた。

大きな窓を叩く、横殴りの雨。太陽を呑み込んだ鈍色の雲が広がる空に、雷が光っている。

帰宅を促す校内放送がかかる中、放課後の生徒会室で、ひとりの女生徒が半袖の腕をさすっていた。膝下丈のスカートを穿いて黒縁眼鏡をかけた地味な少女は、設楽一楓、十八歳。昨日誕生日を迎えたばかりの高校三年生である。

彼女が生徒会室でひとを待つこと、十五分――

「ごめん、委員長。遅くなった」

現れたのは、見目麗しい……学園の王子様と称される栗毛色のストレートヘアの少年。

彼は今期の生徒会長、瀬名伊吹だ。

顔立ちだけでなく声音まで甘く艶やかで、先月十八歳になったばかりとは思えないほど、妖しげな色香が漂っている。彼にはいつも女子が群がっており、遊び人だという噂もある。

ちなみに、彼が委員長と呼んだのは、一楓のことだ。一楓は瀬名と同じクラスで、学級委員長を務めているため、クラスメートのほとんどからそう呼ばれていた。もはやあだ名のようなものである。

「話ってなに？」

いつも気怠そうな瀬名にしては珍しく、頬が紅潮し、息を弾ませている。

一楓は彼がひとりであることを確認すると、部屋の扉に鍵をかけた。そして泣きそうになりながら、瀬名に詰め寄る。

「ねぇ、瀬名、見た？　わたしがなんの本を読んでいたのか」

一楓は今日の六時間目の直前、彼の前で、濃厚な濡れ場があるボーイズ・ラブ――いわゆるBLマンガを落としてしまった。周りには隠しているが、一楓はBLをこよなく愛する腐女子なのだ。

瀬名がマンガを拾って渡してくれた直後に授業がはじまったため、確認も口止めもできなかった。そのため一楓は、授業中にメモを投げて、彼を生徒会室に呼び出したのだ。

「マンガ？　ちらっとだけど、見たよ。すごいね、あのマンガ。BL……だっけ」

一楓はくらりとする頭を押さえて、悲鳴のような声で言った。

「お願いだから、有島くんに言わないで！　あ、他のひとにも、誰にも言わないでほしいんだけど！　瀬名は副会長の有島くんと、仲いいでしょう？」

有島は一楓にとって『推し』だ。いわゆる一推しの男子で、彼でBL的な妄想をすることもある。そんな相手に一楓が腐女子だとバレて、白い目を向けられるのは避けたい。

一楓が頼むと、瀬名は不機嫌そうに眉根を寄せる。

「ね、お願い。なんでもするから！」

一楓は両手を合わせ、頭を下げて頼み込む。しかし彼女が必死になればなるほど、瀬名の雰囲気は重く暗いものになる。

彼がため息をついた瞬間、窓の外で稲妻が光った。

「きゃっ」

直後に轟いた雷鳴に、一楓は小さな悲鳴を上げて、その場に蹲る。

瀬名は彼女の横に座り込むと、優しく微笑んだ。

「僕といつも学年トップを競っている品行方正な委員長が、あんないやらしい本を読んでいるなんて、びっくりだよ」

甘く柔らかな声に含まれた棘。

一楓の胸の中で、雷に対する恐怖よりも、羞恥が勝る。

「有島にばれたら、気持ち悪いと軽蔑されるだろうね」

「……っ」

「有島だけじゃない。みんなにばれたら、委員長はどうなるんだろう。先生に知られたりしたら、内申点に響いて、大学の推薦をもらえないかもしれないね」

瀬名は笑っているのに、なぜか怒りにも似た圧力を放っている。彼は手を伸ばすと、一楓の長い三つ編みを弄びはじめた。

「わ、わたしを……どうする気？」

彼女は怯え、声を震わせる。

「何でもするって言ったのは、きみだろう？」

蠱惑的な笑みを浮かべた瀬名は、一楓の髪を留めているゴムを取り、三つ編みを解く。

そして彼女の眼鏡を両手で外して、床に置いた。

野暮ったい少女の素顔をまっすぐ見つめ、瀬名は満足そうに口角を上げる。

「僕を黙らせたいのなら、方法はひとつだ。いやらしい委員長なら、わかるよね？」

その甘い囁きは、誘惑にも似た危険な香りを漂わせていた。

「こ、断ると言ったら？」

一楓は逃げようとしたが、いつのまにか腰に添えられていた瀬名の手に引き寄せられる。

「ふふふ、そんなこと言わないよ。委員長は賢いから。たった一度のセックスで、秘密を守れる。一度すれば、僕は口外しないし、僕からきみに関わることはない。いいだろう？」

彼の手が、一楓のブラウスのボタンをひとつ外す。

「つまりわたしを、一度きりの遊び相手にする、ということ？」

「……さあ？」

「馬鹿にしないで！　わたしは、チャラいあなたの取り巻きとは違う」

窓の外で雷が光ると同時に、乾いた音が響いた。一楓の手のひらが、瀬名の頬を打ったのだ。

その音があまりに大きくて、平手打ちした一楓の方が顔を歪めてしまう。

「ご、ごめ……」

瀬名は深く傷ついたような表情で——辛辣な声を放った。

「きみを抱こうと思う変わり者が、この先僕以外に現れると思ってるの？　いないとわかっているから、きみだってBLなんてものに夢中になったんだろう？」

雷が落ちた音がした。

BLを愛する心は自分を慰めるためのものではない。そう思っているのに、彼の言葉に心を蝕まれ、一楓は泣き出しそうになってしまう。

瀬名はそんな彼女の顎に手を置く。

「二次元の男より、リアルな男に目覚めさせてあげる」

海底を思わせる濃藍色の瞳の奥に、炎のようなものが揺らめいた。

瀬名は一楓の唇に親指を差し込むと、そのままそこをこじ開ける。

「だから……僕を見て。あいつではなく、僕の方を」

そして、傾けた自分の顔を近づけ、切なげに名前を呼んだ。

「一楓……」

——その日、一楓は流されるように、口封じの取引をしたのだった。


それから四年の月日が経ち、冬が訪れた。

大学四年生となった一楓は、授業終了直後にメールのチェックをして、机に突っ伏した。就職試験の不採用通知が届いていたのだ。

「はぁ……。手応えあったから、懸けていたのに……」

関東の難関大学、帝都大へ進学したのは、一流企業への就職に有利だと思ったから。

それなのに、就職活動は全滅。ここまでくると、人格を否定されている気分にもなる。

リクルートスーツにひっつめた黒髪、黒縁眼鏡、薄化粧。周りとの差異がない格好で就活をしているつもりだが、生まれ持ったものがみすぼらしいのだろうかとまで考えた。

あまりにショックで、みんなが退席しても、一楓は席から立ち上がることができない。

そんな一楓の傷口を抉る言葉が、後ろから聞こえてきた。

「筆記は高得点なのに、面接で落とされ続けているんだって？　……委員長」

この大学で一楓の高校時代のあだ名を知っているのは、唯一同じ高校出身の彼だけだ。

振り返ってみると、そこにいたのはやはり彼だった。

栗色をした、柔らかなストレートの髪。上品で端麗な顔立ちをした男——瀬名伊吹が、一段上の席に座り、一楓に微笑みかけていた。

彼はこの難関大学でも首席という、ずば抜けた頭脳を持つ。その上に、日本を牛耳る大企業である瀬名グループ総帥の次男坊——つまり御曹司だ。

一楓とは違う進路を噂されていたのに、なぜか一楓と同じ帝都大に進学し、新入生代表で挨拶して、彼女を驚愕させた。それから彼は、大学でも常に話題の中心にいた。

そんな彼とは、高校三年生の時に口封じの取引をして以降、口をきいていない。

約束通り、彼から関わってくることもなく、平和な大学生活を送っていたのに——四年経った今、声をかけてきたのである。これは約束違反だ。

一楓は眉間に皺を刻んで不快感と拒絶を示したが、瀬名はそんな抗議をものともせずに美しい微笑みを向けてきた。

「ふふふ。委員長、怒りに毛を逆立てた猫みたいだよ。フギーッて」

「誰がそうさせているんですか」

「ああ、ごめんね、委員長。ねぇ、噂で聞いたんだけど、就職全滅なの？」

目下(もっか)の悩みを言い当てられて、一楓は言葉に詰まった。

「きみのお父さん、リストラ食らったんだろう？　たしか、妹と弟がいるんだっけ？　ふたりも大学進学を希望しているなら、資金繰(ぐ)りが大変だ」

誰にも言っていない家庭の事情が、瀬名の口から出てきたことに驚いてしまう。

「っ、どうしてそれを！」

「風の噂だよ、委員長」

残念ながら一楓には、身の上話をするような友人がいない。噂が立つはずもないと首を傾(かし)げていると、瀬名は畳(たた)みかけてくる。

「もう冬になるぞ？　きみだけじゃないか、この帝都大で就職先が見つからないのは」

「余計なお世話です」

こんな嫌味を言うために、絡んできたのだろうか。

瀬名は就活をしなくても、実家の一流企業に勤めることができる。就活は他人事なのだ。だからといって、就職できない一般人の傷を抉(えぐ)らないでほしい。

「ここからが本題なんだけど――僕の会社に来ない？」

唐突な提案を、一楓は即座に断った。

「冗談や同情は結構です」

「悪いけど、この上なく本気だ」

瀬名の顔は大真面目で、からかいの色は見えない。

「これでも、委員長の能力を高く評価しているつもりだ。僕は、優秀な人材が欲しい」

ふたりの間にあったことには触れず、彼はそんなことを言う。

「わたしが優秀かはさておき、あなたの会社に来いとは？　瀬名グループの会社に就職しろ、ということですか？」

瀬名があまりに真剣なものだから、一楓はつい聞いてしまった。

「違う。僕が今年の夏に設立した『イデアシンヴレス』。ＩＴベンチャーだ」

そういえば、そんな噂を耳にしたことがあった。瀬名は大学生ながら、株で資金を集めて起業したと。

真面目と根性だけが取り柄の一楓とは違い、瀬名は神から二物も三物も与えられた人間だ。学力が秀でているだけでなく、高校時代は絵や運動でも賞を取るほどの多才ぶりを発揮していた。

「イデアシンヴレスを大きくしたいのに、人材が集まらない。誰も僕についてこられないから、僕がしたいこともできない。そのせいで僕ひとりですべての業務をこなしていて、てんやわんやなんだ」

その話で、一楓は高校時代のことを思い出し、納得する。

彼が生徒会長だった時、彼のハイレベルな要求に、誰もが尻込みした。妥協しない瀬名のせいで、委員会は長引くばかり。そのせいでバイトに遅刻しそうになった一楓が、具体的な支援案を出し、場をまとめたこともあった。

「給料もボーナスも、ちゃんと出す。福利厚生だって整える。それだけの仕事はしている」

正直、就職先が決まらなくて焦っていたので、喉から手が出そうになる。

ただそれは……瀬名が社長を務める、瀬名の会社でないなら、の話だ。

再び断りの言葉を口にしようとした瞬間、彼は頭を下げた。

「頼む、設楽。僕にはきみが必要なんだ」

高校時代から思い出しても、彼がひとに頭を下げるところを見るのは初めてだ。

よほど切羽詰まっているらしいと悟り、一楓はとりあえず、彼の会社に赴くことにした。

職場を見て、改めて条件を聞いてから断っても遅くないと思ったのだ。

案内された仕事場は、想像以上に広く、職場環境も整えられていた。そして、瀬名から仕事内容の説明と仕事への情熱を聞いて——一楓は心を打たれた。

彼の下で働きたいと願い、決意する。

自分で決めたからには、不埒な戯れをした黒歴史は忘れることにした。新たな気持ちで社長に仕えようと、心に誓う。

それほど、瀬名が真摯に語る会社の未来に、魅力を感じたのだ。

「誠心誠意努（つと）めさせていただきます。ご指導のほど、よろしくお願いします。瀬名社長」

その時の瀬名の笑顔は忘れられない。とても嬉しそうで、一楓の胸はどきんと高鳴った。

そして——事務員として雇われたと思っていた一楓は、気づけば彼によって、プログラマー兼ＳＥ（システムエンジニア）に育て上げられていた。

夢と希望に満ちて入社したはずの会社が、実は納期至上主義のブラック企業だと悟（さと）った時には、すでに引き返せなくなっていたのだった。

第一章　それは、あくまでブラックで

瀬名社長の下で働きはじめて丸四年が経った今、一楓はイデアシンヴレスについて冷静に評価する。この会社は、ブラックだ——と。

東京にあるオフィス街の一角に、イデアシンヴレスが入ったビルがある。外観の印象より広いフロアを持つ建物の、五階と六階を借りていた。

イデアシンヴレスは、企業向けのシステム開発・運用保守や、データ分析・集積を主とした、プログラミング作業を主軸にしている会社だ。

それぞれSEが指揮する四つのチームがあり、各チームには五、六名のプログラマーがいる。そのチームごとにSEの指示に従(したが)い、システムを動かすコード(プログラム)を作成するのだ。そのSEの上には、各チームを統括管理するPL(プロジェクトリーダー)がいる。そして、彼らはイデアシンヴレスの司令塔であるPM(プロジェクトマネージャー)——瀬名伊吹社長の指示を仰(あお)いでいた。

彼は二十七歳にして、すべてのプロジェクトを把握し、動かすことのできる敏腕社長だ。その甘いマスクとは裏腹に、仕事に対しては厳しく真摯(しんし)で、誰よりも精力的に働いている。

一楓は会社に入るまで知らなかったのだが、瀬名は高校時代、趣味でパソコンのソフトウェア——OS(オペレーティングシステム)を開発したことがあったようだ。それは試作品ではあったが、IT業界で話題になったほどで、当時からプログラマーとしての腕は一目置かれていた。

その上、卓越した提案力や営業手腕を武器に、イデアシンヴレスは近年大企業から仕事を依頼されるほどになっている。

しかし、瀬名は現状に満足していない。どんなに実力のある社員を揃えようとも、歴史の浅い会社は、知名度や信頼度が足りない。

この業界では、知名度がある会社だけが生き残れる。知名度を上げるには、地道に実績を積んで、顧客の信頼を得るしかない。

そのため、彼は社員に自分と同等の仕事の質を要求する。だが社内には、天才肌の瀬名に匹敵するレベルの社員はいなかった。

彼と同等の出来を求められることは、普通の社員にとって無謀で無慈悲な命令だ。なんとか達成するためには時間と労力を注ぎ込むしかない。

給料は安くはないが、『きつい』『帰れない』の2Kのブラック企業、イデアシンヴレス。

しかし天才・瀬名に魅せられ、脱出できない。彼に認められ、賛辞の言葉を得ることは、とてつもない達成感となり、社員の心を掴んでいる——と、一楓は考えている。そして悲しいかな、自分もそんな社員のひとりなのだった。

蒸し暑い六月下旬。一楓は瀬名と共に、都心にある高層ビルにいた。

ここ『帝都グループビル』は、帝都グループの関連会社が入り、レストランやショッピングエリアも併せ持つ複合商業施設だ。この地域の新たなランドマークとしても注目されている。

その七階にある帝都グループ協同組合へ、一楓たちはやってきた。以前仕事を請け負った会社からの紹介なのだが、なんでも帝都グループ協同組合の保険事業課は、仕事を発注した業者が途中で手を引いてしまい、とても困っているらしい。

そんなとても困っている組合の萩課長は、薄毛の頭を何度も撫でながら話す。

「我が組合は、ホテル、デパート、レジャー施設を全国で運営している、あの帝都グループの社員のための協同組合。組合員は約三万人いる」

萩課長はぐふぐふと笑い、自慢を続ける。

彼の向かいに座るのは、濃灰色のオーダースーツに濃藍色のネクタイを締めた瀬名だ。課長の自慢話に相槌を打っている。

そして一楓は、瀬名の片腕として、彼の隣で辛抱強く笑みを浮かべていた。PM補佐という肩書きだが、PLもSEもプログラマーも、なんでもこなす。おまけに秘書のような役回りも押しつけられていた。

黒髪をまとめ上げ、黒いスーツに身を包んでいるが、地味なだけの学生時代とは違う。瀬名に命じられ、成人女性の嗜みとしてきちんと化粧を勉強したため、一応見られる程度に整っているはずだ。

体裁だけは取り繕ったつもりだが、一楓の内心は穏やかではない。それは目の前で話を続ける萩課長のせいである。

「前の業者は本当に酷かった。使い勝手の悪いシステムを納品したくせに、変更を頼むと、ちょいちょいと直すだけなのに、人件費がどうのと改修費用をつり上げてくる。堪忍袋の緒が切れて、契約を解除してやった」

今回、協同組合が業者に発注したのは、保険契約者の情報や契約内容を、一元管理できるシステムだ。

さらに保険料の口座引き落としができる請求データを作れるよう依頼していたらしい。

しかし、納品されたシステムは一元管理ができても、一台しか利用できない専用端末だった。それでは使い勝手が悪く、客からのたくさんの問い合わせに、事務員が応じ切れない。

さらに未改修のままの部分もあり、このままでは正常な引き落としができないと、手を焼いているらしい。

システム改修だけならば、イデアシンヴレスは十日もかからず終わらせるだろう。

だが他社が作ったシステムを精査せず、安易にプログラムを組み込むのは危険だ。どんな欠陥（バグ）が生じるかわからないからである。操作する側のミスが、欠陥（バグ）に繋がることもある。

検証の時間を十分にとれず、万が一のことがあった場合、この課長は全責任をイデアシンヴレスに押しつけてくるだろう。そんなリスクが高い案件は、他の業者も受けたがらない。もちろん一楓としても、まっぴらごめんだ。

（大体、帝都グループがなによ。瀬名グループの方が、よっぽど大きいじゃない）

一楓はそう思って瀬名をちらりと見るが、彼は涼しい顔をしている。

「それで、そのシステムの改修とやらを、きみたちの会社に任せるよ。――そうだ。この先、長い付き合いになるだろうから、夜に軽く一杯どうかね？」

課長はげふげふと笑いながら、一楓にねっとりとした視線を送った。断られるとは微塵も思っていない、この傲慢さと危機管理能力のなさ。

腹が立った一楓は、笑顔で話を逸らしながら、瀬名の靴を踏みつける。

（考える必要もなし！　引き受ける義理はないのだから速攻断るべし！）

しかし、瀬名の答えは――

「予定があるため、大変恐縮ながらお酒の席はまた改めてとさせていただきますが、お仕事はお受けいたします。ただ、システム改修ではなく、別の形で進めたいと考えておりまして……」

ビルを出た一楓と瀬名は、彼の車に乗り込んだ。そして一楓は、保険制度とシステムに関する資料やマニュアルを詰め込んだ紙袋を膝に置き、頭を抱える。

「無謀にもほどがありますよ、社長！　既存のシステム改修ではなく、一からシステムを構築するなんて！　しかも一週間で！　わたし、何度も靴を踏んづけて止めたのに！」

「見知らぬプログラマーが作ったものを解析している時間はない。前にうちでパッケージ販売した保険システムがあったろう。あれに改良を加えて、画面を似たようなものにすれば、金額を抑えて今以上のものを提供できる。多めに見積もった金額でもかなり安いと、課長は喜んでいただろう？」

瀬名はネクタイを少し緩めると、なんでもないことのように言った。

「あの課長に義理はないけれど、彼らを助けて恩を売れば、帝都グループに入り込めるチャンスができるんだ。いい仕事じゃないか。それに僕たちが卒業した帝都大は帝都グループだし、縁があるとは思わないか？」

「帝都大だから、帝都グループだから、なんですか。だったら瀬名グループの方が……」

涙目で言う一楓に、瀬名は輝かしい笑みを向ける。そして優しい口調で言った。

「ということで、今回の件はきみのチームに頼む。戻ったら保険制度とシステムの資料を読んで、なんの機能が必要か判断してくれ。その上で設計図と構築図、割り振り表を作って、今日中に僕のところへ持ってきて」

「わたしのチームですか⁉　なぜに⁉」

一楓はPL兼SEとして、二年間苦楽を共にしてきたチームを持っている。プログラマーのうち三人は、複数の国家資格を持つ精鋭たちだ。

しかし現在、一楓以外のメンバーは休暇中である。なぜ瀬名が指定してきたのかわからない。

「そりゃあ、早くて確実で僕好みだから」

瀬名は意味ありげに笑いながら、一楓の黒髪に指を絡ませた。

一楓は瀬名の手をぺちんと払うと、両手で顔を覆う。

「あなたの信条は、この四年でよくわかったつもりよ。でもうちのチームは、二日前まで一ヶ月缶詰で、ようやく納品できたの。わたしはどんな顔で休暇中のみんなを招集すればいいの？」

「僕からメールを出してもいいよ？『間に合わせないとクビ。だけど間に合わせたらボーナスを出し、確実に休みを支給する』って」

通じないのはわかっていながら嘘泣きをしてみたものの、瀬名は笑顔でそう言った。

絶対に断らせないその口調に、一楓は観念してうなだれる。

「はあ……。イデアシンヴレスが、こんなブラックだったとは……」

「もちろん、僕も一緒にやるから。ね？」

瀬名が優しい口調でなだめても、一楓は顔を上げない。

「……反対するなら、きみのお父さんをクビにするよ？」

「うう……、鬼っ、悪魔っ!!　この腹黒エセ王子!!」

一楓は涙目で顔を上げ、彼を睨む。瀬名は笑いながら頭を撫でてくるが、彼女はその手をぱしりと払って、またもや両手で顔を覆った。

一楓が瀬名の会社に就職すると決めると、彼は無職だった一楓の父を、瀬名グループの系列会社に入社させてくれた。そのおかげで家族は路頭に迷わずに済み、一楓も安心してひとり暮らしができている。

それにはもちろん感謝している。しかし、この男はいつも強引に仕事を進めるため、一楓は泣いてばかりいる気がして、やりきれない。

ずっと瀬名の下僕感が抜けず、涙目で文句を言うことしかできないのだった。

一楓と瀬名が、帝都グループ協同組合から戻った翌日、午前十時――

イデアシンヴレスの五階にあるミーティング室で、一楓は自チームのプログラマー五名を呼び出し、愚痴を聞いていた。

「俺、嫁と子供を連れてネズミーランドの公式ホテルに泊まっていたのに」

「ごめんなさい、葛西さん」

三十八歳のベテランプログラマーの葛西肇は、髭もじゃで山男のような風貌だ。彼は、ファンシーなネズミのイラストが描かれたTシャツと半ズボン、カチューシャ姿で現れた。

それは彼の精一杯の抵抗だろうと察したが、ネズミの耳がついたカチューシャは、さすがに一楓が外してあげた。

「私……彼氏とようやくイチャイチャできると思ったのに」

「ごめんね、幸子ちゃん。付き合いははじめたばかりなのに」

次に肩を落としたのは、二十四歳の雪村幸子。瓶底眼鏡をかけており、昔の一楓に似て、地味で幸薄そうに見える。男に無縁と思われたが、一ヶ月前に初彼ができたと嬉しそうに語っていた。しかし今は、怨念がこもった不気味さを放っている。

「俺っちに電話がかかってきたのは、ジャングルに向かうために空港に着いた瞬間でした」

「ごめんごめん、宮部くん」

二十三歳の宮部賢一は、学生時代からプログラムのコンテストで入賞を繰り返していた、実力派の若手だ。一番こき使われていた彼だから、どこかのネジが緩んでしまったのだろう。ジャングルに行こうとしていたらしいが、首からぶら下げている虫かごになにを入れる気だったのか、一楓にはわからない。

他のプログラマー二名も、はっきりと言わないが不満そうな顔をしている。

一楓はチームのメンバーに向かって、思い切り頭を下げた。

「みなさん、本当にごめんなさい！」

彼らは、瀬名が選んだ腕利きのプログラマーである。どんな不可能なことでも可能にする瀬名に魅了され、不満を抱えながらも結局、瀬名の命令に従う。

そんな従順な社員たちなのに、瀬名はみんなを社長室に入れようとしない。社長室への出入りが認められているのは、一楓だけだ。それは瀬名がひとの技術を信じていても、人間性を信じていないからなのではないかと、一楓は思っている。

（社長を慕う部下はたくさんいるのに、それは寂しいことなんじゃないかな……）

そこでコンコンとノックの音が響き、瀬名がミーティングルームに入ってきた。一楓に不満をぶつけていた部下たちは姿勢を正し、顔をひきしめる。

瀬名は一同を見回し、口を開いた。

「休暇中だったのにすみません。みんなも知っての通り、イデアシンヴレスはもう少しで創立五周年。まずまずの経営状況だが、僕としては、もっと我が社の実績として評価される大きな仕事が欲しい。そのため、帝都グループ協同組合のシステムを、大至急作り上げることにした」

帝都グループの名前が出て、部下たちはどよめいた。瀬名は彼らに頷きかけ、話を続ける。

「システムの構築は素早く正確におこない、検証に時間を取りたいと思っている。そこでこの仕事は、我が社の精鋭であるみなさんに頼みたい。このシステムを納品したら、今回消化予定だった有給休暇プラス二週間の休みとボーナスをつける。どうかここを乗り切ってほしい」

瀬名が頭を下げると、部下たちはさっきまで不満を漏らしていたとは思えないほど、あっさり頷いた。

それを満足げに見て「ありがとう」と礼を述べ、瀬名は一楓に声をかける。

「設楽、説明を」

「はい」

一楓は立ち上がり、昨日ほぼ寝ないで作った資料を部下に渡して回った。それから、仕事の概要を説明し、すでに瀬名と綿密に打ち合わせた工程や割り振りを発表する。

「今回の仕事は帝都グループの社員、約三万が組合員の保険事業システムの構築です。専用線で繋いでいた専用端末をやめ、サーバーを導入。各ＰＣからブラウザ上での入力及び閲覧を可能にします。以前作った保険システムの改良版を作る形となりますが、根幹の変更部分は社長にお願いしています。追加修正が必要なプログラムは資料の通り。各自担当を確認してください。それと……」

資料に目を通しながら書き込みをする部下たちを見て、一楓は一度言葉を切る。

「社長もおっしゃっていましたが、今回はシステムの検証に時間を費やしたいと思っています。納品は六日後、金曜日。システム開発に三日、検証に残り三日を使う予定です。その次の月曜日に請求処理があるそうなので、そこに間に合わせます。以上です、質問は？」

過酷な日程にメンバーがざわつく中、宮部が手を上げた。

「各ＰＣで使用できるようにするとなれば、安全性や処理速度に心配があります。通常のユーザ認証やパスワード認証だけでは、悪意ある第三者に乗っ取られる可能性があるのでは？」

それに答えたのは、腕組みをしていた瀬名だ。

「ああ。だから僕がセキュリティプログラムを作る。僕が作るんだから大丈夫」

自信満々な俺様発言に、一楓はため息をつく。しかし瀬名に絶大な信頼を寄せる部下たちは、それだけで納得したようだ。

瀬名の言葉を部下が信じるのは、彼にはひとを圧倒するほどのやる気と、無理を押し通す実力があるからだ。さらには、問答無用で部下をまとめ上げる絶対的カリスマ性まである。

そのおかげで、イデアシンヴレスが2Kのブラック企業だとわかっていながらも、社員は訴（うった）えるどころか、暴君のために身を粉（こ）にするのだ。

（もうホント、瀬名様ワールド）

自分もそのひとりだと自覚しつつも、一楓は心の中でため息をつく。

しかし、これだけ瀬名を妄信する部下が集まっているにもかかわらず、不思議なことに彼を異性として求める女の影はない。実際この四年間、彼は女の影をまったく感じさせず、ずっと仕事をしている。

自分が作った会社を成功させるために女を切り捨てているのだろうか。それとも、学生時代にたくさんの女たちを食らいつくして、食傷気味なのか。

今、彼が許容している女性は、仕事の関係者のみ。しかも、彼に恋心を抱くことはなさそうな女性ばかりだ。

そこまで考えて、一楓の胸はなぜかスッと冷たくなる。

瀬名が自分を仕事のパートナーにしたのは、高校時代に体を重ねたことをなかったことにしているから。そして一楓が今後も彼を男として意識したり、恋心を抱いたりしないと踏んでいるからだろう。

胸にモヤッとしたものが広がる。同時に、瀬名の声が頭の中でよみがえった。

『一楓、可愛いね。こんなにとろとろにさせて、イクの何度目？』

一楓が情事の記憶すべてを消し去りたいと思っているように、瀬名もこんな女と関係を持ってしまったことは黒歴史だと思っているのだろう。

『わかる？　僕が、きみの中にいること。ああ、最高だ……』

あるいは——処女を摘まみ食いするのは、瀬名にとっては思い出すこともないほどありふれた日常だったのか。

『きみを抱こうと思う変わり者が、この先僕以外に現れると思ってるの？』

その言葉に呪いをかけられたかのように、一楓に近づこうとする男はいない。……仮に誰かに弱みを握られ、瀬名と同じ条件を出されても、もう二度とごめんだ。

『はっ、あ、一楓、い……ちか……っ』

上擦った官能的な声。濡れてとろけた濃藍色の瞳。汗ばんで紅潮した、熱い肌。匂い立つ、男の香り――

そこで一楓はハッとして、太股に爪を立てる。

(ダメダメ、思い出すんじゃないの!)

女を優しく抱くのは、チャラ男の常套手段。女をその気にさせるための睦言を真に受けるほど、自分は馬鹿ではない。そのはずなのに、時折体が熱く疼いてしまう。

(消えろ消えろ消えろ消えろ……)

あやまちの元凶となったBLマンガは、あの後すべて押し入れに封印した。

それにもかかわらず、どうしてあの日の思い出はよみがえってしまうのか――

そこで瀬名は一同を見回すと、話を切り上げた。

「質問は以上でいいね? では、各自お願いします。設楽はこの後、社長室に来て」

「はい、わかりました」

一楓は気合いを入れ直して、瀬名と共にミーティングルームを後にした。

社長室は広く、やや殺風景に思えるほどシンプルに整えられ、黒一色でまとめられている。

(ブラック企業のボスの居城は、いつ見ても黒いわね)

その空間は、絶えず電話が鳴り続ける、現場と変わらぬ戦場でもあった。

電話はどれも、社員たちから判断を求めるもの。瀬名は社長室に入るやいなや電話を取ると、肩に挟んで応答しながら、執務机にあるふたつのパソコン用のキーボードを操(あやつ)る。

瀬名は一度電話を切ったが、また電話が鳴った。それを素早く取ると、壁にかけられた液晶に映るプログラミングを見つめ、解決策を指示する。

その処理能力の高さに、一楓は舌を巻く。随分(ずいぶん)と頑張って、畑違いだったプログラムやITの世界を勉強してきた。だが、瀬名の仕事ぶりは、努力型の凡人である自分には逆立ちしたって真似できない。

彼はイデアシンヴレスの頭脳だ。一楓がいなくても会社は回るが、瀬名がいなければ回らない。実力の差と社員からの期待度の差は、努力では縮めることができないのだ。

それを実感している一楓は、応接ソファに座ってため息をつく。ふと、足元に埃(ほこり)が溜まっていることに気がついた。

社長室を一度出て清掃用のモップや雑巾(ぞうきん)を持ってくると、瀬名の電話が終わるのを待ちながら室内の掃除をはじめた。応接スペースの掃除を終え、今度は執務机の周囲に手をつける。瀬名は電話を耳に当てたまま、一楓の邪魔にならないようにスッと移動した。

一楓が机の上を見ると、雑誌が開いたままになっている。

そのページには、世界のＩＴ権威者が集(つど)う国際フォーラムについて特集されていた。そのフォーラムは来週の日曜日に東京で開催され、世界中のＩＴコンテストの入賞者が招待されるらしい。

そういえば、ＩＴ系のコンテストについて、瀬名は以前ぼやいていた。

『去年参加者を募(つの)っていた新設のコンテストがあるんだけど、参加してみたかった。応募締め切り時に創立五年以上という規定があって、イデアシンヴレスではまだ一年足りなかったんだよね。もしこれで入賞できれば、創立五年の節目(ふしめ)に箔(はく)がついたのに』

なぜか彼は、昔から創立五年というものにこだわっている。一楓は祝賀会でも開催すればいいと思うのだが、仕事で思い出作りをしようと考えるあたり、瀬名は仕事中毒(ワーカホリック)と言えるのかもしれない。学生時代は遊び人と噂されていたことが、嘘のようだ。

（それでこそ、わたしが頑張ってついていきたいと思える社長だけれど……）

一楓は微笑みながら、雑誌を閉じて机を拭いた。

十数分後、瀬名はやっと電話を終え、社長室に静寂(せいじゃく)が訪れた。それから彼は黒革のソファに脚を組んでゆったりと座ると、向かいで縮こまる一楓を穏やかに眺める。

「四年経つのに、まだこの部屋に慣れない？」

どうやら彼は、一楓の様子を『社長室にいると緊張する』と捉(とら)えているらしい。しかし一楓が萎縮しているのは、単に社長室だからではない。

静かになった彼の牙城では、なぜか一楓を見る瀬名の眼差し（まなざし）が甘くなるからだ。それまでどんなに仕事命の厳しい瞳であっても、途端に柔らかく優しい雰囲気になる。

その眼差し（まなざし）にいたたまれなくなるから――などと言うことはできず、一楓は彼の勘違いに便乗した。

「慣れませんよ。ここは聖域というか、恐れ多い空間なので」

「あははは。きみはぽんぽんと僕に言い返すじゃないか。別に神聖視なんてしていないくせに」

文句にも聞こえる言葉を流して、一楓は話題を変える。

「あの、社長。社長室に自由に出入りできる社員を、増やしたらどうですか？　うちの社員はみんな、社長を心から慕っていますから、信頼して大丈夫だと思います。全体を統括できる社員を、この部屋に入れるべきです。もし今いる社員だと力不足だというなら、新しく雇ってもいいのではないですか？」

「どうして？　僕にはきみがいるじゃないか」

「いや、でもわたしは、社長がこの部屋で何人もの相手をされていても、まるで手伝えないじゃないですか。だったら、社長の手足として動けるひとを……」

「……いい加減、その言葉遣いやめてくれないか？」

突然、瀬名は目を細めて一楓の言葉を遮り（さえぎり）、不愉快そうに言った。

「他にひとがいる時ならともかく、ふたりきりになっても、きみがそんなにあらたまった口調だと、自分がとても老けたように感じるよ。僕、きみと同い年なんだけれど」

「駄目です。わたしは雇われている身なんですよ。話を戻しますが、わたしはＩＴに関して社長についていけず、せっかくこの部屋に入れていただいても、役に立つことができていません。ひとを雇ってください。ひとりでそんなに色々なものを抱えて走り続けたら、いつか体を壊して……」

「あのさ、委員長」

瀬名はわざとらしく昔のあだ名を口にして、またも一楓の話を遮る（さえぎる）。

「確かに僕は走り続けてきた。そうしているうちに、三週間後には創立五周年だ。この五周年という節目（ふしめ）は、僕にとって大きな意味がある。この五年間、僕は利益と会社拡大のために、私情を抑え込んで奔走（ほんそう）してきた。きみに鬼だの悪魔だのと言われても、本当によく我慢して会社に尽くしたと思う。僕からすれば、僕は社員の誰よりも社畜だ」

「はあ……」

（突然の仕事中毒（ワーカホリック）自慢をはじめて、なにが言いたいの？　褒めてもらいたいの？）

瀬名の真意を推し量る（おしはかる）ことができず、一楓は眉間（みけん）に皺（しわ）を寄せる。

すると瀬名はため息をつき、前髪を掻き上げながら詰る（なじる）ように言った。

「だからさ……僕が全神経を仕事に集中させてきたから、きみは自由でいられたんだよ？」

彼の切れ長の目が鋭く光った気がして、一楓はぞくりと震える。しかしその言葉の意味を考え、首を傾げた。

（……それって、わたしが無能なことを社長が我慢してその分働いてきたから、わたしは自由でいられたって言いたいの？　いやいや、社長にこき使われて、わたしもこの四年一緒に全力疾走してきたし。そりゃあ天才には及ばないけど。わたしだって死に物狂いで努力してきたこと、気づかなかったわけ⁉）

一楓は口を尖らせて物申す。

「自由、ですか？　わたしだって、休み返上で働いてきました。ええ、遊ぶ間もなく、遊ぶ相手もなく。久しぶりの休みに家で寝ていたくても、買い物に行きたくても、あなたに呼び出されて会社に来ていましたよね？」

「きみの体は拘束したが、きみの心は拘束していない。拘束していたら、今頃きみは、ひとりでいたいとは思わなくなる。いや、いられなくなる」

謎めいた色香を漂わせて、瀬名は続ける。

「それに、僕だってなんの目的もなく社畜になったつもりはない。平日も休日も、きみに遊ぶ相手がいなくても、僕はそばにいた。この四年、きみのそばにずっといたのは僕だけだ。……わかる？　この意味」

彼の眼差し(まなざし)と声音は、どんどん甘くなる。その意味がわからず、一楓はまたも首を傾(かし)げる。

「まあ、最高責任者である社長も、わたしと一緒にずっと会社で仕事をしていて、休みなしですよね。確かに大変だわ。……そうか。休みたいんですね？」

一楓はハッとすると、ポケットから瀬名のスケジュール帳を取り出す。

「急ぎの協同組合のシステムが終われば……再来週(さらいしゅう)ですと……」

「違う。そういう意味じゃない。仕事に関してはすぐに僕の心を察してくれるのに、なんでそんな結論になるんだよ……」

「え？」

一楓はきょとんとして、こめかみに指を当てる瀬名を見た。

「……手帳はしまって。はぁ……これだけあからさまに僕から贔屓(ひいき)を受けているのに、むかつくくらい通じてない」

瀬名は目頭を揉んで疲れた声で言う。しかし、その言葉は聞き捨てならない。

「贔屓(ひいき)？　どのあたりが？　ずっとこき使われてきて、これからまた過酷な仕事をしないといけないのに？」

「……きみだけが自由に社長室に入れることを、どう思っている？」

「高校時代からのよしみで、一番付き合いが長くて気が置けない相手だからでしょう。そのせいでわたしはこき使われていて……」

「僕がきみだけを連れて歩くことは？」

「秘書みたいなもので……」

「きみの家まで僕が車で送り届けることは？　きみが好きなスイーツを買ってきてあげることは？」

そう言われてみれば、そんなこともある。しかしそれはただのご機嫌取りではないのか。

「わたしがやめないように、時々アメをくださっているのでは……？　特にこの部屋に入れる秘書のポジションは、わたししかいませんし」

その瞬間、瀬名が爆ぜる。

「秘書が欲しいなら、とっくに秘書を雇っているよ！」

「な、なんで怒られないといけないんでしょう？」

一楓は驚き、彼の迫力に背を反らしながら尋ねた。すると瀬名はため息をついて彼女の胸を指さす。

「薄々思ってはいたが、四年も僕のそばにいたのに、きみのココはまったく成長がないね」

「そ、それは、貧乳ということで？」

「違う！　きみの胸はもうたっぷりあるじゃないか！　心の話だよ！」

ものすごい剣幕の瀬名に、一楓は気圧されてしまう。

「は、はあ」

「きみは……僕のことをどう思っている？」

突然、切なげな目を向けられ、社長室からふっと音が消えたような気がした。

一楓はその質問にまっすぐ答える。

「――瀬名グループ総帥のご子息で、元生徒会長で、元同級生で、父の恩人で、社長……ですが？」

その答えに、瀬名は美しい顔をわずかに歪め、表情を曇らせた。しかし一楓は、間違ったことを言っていないはずだ。

「え、どこか間違ってます？　他にもなにかありましたっけ？」

「……正解だよ。悔しいくらいに正解だ」

瀬名は拗ねたように横を向いてしまう。なぜ正解したのに彼が不機嫌になったのかわからず、一楓の頭の中はハテナマークだらけになる。

「――いまだ僕は、男ではない、か。きついな……」

瀬名がなにか呟いたが、よく聞こえずに聞き返す。

「今、なにかおっしゃいました？」

「いや……」

そこで一楓は、ハッと今朝のことを思い出した。これについては、瀬名を問い詰めないといけないと思っていたのだ。

「そういえば、社長。今日出社途中に、ガンちゃんに声をかけられたんですよ。覚えてます？　高校で同じクラスだった、岩本典枝（いわもとのりえ）。同窓会の幹事をしてるらしいんです」

岩本典枝はショートカットに眼鏡をかけた、社交的な子だ。異性からも同性からも好かれる、面白い同級生だった。

カメラ小僧ならぬカメラ小娘で、一眼レフのカメラを首から提（さ）げて、瀬名を追い回していた気がする。学校の王子だった彼の写真は需要（じゅよう）が高かったのだ。しかも新聞部に所属していた彼女に、知らない情報はないと言われていた。

「彼女、今は新聞記者をしているそうです。ガンちゃんについて、なにか思い当たることはありません？」

「さあね。なにもないけど」

瀬名は一楓と目を合わせず、どうでもよさそうに返事をした。一楓は彼に白い目を向ける。

「社長。入社当初わたしが携帯を水没させて今のスマホに変えた時、ガンちゃんにわたしの新しい電話番号を伝えてくれるとおっしゃいましたよね。でも、ガンちゃんは聞いてないと言っていました。わたしの連絡先は誰も知らない状態で、行方（ゆくえ）不明扱いだったと！」

そこまで言っても、瀬名は知らんぷりだ。一楓は詰るように声を大きくする。

「しかも！　あの情報通のガンちゃんが、わたしがあなたの会社に勤めていることも知らないって、おかしくないですか！　ガンちゃんは社長に、わたしの消息を知っていたら教えてほしいと声をかけていたって言ってましたよ！」

すると瀬名は、面倒臭そうに答える。

「ああ、昔そういうことがあったかもね。仕事に忙殺されて連絡を忘れてしまったな。きみもわかるだろう、仕事の大変さは。メールをチェックしている余裕もないことくらい」

「ええ、わかります。わかりますが……ガンちゃんは、今月に入って何度も、しかも昨日も、社長と電話で直接話したって言っていましたよ？」

一楓はじとりと目を向けるが、瀬名は横を向いたままだ。

「そうだったかな？　用件も忘れるほど些細なことで、すぐ切ったから」

「用件は、次の金曜日に開かれる、同窓会のお誘いだったそうです」

「へぇ」

瀬名の白々しい反応に、一楓は語気を強める。

「ガンちゃんは、同窓会のたびに社長に連絡していたと言っていました。ちなみにわたしは、社会人になってから同窓会が開催されていることは、一度たりとも、社長から聞いていませんが！」

彼は不愉快そうに顔を歪めると、ようやく一楓に向き直った。

「つまりきみは、同窓会に行きたいわけか？」

「行きたいっていうか……」

「じゃあ、行きたくない？」

「べ、別に行きたくないわけでも……」

はっきりしない一楓に、瀬名は苛立ったように目を細める。

「……あのさ。この忙しい時期に、同窓会なんて行けると思うの？　わかる？　次の金曜日ってことは……協同組合のシステムの納品日だ。場合によっては、夜遅くまでかかる」

「……はい」

（それとその日、わたしの誕生日なんだよね……）

しかし瀬名は、社員の誕生日なんて知らないだろう。

「しかし社長。行けないにしても、誘いも来なくなるのは寂しいというか……」

「それは、きみの自己満足だろう？　僕は同窓会に行かない。まさかきみが、仕事中の社長を置いて同窓会に参加するはずはないだろうとは思うけど」

確かに、瀬名が仕事で忙しくて同窓会に行かないのに、自分だけ行くのは気が引ける。

一楓の性格上、気にせず同窓会に参加することはないだろう。

「……それは、そうかもしれません……」

「だったら話は簡単だ。暇人だけが、遊んでいればいい。僕たちには関係ない。それより……岩本に連絡先を教えてしまったの？」

うかがうようにそんなことを聞かれて、一楓はなにを当然のことをと呆れた。

「はい」

「結局、行きたいんじゃないか」

「そういうことでは……」

「……会いたいんだろう、あいつに」

あいつとは誰のことか、と一楓は首を傾げる。瀬名は不機嫌そうに小さく舌打ちをすると、ちょいちょいと手招きした。

一楓はなんなんだと思いながら立ち上がり、瀬名の隣に立つ。

すると瀬名は、ぽんぽんと自身の隣を叩いた。隣に座れと言いたいらしい。

「なんでしょうか」

一楓は彼の隣に座って、首を傾げる。

瀬名は突然、ゆらりと体を倒した。そして、一楓の膝の上に頭をのせる。これはいわゆる——膝枕だ。しかもなぜか、一楓の体の方に顔を向けている。

「あ、あの……？」

「きみがうるさいから、疲れた」

タイトスカートに包まれた太股に、瀬名の吐き出す熱い息がかかり、一楓は体を強張らせた。

「ね、寝るなら仮眠室で……」

「きみの膝の上がいい」

瀬名は両手を一楓の腰に回すと、身じろぎをして頭の位置をずらす。その瞬間、一楓の体にぞわりと妙な感覚が走った。

「ひゃんっ」

服越しとはいえ、脚の付け根に顔を寄せられ、一楓は思わずおかしな声をあげてしまう。

するとと瀬名は涼やかな濃藍色の瞳を向けてきた。

「なに？」

答えることができず、一楓は彼から目をそらして誤魔化そうとする。

「な、なんでも……」

しかし瀬名は誤魔化されてくれない。小さく笑うと、一楓の下腹部に手のひらを押し当てる。

「きみは枕なんだから、動かないでよ」

彼の声はどこか甘い。瀬名はタイトスカートの上から、彼女の下腹部に唇を寄せた。

その瞬間、過去の情事を思い出し、体が火照ってしまう。

「ちょっ」

焦った一楓は瀬名の肩を両手で押すが、彼はびくともしない。それどころか、一楓の腰をぎゅっと抱き寄せ、さらに密着してくる。

「しゃ、社長！　悪ふざけはよしてください！　そんなところ、だめっ」

一楓が脚をもじもじさせながら悲鳴を上げると、瀬名はいたずらっぽい目で意地悪く尋ねた。

「そんなところって？」

「だ、だから……」

「教えて？　どこ？」

睦言のような甘さを秘めた声に、思わず一楓は固まった。

彼の切れ長の目に、妖しげな光が揺れる。それに触発されたように一楓の体の奥が熱くなった。

かつて、彼によって体に刻まれた快楽が、瀬名の動きひとつでよみがえってしまう。

（え、これは、なに？　なにが起こっているの？）

この四年間女っ気がなかった仕事の鬼は、自分に手を出すほど追い詰められているのだろうか。

「教えてよ、一楓」

突然名前を呼ばれ、一楓の心臓が鷲掴みにされたように苦しくなる。

「昔、僕が念入りに可愛がってあげた部分は、どこ？」

甘い声と共に、瀬名の手が一楓の脚を撫で上げた。ぞくぞくとした感覚が全身に走り、一楓は思わず声を上げそうになったが、必死に押し殺す。

「ねぇ。いやらしい一楓が、気持ちいいっておねだりしたのは、どこ？」

湿った匂いがする生徒会室で、彼と何度も繋がった思い出がよみがえる。

あの過去について瀬名が口にしないから、これまで全力投球で仕事をできたのだと、今さらながらに気づいた。彼が言っていた『自由』とは、そういうことなのだろう。

それを理解し、一楓は愕然とする。彼とは仕事上のパートナーとして絆を深めてきたと思っていたが、それは思い上がりだったのかもしれない。

彼はずっと一楓のことを、いやらしい女だと内心嘲りながら、共に仕事をしていたのだろうか。

だったら、自分は……まるで道化師だ――

絶望に苛まれ、『やめて』という言葉すら口にできない。そんな一楓を、瀬名は意地悪く追い詰める。

「……僕はしっかりと覚えている。……きみと僕が繋がったことは」

瀬名はうっとりとした顔で、一楓の太股に頬擦りをした。そして破壊力がある上目遣いで彼女を見上げ、甘く微笑む。

「きみの声、きみの顔。きみの体のすみずみを覚えている。ねぇ、なかったことにできると思う？　僕ときみがただの男と女になって、交わったことを」

一楓に向けられたのは、切なさを孕んだ真摯な眼差し。

しかし一楓には、彼の心情を読み取ろうとする余裕すらない。

「きみが忘れたというのなら、思い出させてあげるよ、あの日のこと」

「……やめ、て」

ようやく口にできた拒絶の言葉は、掠れていた。

「やめない。僕だけで満足しない悪い子には、ちゃんと躾をしなきゃ。きみが誰のものなのか、体にもう一度刻まないと駄目みたいだな」

瀬名は体を起こすと、一楓のスカートの中に手を入れる。

「や、やめてっ！」

「やめない！」

強い口調で言い切られ、一楓はたじろいだ。涙がこみ上げてきて、慌てて両手で顔を隠す。

「指がいい？　口がいい？　ほら、恥ずかしがってないで。ねぇ……」

瀬名はそう言いながら、一楓の手を顔から引き剥(は)がし——息を呑んだ。

一楓の両目から、大粒の涙がこぼれていたからだろう。

瀬名がハッとしたように一楓から手を離すと、彼女はやっとの思いで声を出す。

「あの日のことは、忘れたいあやまちです。思い出させないでください」

脅しに屈したことを嘲(あざけ)るのはやめて、仕事に励んできたことを見てほしい——そう伝えたくて、言葉を紡(つむ)いだ。

そして言い終わった瞬間、内線が鳴る。

「仕事に戻ります」

「一楓……っ」

一楓は慌てて立ち上がると、振り向かずに早足で社長室から出た。

第二章　それは、あくまで不可抗力で

社長室での一件から、一日が経った。

一楓は作業場でプログラミングをしながらも、瀬名の前で泣いてしまったことを思い出し、大きなため息をついた。

昨日の帰り際、瀬名は一楓のところまで来て、『ごめん。反省してる』と頭を下げた。一楓が泣いたことが、よほどいたたまれなかったのだろう。

それ以来、瀬名の態度はぎこちない。今までは、一日に何度も社長室に呼び出していたのに、昨日から一度も呼ばれていない。

こちらから行ったら、瀬名は嘘くさい笑顔で、大丈夫だと一楓を追い返した。

仕事について話しても、目を合わせようとしないし、彼はなんだか苦しそうな表情を浮かべる。そのため、一楓も居心地が悪い。

ぎこちなさの連鎖反応。ふたりの距離が開いたことを、一楓は悟っていた。

過去のことを蒸し返されたのも、彼にいやらしい女だと思われていることも嫌だが、仕事に支障が出るのが一番困る。とにかく、やりにくいことこの上ない。

（こんな遠慮がちな関係では、なかったのに）

少なくとも、瀬名は一楓に対して遠慮することはなかったし、一楓も言いたいことを言えていた。

元の関係に戻りたいが、向こうが普通になってくれない限り、こちらだって以前のように接することはできない。

今では、瀬名にされたことよりも、彼といい関係でいられなくなったことの方が憂鬱だった。

（なんで泣いちゃったかなあ）

自分の涙を見た時の、瀬名の驚いた表情が頭から離れない。

きっと、彼は疲れていたのだろう。いつもわかりやすく的確に話をするのに、昨日は要領を得ないことを言っていたし、第一、膝枕なんて求めた時点でおかしかったのだ。

「……はぁ」

どうすればよかったのだろう。彼を受け入れ、体の関係を持つビジネスパートナーになればいいのか。

しかし一楓は、彼のセフレにだけはなりたくない。簡単に抱ける女として扱われたくなかった。

彼に仕事で必要とされる、有能な自分になりたいだけなのに――

「はあ……」

「ため息ばかりですねぇ、設楽さん」

突然声をかけられ、一楓はハッと顔を上げた。すると正面に、目の下にクマができた宮部が立っている。

「み、宮部くん！　ごめん、ため息が気になった？」

「違います。用があって来たんです。しかも、さっき何度も声をかけたんですよ？　でも返事がないから、直接社長に不明点を聞きに行ったんです。そうしたら社長室に入れてくれたのに、あの社長もため息ばかりで、ろくに返事がありませんでした。こんなの、前代未聞の珍事ですよ。痴話喧嘩なら、プロジェクトが終わってからにしてください」

申し訳ないと思って聞いていたが、思わぬところに話が飛んで、一楓は顔をしかめる。

「声をかけてくれたのに気づかなかったのは申し訳なかったけど……痴話喧嘩ってなによ」

「だって、設楽さんと社長、付き合っているんでしょう？　いつもラブラブのくせに。隠しているつもりだったんですか？」

宮部がさらりと落とした爆弾に、一楓は素っ頓狂な声を上げた。

「は、はあ!?　恋人じゃないわ、一体どうしてそんなこと……」

「あれ、じゃあ『まだ』ってことかな。まあいいや、そんなの時間の問題だし」

「ちょっと待って。時間が経ってもそんな関係は……」

「そんなこと思っているの、設楽さんだけです。男はこうと決めたら止まらないものなんですよ」

「あのね、社長もそんなことはまったく思ってないから！」

「だから、そう思っているのは設楽さんだけですって」

なぜか宮部はきっぱりと言い切り、話を続ける。

「社長ってば、男性が入社すると絶対に言うんですよ。設楽さんにだけは手を出すなって。牽制してる上に、特別扱いですよ」

そんな話は初耳だ。しかし、それは特別というわけではないだろうと、一楓は笑った。

「そりゃあ、わたしが秘書業務をしているからでしょう。社内恋愛で業務に支障が出たら困るって……」

「専属秘書を雇えばいいし、社内恋愛でゴタゴタが起きたら困るのは、設楽さん以外でもそうでしょう」

宮部は瀬名と似たようなことを言って、笑った。

「社長をあそこまで追い詰めることができるなんて、設楽さんだけですよ。でも男って意外とこらえ性がないので、いじめすぎると暴走するかもしれません」

堂々とした彼の言葉に、一楓はなんだか感心する。

「内容はさておき、プログラムしか取り柄がなかった宮部くんが、自信たっぷりなのはすごい」

「……かなり失礼ですけど、こういうことに関しては、設楽さんより場数を踏んでますから！」

宮部は胸を張ってみせる。

「はは、頼もしいね！」

「信じていないなあ？　こう見えても……あ、やべ、ではここで退散します。もしも社長が暴走したら、設楽さんの豊かな胸で、受け止めてあげてくださいね」

彼は突然話を切り上げると、席に戻ってしまった。

用があったのではなかったのかと首を傾げた途端、視線を感じてそちらを見る。すると、瀬名がじっとこちらを見ていた。

一楓と目が合うと、瀬名はふいと顔を背けて出入口に向かって歩き出す。

一楓は同席予定の他社での打ち合わせがあることを思い出して、慌てて瀬名を追いかけた。

（仕事させてもらえなくなって、自主退職なんて、してやるものですか！）

こうなったら意地でも前の関係に戻してやろうと、一楓は意気込む。

仕事は、自分で見つけてすべきものなのだから。

「社長！　今日も頑張って仕事をとってきましょうね！」

瀬名の隣――助手席に乗り込んだ一楓は、いつも通りのセリフを引きつった笑みで言った。

車をゆっくり発進させると、瀬名は盛大なため息をつく。

「無理してついてこなくてもよかったのに」

追いかけてきてくれて嬉しいという気持ちを隠すように、そんなことを言った。

——瀬名は学生の頃から、一楓に想いを寄せている。しかし一度、彼女との距離の詰め方を間違えてしまった。

一楓を部下としてそばに置いて、四年と少し。なんとか彼女と信頼関係を築き上げながら、時期が来るまで手を出さないと決め、我慢してきた。それなのに昨日、嫉妬に駆られて彼女に迫り、泣かせてしまったのだ。

大切にしているつもりだったのに、彼女を悲しませた。そんな自分への戒めとして、しばらく彼女と距離を取ろうと決めたはずが、彼女の言動ひとつで決心がぐらつく。単純な男だと思われたくなくて、虚勢を張るように、また意地の悪いことを言った。

そんな瀬名の言葉を、一楓は否定する。

「無理じゃないです！　わたし、この打ち合わせ、とても楽しみにしていたんです！」

「へぇ……」

そこから、長い沈黙が流れた。さすがに狭い車内で、この空気はいたたまれない。

そのまま目的地に着いてしまい、駐車場に停める。渋滞がなかったので、まだ待ち合わせの三十分前で余裕があった。

瀬名は苦悩の末、口を開いたのだが——

「あのさ……」

「あのですね」

一楓と声が重なってしまい、また数秒の沈黙が落ち、妙な譲り合いがはじまった。

「そちらからどうぞ」

「いえいえ、社長からどうぞ」

さらに沈黙が流れた後、瀬名はようやく言葉を口にする。

「無理して喋らなくてもいいよ。最低限の仕事さえこなしてくれれば」

仕事熱心で真面目な彼女は、きっと気まずさをこらえながら無理をしてくれているに違いない。そう思って言った言葉だったが、一楓にはまたも伝わらなかったらしい。

「……わたし、お役御免なんですか？」

「は？」

斜め上からの返答に、瀬名は一楓に顔を向けた。

すると寝不足の顔で腫れぼったい目をした一楓に顔を向けた。

「昨日のことなら謝ります。社長は疲れて甘えたいモードだったのに、泣いてしまって申し訳ありませんでした。これからは膝枕の仕事も頑張りますので！」

「いや、あのさ……」

事実が微妙に組み替えられている。これは……自分が一楓に触れた意味さえも、伝わっていないのではないか。

「辛いんです」

彼女の切なげな声に、瀬名はハッとする。

「このまま、社長とぎくしゃくするの」

「……っ」

これは、引いてみたのが功を奏したのか。そう期待するが――

「わたし、社長と一緒に、ばりばり働きたいんです！」

やはり、一楓は手強かった。

「仕事か。そうか、うん。仕事ね……」

瀬名は悔しさをこらえて、頭をがしがしと掻く。

乱れた栗色の髪を、一楓はさっと手を伸ばして整えてから言う。

「まあ、わたしはプライベートも仕事に侵蝕されて、社長と一緒ですから。ある意味、公私ともにという意味になりますが」

その言葉に、瀬名は途端に頬が緩みそうになる。

「きみは、アメとムチを使い分けるのがうまいよね」

「なにがムチでなにがアメかわかりませんが」

「……無自覚か。ふう、天然に負けたよ」

「では、元通りってことで」

笑みをこぼして喜ぶ一楓に、瀬名は顔を歪めた。元通りということは、彼女に異性として意識されない上司のままだ。それは複雑だが、一楓に笑みが戻ったことに安堵する。どんな苦悩も、一楓の笑顔には敵わず、一瞬で吹き飛んでしまう。

瀬名は、目を閉じて一楓の肩に頭を置いた。すると一楓はビクッと体を揺らす。

「しゃ、社長⁉」

「このところよく寝ていないんだ、僕。まあ、自業自得なんだけどさ。きみの泣き顔を見るのは、しんどい。泣かせてしまったと思うと、余計に」

「……っ」

「きみを泣かせて悪かったと思っている。だけど、膝枕の仕事をばりばり頑張るっていうのは、どういうことかわかってる？」

瀬名としては、膝枕をねだったのは仕事ではない。しかし、一楓が膝枕の仕事も頑張るというのなら、その認識を確かめておかねばならない。

「ど、どういうことかって……」

「膝枕の仕事も頑張ると、さっき言っていたじゃないか。大体、きみは僕の枕役を、ぎくしゃくしないでできるの？」

「が、頑張ります」

「……そう。枕はなにをされても――触られても、びくびくしたり、声を上げたりしないんだよ。それ、本当にきみにできるの？」

「で、できますよ、それくらい！」

挑発的に言うと、一楓は意地になって受けて立った。

こんなふうにおかしな仕事を請け負ってしまうのは、本当に心配だ。しかし今の瀬名にとっては好都合である。そんなつもりはなかったが、これからも一楓に膝枕をしてもらう流れを作れた。

「僕もね、ぎくしゃくするのが辛かったよ。ぎこちなくなりたくないんだ、きみとは。……心から」

一楓の体温を感じ、瀬名の意識はとろとろとまどろんでいく。

「だから僕なりに、この四年……いや、その前から考えていたんだ。どうすればきみが僕を避けず、嫌わず、僕の隣で笑っていてくれるようになるのか。一方的に色々しておいて、なんだけど……」

そこで言葉を切ると、一楓はそっとこちらをうかがってくる。

「社長？」

瀬名はまっすぐに一楓を見た。

「三週間、待って。三週間後に、創立五年分の決算書を父さんに叩きつけてくる。それが終わったら僕は、素直になるから。きみの僕に対する認識を、軌道修正する」

「……軌道修正？」

「そう。ずっと、したくてもできなかったこと。言いたくても言えなかったこと……ちゃんと言うから」

瀬名は一楓の手を取ると、その柔らかな手のひらを自ら（みずか）の頬に当てる。そして、ゆっくりと……指を絡めるようにして手を握った。

「社長⁉」

声を上擦（うわず）らせる一楓。瀬名はふっと笑うと、そのまま静かに目を伏せる。

「いい？　待っていてくれる？」

「……わかり、ました。だから手を……」

「少しでいいから、このままにさせて。仕事と思っていいから」

「……っ」

「……僕ね、昔からきみの温もりを感じると、心が安らぐんだ」

そしてすぅっと寝息を立てた。

――よくわからないけど、社長と仲直りできたらしい。

一楓はほっと胸を撫で下ろし、隣で寝息を立てる瀬名を見る。

初めて間近で見る瀬名の寝顔は、とても美しかった。

『ずっと、したくてもできなかったこと。言いたくても言えなかったこと……ちゃんと言うから』

『きみの僕に対する認識を、軌道修正する』

どんな軌道修正だというのだろう。修正ということは、自分は今、間違った認識をしているということだ。

「一体、なに？」

彼の頭がのっている肩が熱い。それ以上に、彼と繋いでいる手が熱い。

暴君であり、甘えたがりの瀬名。社長であると同時に、一楓の温もりを求める男。

「……どの顔が、本当のあなたなの？　……瀬名」

一楓と瀬名が赴（おもむ）いた打ち合わせ場所は、都心に建てられた高層ビルの八階にあった。

全国に多くの支店がある、大手流通会社『タキシマコーポレーション』本社の社長室だ。

そこのソファに、一楓と瀬名は腰かけている。

「きみのお父様には、いつもお世話になっているよ」

向かいに座った瀧嶋社長は、開口一番、瀬名の父親について口にした。瀬名は涼しい顔で答える。

「父は父、僕は僕ですから」

「いやいや、きみの手腕は、敏腕と名高い総帥譲りだろう」

「どうですかね。それより、瀧嶋社長。父から、お話があるとうかがったのですが」

今まで瀬名の父親に紹介された相手に、ろくな輩はいなかった。親の七光りだと口にして、子供扱いする不躾な連中が多い。

それに瀬名がキレてしまわないように、一楓は見張りの役も担っている。

彼女が見守る中、瀧嶋社長は本題に入った。

「じつは、私の息子がいるうちの関連会社に、おたくのアイテーを導入しようと思ってな」

アイテーとはＩＴのことだろう。

「それで今日は、息子を呼んだのだ。——健人、入りなさい」

ガチャリとドアノブが回る音がして、ドアが開く。そこから、スーツ姿の爽やかな男性が現れた。

社長が笑顔で手招きした男性は、ひと懐っこい笑みを浮かべる。

「久しぶり。瀬名、一楓ちゃん」

それは一楓と瀬名の高校時代の同級生であり、生徒会副会長をしていた、有島健人だった。

有島は、この部屋の主である彼の父親を部屋から追い出すと、日だまりのような笑顔を作った。

一楓は思わずほっこりしてしまう。彼の笑みは、昔と変わらない。

爽（さわ）やかな美貌（びぼう）の有島は、高校時代、女生徒に人気があった。瀬名が色素の薄い、夢の国の王子様なら、有島は漆黒（しっこく）に包まれた現実世界の王子様だ。

きっと今も女子社員に人気なのだろうと思いながら、一楓は再会を喜んだ。

「有島くん、すごく久しぶりだね」

「また会えてよかったよ。まさかこんなところで会うとは思っていなかったけれど」

「わたしもびっくり！　偶然ってすごいね！」

一楓はにこにこと有島に笑いかける。

有島は彼女にとって少し特別な男子だった。それは彼だけが、一楓をあだ名ではなく、名前で呼んでくれたからだ。それに、困っている相手にすっと手を差し伸べることのできる、優しいひとだった。一楓は何度も彼に助けられた。

しかし、一楓にとって有島が特別なのは、それだけが理由ではない。

元々瀬名にしろ有島にしろ、イケメンというものは自分とは違う世界の存在。言わば物語の主役のような存在だ。その有島に、一楓はかつてときめきを抱いていた。
とはいえ、それは恋ではない。なぜなら、彼が男性と話しているところを見ると、その感情が生じたからだ。つまり妄想の対象として……腐った意味で、彼は特別だったのである。

　BLに夢中だった時期に、男慣れしていない自分に声をかけてくれるイケメン。それは一楓の中で、読書中のBLマンガのキャラに自動変換された。

　楽しそうに同級生と話す有島の顔を盗み見ては、彼が受けか攻めか考えたり、妄想を膨らましたりして、にやにやしていたのだ。

　BLマンガを拾った瀬名に口止めしたのは、一楓が腐女子だとバレたら、有島に気味悪がられてしまうかもしれないと思ったから。尊い推しに疎まれては、立ち直れなかっただろう。

　しかしそれは過去のこと。BLを封印した今、有島と再会しても、懐かしい気持ちになるばかりだ。BL思考が復活することもなく、『高校時代はお世話になりました』と心で頭を下げるのみである。

　そんな彼女に、有島は笑みを向けてくる。

「ねぇ、金曜日の同窓会、今度こそ一楓ちゃん、来られる?」

「あ……ごめんね、無理だわ。ありがたいことに仕事が忙しくて、せ……社長も」

一楓はぎこちなく答えた。なぜならば、瀬名から痛いくらいの視線を感じたからだ。

（せ、瀬名と有島くんは、友達でしょう？　なんで再会を喜ばないの？　このひと。男の友情ってこういうもの？　照れ隠し……でもなさそうよね）

もしかして喧嘩でもしたのだろうか。

そんなことを考えていると、有島が心底残念そうに言う。

「そっか、残念だね。それより一楓ちゃん、瀬名のことを『社長』って呼んでいるんだ？」

「尊敬する上司で、我が社の社長だもの！」

「あはは、迷いがないね。……ねぇ、一楓ちゃん。俺が独立したら、うちで働かない？」

冗談めかした有島の言葉に、一楓が返事をしようとした瞬間——

「駄目に決まっているだろう！」

不機嫌極まりない様子で、瀬名が声を荒らげた。そこに含まれる明らかな敵意に、有島は肩を竦めておどける。

「いやだなあ。冗談に決まってるだろう、瀬名。そんな目くじらを立てるなって。なあ、一楓ちゃん」

「そうですよ、社長。どうしたんですか？　昔は社長と有島くん、仲良かったじゃないですか」

「生徒会で一緒だったから仕方がなくだ。馴れ合っていた覚えはない」

「はいはい。外面がいい奴はこれだから」

瀬名にそんな口をきける同級生は貴重だった。やっぱり仲がいいんじゃないかと思いながら、一楓は話題を変えた。

「そういえば、有島くんが瀧嶋社長の息子さんだって、知らなかったわ」

ただの世間話のつもりだったが、口に出してから一楓はハッとした。名字が違うということは、なにか複雑な事情があるのかもしれない。デリカシーがないことを言ってしまっただろうか――

そんな焦りが顔に出たのか、有島は一楓を安心させるように笑う。

「俺は母親姓を名乗っているし、あまり知られてないだろうな。俺、愛人の子供だから。意地でも瀧嶋を名乗りたくないんだ」

やはり飛び出したデリケートな話に、一楓は申し訳なくなる。

「ご、ごめんなさい」

「いいんだ。もう開き直ったから。父親には母子で苦労させられて、昔はただ恨んでいたんだけれど、社会人になったら考え方が変わったんだ。使えるものは使って、成り上がってやろうかなって。コネだけはあるからさ」

その口調は、野心を語っているとは思えないほど爽やかだ。冗談なのか本気なのか、一楓にはよくわからなかった。

「……つまり、お前は父親を利用して、僕を呼び出したわけか」

瀬名は忌々しげに有島を睨む。その言葉に、有島は素直に頷いた。

「ああ。だって俺が呼び出しても、瀬名は絶対会おうとしないだろう」

「……岩本から聞いたのか」

「さあ、どうだろうな」

有島は妙に楽しげにはぐらかした。瀬名は舌打ちをすると、ぼやく。

「だから、いやだったんだ。あいつにばれるのは……」

「今週末の同窓会、ふたりで少しでもいいから出ろよ。ガンちゃん、張り切ってたぞ?」

有島の誘いを、瀬名が冷笑で拒絶する。

「出るわけないじゃないか。お前たちと違って、僕たちは忙しい」

「ふぅん？　俺は楽しみにしていたんだけどなあ、一楓ちゃんと酒飲むの」

「ひとの部下を口説かないでくれるかな。彼女は、お前のものじゃない」

「でも瀬名のものでもないよな。彼女が自分の意思で、俺のところに来るかもしれないじゃないか」

瀬名と有島の間に、火花がバチバチと散っている――ような気がする。

(わたしはなにも言っていないのに、『もしも』の話でどうして敵意を剥き出しにしているんだろう、このふたり)

一楓は呆(あき)れてしまう。

「話がそれだけなら僕はもう帰る。設楽、帰ろう」

立ち上がって一楓の腕を掴んだ瀬名に、有島は座ったまま言う。

「ちょっと待て、瀬名。仕事の話が本題だ。まあ、座れよ」

「……お前からの仕事を引き受ける気はない」

「いや、瀬名にもメリットがある。——というか、共同戦線を張らないか？」

「共同戦線？」

瀬名は訝(いぶか)しげに目を細めた。

「無理無理！　なんで有島くんの提案に乗ったんですか、社長！」

車に戻るなり、一楓は悲鳴を上げる。

「試験的でいい、かつ基礎となるベータ版は開発済みとはいえ！　誰もがあっと驚く機能がついた新ＯＳを開発するって、どれだけのことだと思ってるんですか！　その期限が今週末っていうだけでもありえないのに、協同組合のシステムの期限と重なっているんですよ!?　社長がどんなに有能でも、ふたつの案件を並行させるなんて無理ですって！」

——有島は一年間海外視察に行き、一ヶ月前に帰国したところらしい。

彼は日本企業の閉鎖的な悪習が、企業の成長の妨げとなっていると考えているという。同時に、日本にいる彼の父親を越えるため、海外進出の必要性を感じたようだ。

『なあ、瀬名。海外に興味はないか？　瀬名の力は日本だけでくすぶらせておいていいものじゃない』

有島は海外に強い後ろ盾を見つけたようで、近々会社を設立することにしたらしい。そこのIT部門の責任者に瀬名を据えるから、派手なOSを作れと、無茶なことを言い出したのだ。

『日曜日に開かれるIT国際フォーラムの海外ゲストを招き、金曜日にレセプションが開かれる。ゲストの多くは、俺が海外で親しくしていたひとたちだ。俺はそこに押しかけ、彼らを味方につけたいと思っている。つまり、IT部門責任者となる瀬名の技術を、彼らに認めさせたいんだ』

そう言われ、瀬名は話に乗った。

しかし、一楓は黙っていられない。

「うちの社長は瀬名伊吹ただひとりだけです！　このままでは有島くんの会社に吸収される流れになっちゃうじゃないですか！」

「有島の会社に行くことも、吸収も併合も考えていない」

「だったらなんで、やるなんて……っ」

「有島なんてどうでもいいんだ。だけど、あのレセプションの参加メンバーは……僕が行きたかった国際フォーラムのゲストだったから」

一楓は、瀬名の机を掃除した時に広げられていた雑誌を思い出した。

「ITコンテストに参加できなかったイデアシンヴレスにとって、これはチャンスだ。レセプションの飛び入り参加で技術が認められたら、創立五年を飾るにふさわしい……コンテスト受賞以上の成果が出る。……実績とコネを作りたいんだ。今のままでは、どうしたって行き着かないから」

彼は、有島を利用するつもりで、この話を受けたのだという。

「イデアシンヴレスを進化させたい」

瀬名は厳しい表情を浮かべる。

彼がどうしてそんなに実績にこだわるのか、どこに行き着こうとしているのか、一楓にはわからない。

「夢は大きい方がいいですよ。大志を抱くことはいいことです！　だけどなんで、無謀なことをしないといけないんですか。しっちゃかめっちゃかの修羅場を、どうしてふたつも抱えるんです⁉」

「大丈夫、迷惑かけないから」

瀬名は、にっと笑ってみせた。

「そういう問題じゃないでしょう⁉　今でさえ無理して頑張っているのに、これ以上負担がかかったら倒れますよ⁉　完全にオーバーワークです！」

「……なんだ、僕を心配してくれているんだ？」

瀬名は嬉しそうに笑みを浮かべて一楓の頭を撫でる。興奮している一楓は、その手を払った。

「当然でしょう⁉　何年一緒に働いてきたと思ってるんですか！」

「僕が知るきみは、僕が倒れたらちゃんと背負って病院に運んでくれるから、大丈夫」

「ひと任せにしないでください！　常時そばにいるわけじゃないんです」

「……いてよ」

瀬名は、熱くなった一楓の頬を撫でる。

「そばにいて」

彼の瞳が切なげに揺れると、一楓の胸がとくんと脈打った。

「冗談はやめてください！」

「冗談なんかじゃない。あいつより、僕はずっと……っ」

瀬名はなにかを言いかけてやめ、目を細めて唇を噛んだ。

その辛そうな表情に、一楓は胸が苦しくなる。

「……やり遂げたら、きみに有言実行なちゃんとした男を見せられたら……ご褒美をちょうだい」

「ご褒美？」

「そう。……きみを抱きたい」

濃藍色の瞳に囚われて、一楓はカッと体が熱くなった。

「だから冗談は……っ」

思わず振り上げたその手を、瀬名はぱしりと掴む。

「──抱きたいんだ、ただの男として」

どこか余裕がなさそうに言う瀬名の顔は、さらに切なさを滲ませていた。

「いい？」

これは、冗談ではない。

そう悟った一楓は、熱に浮かされたようにぼうっとして、気づけば頷いていた。

──抱きたいんだ、ただの男として。いい？

瀬名の言葉が頭によみがえり、一楓はキーボードを叩く手を止め、ぶんぶんと頭を横に振った。

「……なんで頷いたんだ。どういう意味だ。そしてなんでそのまま自席に戻ってきちゃったんだ！　わたしの馬鹿！」

正気に戻ったのは、社に戻り、自分のパソコンの電源をつけた時だ。

それ以降、まるで仕事にならず、夜を迎えてしまった。

一楓はぺちんぺちんと自分の両頬を叩くと、机に突っ伏した。

一方の瀬名はと言えば、立ち入り禁止の札をかけた社長室から出てこない。この札が出ている間は、一楓すら近寄ることが許されない。……彼はやる気だ。

過去、どんな無理難題も、瀬名がやると言ってできなかった仕事はない。

（いやいや、今回ばかりは今までとは違うし。ふたつとも納期が同じ日だし、社長自身かなりお疲れのようだし、途中でへばるのが先かも）

「……いや、へばられたら駄目。会社の信頼にも関わるわ！　なにか手伝いを……」

そう社畜らしく思ったところで、またもやぶんぶんと頭を振る。

「そうなったら、ご、ご褒美をまるで楽しみにしているみたいじゃないの！」

そして一楓は両手を合わせて、神に祈る。

「神様！　どうか、さっきの話はお疲れの瀬名の寝言であり、今では綺麗さっぱり忘れていますように。おまけにわたしの過去をすべて消してくだされば嬉しいです」

そんな一楓の奇行に周囲から哀（あわ）れみの視線を送られるが、構っていられない。

「よし、忘れたふりをしよう。そうしよう」

「そうはいかないね」

突然、瀬名の声が聞こえ、一楓はぎょっとして振り向く。そこには、パソコンとディスプレイを抱えた瀬名がいた。

彼は一楓の席の隣に簡易机を並べ、パソコン類を設置しはじめる。

一楓はしばらくそれを呆然と眺めていたが、彼がパソコンを立ち上げたところで、我に返って声をかけた。

「ええと、一体なにを……」

「現状を抱えきれなくなったきみが、現実逃避のために暴走するかもしれないだろう。だから、見張っていようと思って」

「は、はあああ⁉」

「……というのは半分冗談。……そばにいてって言っただろう？」

甘い声が囁(ささや)かれた瞬間、周囲がしんと静まり返った。

「しゃ、社長。それは言葉のアヤですよね……？」

「いやだな。僕は有言実行だと証明したいんだよ。特にきみには、誠実に」

瀬名は溌剌(はつらつ)とした笑みを浮かべて立ち上がると、声を張った。

「聞き耳を立てている諸君。言っておく。僕が請(う)け負ったふたつの仕事を金曜日中にめでたく納品できたら、その日は設楽と共に帰り、次の土日は休む。理由を察し、協力してくれ」

「な、なななな！」

一楓は体を仰け反らせて、瀬名を見た。

（なに言ってるの!?　おかしくなったの？　このひと！）

「ちなみに僕は、おかしくなどなっていない。ちゃんと宣言して、自分を奮い立たせないとね」

一楓の心を読んだように、瀬名はつけ加える。すると、宮部がひゅーひゅーと口笛を吹いた。

「社長、それは外堀を埋めているってことですね？」

「そうだ」

（外堀を埋めてる？　なんのこと？）

なぜか宮部は事情をわかった風だが、一楓にはなんの話かよくわからない。

「でしたら俺っちは、早く仕事を終わらせることにします。というか、今回は既存システムを流用しているので、葛西さんも雪村ちゃんも進行度八十パーセントと順調です。だからきっと社長に迷惑かけることなく、早い休暇をいただけると……」

「それで、本当に終われると思っている？」

瀬名が、にっこりと腹黒い笑みを浮かべた。

「大丈夫。心配しなくても仕事は溢れるくらいある。まずは念入りな検証。それが終わったら、ちゃんと別の仕事をあげるから、僕のところに来て」

社長の非情な声に、幸子と葛西が宮部に憤りを向ける。

「ゆっくり作ろうって、みんなで相談して決めたのに！　終わりそうなんて言うなよ！」

「そうですよ、宮部さん。私たちの苦肉の策が！」

捨て置けない言葉だ。一楓は立ち上がって三人の部下に詰め寄ると、腕組みをして冷ややかに笑った。

「聞き捨てならないわね、サッとできる仕事をぎりぎりまで引き延ばしてるってこと？」

一楓の迫力に気圧され、三人は口ごもる。

「社長が倒れるかどうかの瀬戸際なのに、あなた方はなにを考えているの!?」

そして一楓は再度大きく息を吸い込むと、人差し指を突きつけて怒鳴った。

「予定変更！　うちのチームは全員、明日中にわたしにシステムを提出！　終わったら各自、社長の指示を仰いで、仕事を手伝って！　社長の仕事が終わるまであなた方に休暇はなし！」

連帯責任が、他ふたりにも降りかかる。部下が阿鼻叫喚の様を呈する中、一楓は鼻をふんと鳴らして憤然と自分の席に戻った。

そんな彼女に、瀬名は微笑む。

「ありがとう。助っ人を寄越すほど、僕の仕事を終わらせるために力を貸してくれて。……それにしても、驚いたな。約束が果たされることを、きみがそんなに楽しみに思っているなんて」

「は？　はあああ!?　ち、ちが……っ！」

敵に塩を送ってしまったと気がつき、一楓は慌てる。しかし瀬名は動じず、嬉しそうに笑う。

「ふふふ。さ、頑張ろう」

まるでピアノでも弾いているかのような優雅な指使いで、キーボードを軽やかに叩く瀬名。

「違うんです、社長！」

「……じゃあきみは、仕事を終わらせたくないの？　社員として、それはどうなのかな？」

途端に瀬名は、問答無用の威圧的な笑みを向けてくる。真面目な社員として、一楓は『仕事を終わらせたくない』などとは、口が裂けても言えなかった。

「それは……」

「だから、早く終わるように、きみも頑張って。ね？」

反論できず、一楓は泣く泣く仕事に取りかかる。

隣に座る瀬名は、プログラムを作りながら、社員の質問に答えていった。

（いつもながら鮮やかな神業だけれど、彼の頭の中はどうなっているのだろう）

それにしても、瀬名はなぜわざわざ社長室から出てきたのか。さっきは一楓を見張るため、などと言っていたが、なんだかしっくりこない。

社長室で電話線を抜けば、瀬名は集中して自分の仕事ができる。それなのに、なぜ集中力を乱される環境にわざわざ身を置いたのだろう。

(待って？　もしかして――)

社長室から出ると、雑務を抱えるリスクは大きくなる。しかし、その分のリスクを帳消しにできる助っ人を確保できれば、メリットの方が大きい。

つまり瀬名は、どんな状況でも社長を見捨てられない一楓の性格を、利用したのではないか？

――そうだ。そうに決まっている。

「やられた！」

一楓は思わず机に突っ伏し、大声で嘆く。そんな彼女の頭を、誰かが撫でた。

その手が誰のものかは、容易に推測できる。その手を払いのけた時、一楓のスマホが鳴った。

見知らぬ番号だ。首を傾げた一楓だったが、有島に別れ際に言われたことを思い出す。

――実はガンちゃんから、一楓ちゃんの電話番号を聞いたんだ。今夜、電話するよ。

(もしかして、有島くんかも)

応答しようとしたところで、瀬名がひょいとスマホを奪った。

「あっ、社長！」

一楓の許可なく電話に出ると、一言二言交わして勝手に電話を切る。そして自分の胸ポケットにスマホを入れてしまった。

あまりの行動に、一楓は呆然とする。

「ちょっと……わたしの電話……」

「ただのセールスの電話だ。僕が撃退してあげるから、きみは仕事に集中して」

「セールスって……スマホにですか⁉　相手、有島くんじゃ……」

「仕事中は私語を慎んで、設楽。部下が見ているよ、示しがつかないじゃないか」

にっこりとどす黒い笑みを向けられ、一楓はしゅんと縮こまった。

……それから再び着信音が鳴ると、瀬名は迷わず電話に出る。

「新聞は間に合っていますので、今後一切要りません。金輪際かけてこないでください」

『俺はセールスじゃないぞ、瀬名。大体なんでこんな夜遅くに、一楓ちゃんの電話に……』

耳を澄ましていると、電話の相手の声が聞こえた。予想通り、有島の声だ。

（やっぱり有島くんからじゃない。なにか用があるかもしれないのに）

一楓が文句を言おうとすると、瀬名は彼女の口を手で塞ぎ、電話を切る。そして有島の電話番号を素早く着信拒否すると、スマホから履歴一切を消し、電源を落とした。

「これでセールスに邪魔されずに、集中できるね。僕も苛立ちの種がなくなって安心だ」
無茶苦茶なことをしでかしているはずなのに、瀬名は上機嫌で仕事を進めるのだった。

やると決めたからには死んでもやる——瀬名の信条を引き継いだ一楓が率いるチームは、二日目の深夜に協同組合のシステムのプログラムを作り上げた。開発期間は三日の予定が、たった二日で完成したのである。

それは一楓のチームメンバーが単に頑張った……という話ではない。

殿上人だった瀬名がチームにまじって働いたことにより、士気が上がったおかげだ。

高校時代の生徒会でも、彼はそういう役目を担っていた。有能で近寄りがたいオーラがあるのに、他の生徒と共に現場に入るだけで、みんながやる気を出して本来以上の力を発揮する。

きつい仕事であればあるほど、瀬名は動く。それが彼なりの、部下に対する労いなのだろう。

——翌朝。仮眠を取り、リフレッシュしたチームメンバーは、定時より数時間も前にもかかわらず席についていた。イデアシンヴレスには仮眠室やシャワー室があるので、それぞれの方法で疲れを癒やしたはずだ。

数時間前よりさっぱりした様子の部下たちに、一楓は指示を出す。

「プログラムが揃ったので、わたしと社長はデータ検証に入ります。葛西さんと宮部くんは、検証を手伝って。幸子ちゃんたちは、出力できるすべての帳票で、金額や情報が合っているか確認してもらえる？」

プログラマーとしての腕もある幸子に帳票の検証を任せたのは、彼女は細やかなことによく気づく女性だからである。色々と気を回してチェックしてくれるだろう。

彼女と同じ作業を頼んだのは、矢田、太田というプログラマーだ。三人でやればそれほど時間はかかるまい。

「わかりました、設楽さん。お任せください」

幸子の眼鏡がキラリと光った。

各々持ち場につくと、仕事をこなしていく。

プログラムのデータを検証していくと、バグがいくつか見つかったものの、致命的なミスはない。

バグを潰した後は、こちらの意図通りに動くか、多少荒い操作をしてもシステムが止まらないかなどを、いくつかの機械で調査していく。

合わせて、瀬名が同時進行で作っていたセキュリティプログラムを確認した。それは、高性能な上に動作が軽く、片手間で作ったような代物ではない。

どうすればこんなに緻密なプログラムを構築できるのかと、一楓は舌を巻いた。

（悔しいけど、わたしがずっと瀬名の成績を抜かせなかったのは当然だわ）

そうしているうちに、一楓は幸子から、帳票は問題ないと報告を受けた。一楓自身もひと通り目を通したが、特におかしな点はない。

よしと意気込んで、瀬名に報告する。

「――以上、考えられる限りの検証は、すべてOKでした」

瀬名はキーボードに指を走らせたまま頷くと、一楓の他に幸子と矢田、太田に声をかけた。そして、テスト機を持って組合に行くよう指示をする。

「テスト機に復元したバックアップデータにおかしなところがないか、事務員と点検してきて。それが終わったら、別ファイルで管理しているというデータを、システムの形式で入力させること。実際の申込書と照らし合わせて、すべての出力データで確認して。大丈夫そうならテスト機で模擬操作をすること。金額など一切が大丈夫か、設楽の目で確認するのを忘れずに。あと、バックアップはこまめに取ってね」

「わかりました」

一楓はひと通りメモをとり、頷いた。

「それと、設楽は必ず雪村と一緒に動くこと。ひとりで動かない」

唐突な命令に、一楓は首を傾げる。

「は、はい……？　あの……それは、なぜ……」

「雪村は十分、僕の代理ができるから。彼女は合気道の有段者なんだよ」

頷く幸子の眼鏡が光る。確かにプログラムの腕は、一楓より幸子の方が上だ。瀬名の代理が務まるほどのプログラム知識を持っているのかもしれないが、なぜ合気道という単語が出てくるのだろう。

しかし、今の瀬名にそれを聞くのはためらわれた。なにせ、レセプション用のプログラムを、葛西と宮部と共に手がけているのだ。

それが大変でおかしなことを言ったのかもしれないと思い、一楓は深く考えずに頷いた。

イデアシンヴレスでは、検証したプログラムやシステムを、クライアントに納品して終わりにはしない。クライアントがそのシステムを使いこなせるように、直接操作を指導したりアフターフォローしたりすることも、料金に含めている。それを兼ねての模擬操作だ。

結果は順調で、いくつか引っかかる点はあったものの、それは組合側の操作ミスが原因だった。これなら間違いなく、金曜日に正常なシステムを納品できる。

「設楽さん。よかったら、今夜どうかね」

後片付けをしていた一楓を、萩課長がまた誘う。だが、遠くにいたはずの幸子が、大魔神のようにゴゴゴと現れ、課長を撃退した。

それから夕方四時には検証を終えて、組合を出る。順調だが、すべきことはまだまだたくさんある。

瀬名が率いるレセプション用のプログラムも検証段階に入ったようで、チームは慌ただしく作業をしながら、また会社に泊まり込みとなった。

――そして金曜日。

レセプション用のプログラムの不具合が、ひとつ改善されずに残っていた。

ネクタイを外し、ワイシャツの袖を捲った瀬名が、苛立ちながら原因を探る。プログラマーの葛西たちもそばで色々な案を出すが、改善は見られない。

時間は無情にも過ぎていく。

正午を目の前にして、瀬名は荒々しく頭を掻いた。

一楓は、瀬名が好きなコーヒーをマグカップに淹れて差し出した。瀬名はそれを一口飲むと、画面を見つめたまま一楓に言った。

「きみは組合の方に行って」

「でも……、なにか役に立てることがあれば……」

「ない。これは僕の問題だ。きみには組合の仕事を任せる。太田と矢田を連れていって」

一楓には、その命令に従う以外の選択肢は用意されていないようだ。

「……はい。太田くん、矢田くん、行こう。葛西さん、宮部くん、幸子ちゃん。よろしくお願いします」

こういう緊急時に、一楓程度では瀬名の助けになれない。そのせいで突き放されるのは辛い。

彼の部下としてやってきたのに、お前では力量不足だと言われているような気にすらなる。

そばで意見を述べることができるプログラマー三人の方を、瀬名は頼りにしているのだ。

悔しい思いを秘めて、一楓はサーバー機を抱えて組合に向かった。

特別な資格を持っていないだけで、矢田も太田もかなり機械に詳しい。矢田がサーバーの設定をしている間、一楓と太田は社員に再度操作方法を説明し、質問を受ける。

矢田は珍しくまごついていたが、心配して声をかけると『大丈夫です!!』と力強く言っていた。その言葉通り、しばらくして設定を終える。

そして、社員たちに新システムを使って通常業務をしてもらった。一楓たちは、操作や見方に不慣れな社員たちをフォローしながら、データにおかしなところがないか何度も確認する。

(前回もやってもらったし、これなら大丈夫)

頑張った甲斐あって、社員たちからは、新しいイデアシンヴレスのシステムは大好評だった。

午後三時。幸子が一楓のもとへ駆けつけた。『不具合を解消できた』との伝言を持って。一楓にとって幸子は、昔の自分の分身みたいなものだ。姿を見るとほっとする。しかも幸子は、今日も一楓を飲みに誘ってきた萩課長をそれとなく追い払ってくれた。本当に感謝してもしきれない。

新システムでも問題なく稼働できるという手応えを感じたのは、夜の七時前だった。組合の理事という人物は、システムを使った社員の様子を見て、労いと感謝の言葉をくれた。そのおかげで疲れが吹き飛んだ気分だ。

「終わった……」

組合を出てビルの玄関口を出たところで、一楓は大きく息を吐いた。

「あ、瀬名に連絡しなくちゃ……」

そろそろレセプションが終わる時刻だが、成功しただろうか。

今さらのように心配になりスマホを取り出したが、瀬名に電源を切られたままだったことに気づき、慌てて電源を入れる。

「設楽さん。社長からお電話です」

起動が終わる前に、矢田が彼のスマホを差し出してきた。一楓は慌てて受け取ると、勢いよく質問をした。

「そちらはどうでした？　うまくいきましたか⁉」

しかし、電話の向こうからは返事がない。

（も、もしや……無敗神話が崩れたの⁉）

なんと言葉をかければいいやらと困っていると――

『……僕を誰だと思っているんだよ』

笑いを含んだ甘い声で、瀬名は言う。

『上手くいったに決まっているだろう？』

「やったあああああ！」

人気のないビルの陰で、一楓は拳を突き上げた。

「すごい！　さすがです、社長！」

『ふふふ、惚れた？』

「ええ、惚れましたとも！　さすがはみんなのカリスマ社長です！」

電話の向こうで、瀬名は黙り込んだ。そして――

『みんなじゃなくて。きみは、惚れた？』

「ええ、惚れましたって！　みんなも絶対そう思ってますよ！」

『だから……まあいい、今こんなやりとりをしても仕方がない。きみの方もうまくいったんだって?』

「はい。おかげさまでトラブルもなく、今までのシステムよりわかりやすいと評判もいいです! 理事からもお褒めのお言葉をいただきました。月曜日の請求処理も大丈夫でしょう」

『そう。僕は、少しも心配していなかったけれどね』

「え?」

『きみなら必ず完璧に仕事を終えると信じていた。組合の件を安心してきみに任せられたから、僕はレセプションに全力投球して、不具合を解消できたんだ。きみがいなければ、きっと完成できなかったと思う。……ありがとう』

胸がきゅうんと締めつけられる。瀬名が自分を認め、信頼してくれたという感動で、言葉が出ない。

『そっちはそのまま解散して、メンバーに明日から休暇をとらせてくれる? 月曜日の請求処理に立ち会うのは、僕ときみでいいだろう。疲れているみんなをフルに動かしたから、さすがにもう限界だ』

一楓だけは、休暇返上で瀬名と仕事をすることになっているようだ。しかし、部下をとにかく休ませてあげたくて、彼女は一も二もなく承諾した。

「わかりました。では、わたしもこのまま……」

一楓もこのまま帰宅するつもりだったが、ぶっきらぼうな声に遮られる。

『ロイヤリティホテルのロビーに七時半』

「はい？」

一楓はスマホを耳に当てたまま首を傾げて、なんのことだろうと目を瞬かせた。

『……ご褒美、もらうから』

「え？」

不意によみがえったのは、『抱きたいんだ、ただの男として』という瀬名の言葉だ。

「ご褒美って……え、えええええ⁉」

『記憶から消えていたわけじゃなくてよかったよ。……それと、逃げられるとは思わない方がいい。逃がさないから』

一楓の背筋に、悪寒にも似たものがぞくぞくと駆け上がる。これはまずい。すっかり忘れていたが、瀬名はどうやら本気で言っているらしい。

「あ、あの社長。その件ですが……」

『……待ってる』

一楓の考えを読んだかのように、瀬名は一方的に告げると電話を切ってしまった。それ以降、電話をかけても呼び出し音が続くだけだ。

「やばい。すっかり忘れてた……」

無視を決め込んで家に帰るという選択肢もあるが、そんなことをしてまたぎくしゃくするのも嫌だ。

（お互い納得の上で、回避する方法は……）

ふと顔を上げると、ビルのガラス窓に疲れ果てた一楓の姿が映っていた。

よれよれになったこの姿を見たら、瀬名は萎（な）えるだろうか。……いや、必ず萎（な）えるだろう。

「それしか、ない……」

とりあえず指定されたホテルに赴（おもむ）き、そこで女として最悪な、このボロボロな姿を見せつけて、解散しよう。ホテルに行ったという義理を果たせば、逃げたことにもならない。

……働き通しの頭が出した案にしては、妙案に思えた。

「もしかして、『本当に来るなんて、馬鹿じゃない？』と鼻で笑われて終わるかもしれないし。瀬名も疲れているから、ひとしきりからかったら満足するでしょう」

一楓はなんとかなると思いながらチームを解散させ、電車を乗り継いで待ち合わせ場所に向かう。

最寄り駅に着くと、色とりどりのネオンに照らされた明るい大通りを歩く。ホテルまであと数分というところで、車のヘッドライトが眩（まぶ）しくて、思わず立ち止まった。疲れた目を手で擦る。

そして顔を上げると、前方にいる人影が目に留まった。

（あれって……瀬名？）

一楓は息を呑む。大通りの喧騒が一気に静まったかのごとく感じられた。

瀬名の隣には、髪の長い女性がいる。彼女は抱きつくように瀬名と腕を組んだ。

（隣にいるのは……誰？）

長い黒髪を背中に垂らし、薄いオレンジ色のワンピースを着た女性。二十代前半くらいの、お嬢様に見える。

瀬名には兄と弟しかいないと聞いたことがあるから、血縁者という線は薄い。

妹でなければ、妙に親しげなあの若い女性は――誰？

距離があるので表情まではわからないが、瀬名が女性の腕を振りほどく様子はない。

合意の上で腕を組んでいるということだろう。つまり、恋人に違いない。

親密さを見せつけているかのようで、一楓は打ちのめされた心地になる。

イデアシンヴレスで共に働いてきて、瀬名に女の影はないものだと思っていた。

しかし彼は、あんなに忙しい中で恋人を作っていたのだ。

一楓が気づかなかっただけで。誰より瀬名の近くにいるのは自分だと、驕っていただけで。

『抱きたいんだ、ただの男として』

昔も今も、自分は性欲を処理する相手ということか。誘えば体を許す、手っ取り早い女だと思われていたのかもしれない。

一楓の両目から、ほろりと涙がこぼれた。

「わたしは……いつだって、遊びだってことか」

わかっていたはずだ。瀬名にとって、自分に女としての魅力がないことくらい。

自分だけが、男の顔をした彼との情事の記憶を消せずにいたことも。

一楓は悔しさに震える唇を噛みしめ、踵を返す。

(わかっていたのに――っ!!)

惨めでたまらない。心が痛くて仕方がない。

苦しさから逃げるように足早に駅に戻る途中、躓いて転びそうになり――

「委員長、み～っけ！」

突如声が聞こえたと同時に、一楓を抱きとめてくれる腕があった。おかげで転ばずに済み、一楓は慌てて顔を上げる。

「あ、ありがとうございま――って、ガンちゃん!? なんでここに!?」

一楓を助けてくれたのは、高校時代の同級生ガンちゃんこと岩本典枝だった。高校時代よりも長く伸びた黒髪をバレッタでまとめ、眼鏡をかけた、パンツスーツのキャリアウーマン風だ。

「はっはっは。可愛い委員長を捕獲しに……って、あれ？　泣いているのかい、委員長？」

典枝は昔から男女関係なく誰とでも気さくに接する子だった。それに少々ボーイッシュな口調だったが、社会人になっても変わらないらしい。

彼女に指摘され、一楓は急いで涙を拭ったが、遅かった。

するると典枝は唐突に質問してくる。

「悲しい気分を吹き飛ばす、いい方法を知ってる？」

「え？」

「それはね、酒を飲んでわいわい騒ぐことさ！　というわけで、これからはじまる同窓会へＧＯ！」

「え？　ちょ……っ」

典枝はにやりと笑うと、脇に停まっていたタクシーに一楓を押し込んだ。

「むふふふふ」

不気味に笑う典枝も乗り込み、タクシーが走り出す。

向かう先は、一楓が目指していたホテルの方向。しかし窓の外を見ても、瀬名と美女はすでにいなかった。

第三章　それは、あくまで恋心で

「ではでは、卒業以来の参加となる我らが委員長を交えまして〜、乾杯〜っ!!」

典枝のかけ声で、本日の同窓会に参加した総勢三十六名が、手にしたビールジョッキをかち合わせた。

同窓会の会場は、ちゃんこ鍋が名物の居酒屋だった。

その細長い個室の奥に座った一楓は、向かいに座る有島から声をかけられた。

「一楓ちゃん、数日ぶり。同窓会でも会えて嬉しいよ。そういえば今日のレセプション、瀬名に対して大絶賛の嵐だったよ。きみも来ればよかったのに」

そう言った有島の爽(さわ)やかな笑顔を見る限り、レセプションでの瀬名の評価はさぞ高かったのだろう。

(その話、本当は瀬名から聞きたかったな……)

少し残念に思いながらも、一楓は瀬名の名前を聞いてちくりと胸に痛みを覚えた。それを誤魔化(ごまか)すように笑みを作る。

「わたしは別の仕事があったから。でもよかった、大成功で」

（瀬名のことはなにも考えるな、考えるな）

営業用の笑みで有島と話していると、左隣に座った典枝が、一楓の体を肘でつついて耳打ちしてきた。

「委員長は瀬名王子の秘書になったのかあ。……ねぇねぇ、瀬名社長に手を出されたり、した？」

高校時代、王子扱いされていた瀬名のことを、典枝はからかいまじりに瀬名王子と呼ぶ。

好奇心たっぷりの彼女の問いに、一楓は苦笑して首を横に振った。

「わたしにとって瀬名は、尊敬すべき社長だし。瀬名にもその気はないよ。あと、わたしは別に秘書として雇われているわけじゃないから……」

しかし、典枝はなぜか、むふふふと謎の笑いをこぼす。

そこに突然、有島の隣に座る古尾谷が割り込んできた。

「いやあ、行方不明だった委員長が、こんなにお美しくなって現れるとは！」

クラスのお調子者だった彼は、気取った風に一楓に手を差し出してくる。

「お付き合いしているひとがいなければ、ぜひとも私めと……」

「お前には無理！」

そう言って古尾谷の右手を払ったのは、有島だ。

「いってぇぇぇぇ！　容赦ないなあ、ケントぉぉぉ！」

有島の名を叫びながら、古尾谷は大げさに痛がる。

その様子に、典枝と有島が声を上げて笑った。それにつられるように一楓も笑い、ハイペースでビールを飲む。

この同窓会の参加メンバーは、三年間同じクラスだった同級生だ。当時も古尾谷が男性陣を、典枝が女性陣を盛り上げてくれた。生徒会の副会長をしていた有島は、意見が分かれて不穏な空気になった時に折衷案を出したりして、委員長をしていた一楓に協力してくれた。

三年間委員長を務めた一楓は、この三人には頭が上がらないほど助けてもらった。

(……そういえば、瀬名にも助けてもらったことがあったっけ)

三人以上に影響力があったのは、瀬名だった。瀬名の一言で話がまとまったことは、一度や二度ではない。

(あれ……? わたし結構、瀬名に助けてもらっていた?)

一楓より成績も家柄もいい、女にだらしがない超イケメンの遊び人。

そんな彼なのに、もしかすると有島よりも、さりげなく手を貸してくれていたかもしれない。

——彼の目の前でBLマンガを落としたせいで、三年の梅雨時から、卒業まで目も合わせない関係になったのだけど。

そこまで考えて、一楓はハッとする。

（なんで瀬名のことなんか！）

彼を頭の中から追い出すように首を振ると、手元のビールを飲み干して叫んだ。

「ビール、おかわり！」

「おお、委員長、調子いいねぇ！」

近くにいた男子が囃（はや）すように言って、酒が入ったグラスを渡してくれる。

「ほら、次が来るまで、これを飲め飲め！」

一楓は渡されるがまま酒を飲んだ。酔いが回ってくると疲労感がなくなったが、心は元気にならない。

典枝と有島の話を聞き流しながら、一楓はとにかく酒を飲む。

「しかし、瀬名王子も酷い男だよね。あの抜かりない王子が委員長の所在を知らないはずないと思って、何度も何度も聞いていたんだよ⁉　それでもずっと知らないの一点張りだったくせに、こっそり王子の会社で囲っているとは。この岩本典枝、一本取られたよ」

典枝は大袈裟（おおげさ）な身振りをしながら語り続ける。

「ここだけの話、委員長のことになると、王子は昔から素（す）に戻るんだ。あのにこにこ笑顔は猫をかぶっているだけ。本当の彼は頭がガチガチで心が狭い男なんだけど、敏腕記者として成り上がるためには、王子の実家とのコネを作りたいんだよね」

（そうか、ガンちゃんは記者として成り上がりたいんだぁ……）

一楓はふわふわしてきた頭で、そんなことを考える。

ふと、居酒屋特有のざわめきが、一時間ほど前に体感した大通りの喧騒のように感じられた。

腕を組む女性と、抵抗しない瀬名の姿が頭に浮かぶ。

もしかして瀬名は、甘く熱を帯びた眼差しを彼女に向けていたのかもしれない。――情事の時に一楓に見せた以上の、男の目を。

今頃瀬名は、あの女性とホテルにいるのだろうか。

もしかして、社員の前で土日は休むのと宣言したのは、フェイクだったのかもしれない。自分はあの女性の隠れ蓑で、本命の存在を隠すための言動だった――ありえる話だ。

一楓だったらきっとうまく立ち回るだろうからと、そういう役割を任されることは、簡単に想像できる。

『彼女は、僕が好きな女性だ』

瀬名にそう告げられたらと思うと、胸が締めつけられるように苦しい。一楓はスカートをぎゅっと握りしめた。

（わたしは、どうして……）

どうしてこんなにも胸が痛むのだろう。つらくてたまらないのだろう。

（こんなの、まるで……瀬名に恋をしているみたい）

そう思った途端、一楓の心臓が跳ねた。

（……しているみたい、じゃない）

自分は、瀬名伊吹に恋をしている――

それは、心にすとんとおさまる言葉だった。

（わたし、瀬名が好きなんだ）

いつからかも、どうしてかもわからない。でも気づけば一楓は、瀬名が好きになっていた。

瀬名の隣には、誰にも立ってほしくない。あの甘やかな顔を、誰にも向けないでほしい。

自分だけが特別でいたい――

（ああ、わたし馬鹿だ。絶対手が届かないひとを独占したいなんて）

唐突な自覚により、涙がこみ上げてくる。

そんな一楓の肩を、隣に座る典枝が叩いた。

「――あ、ねぇ、委員長も協力してくれる？　委員長にはもれなく、王子がついてくる……って、委員長!?」

一楓の目からぼたぼたと涙がこぼれていることに気づき、典枝が驚く。すると向かいにいた有島が立ち上がって、やって来た。

「ガンちゃん、ずれて。一楓ちゃん、大丈夫？」

有島は周囲の視線から隠すように、一楓を抱きしめる。

「瀬名が、なにかしたの？」

「ち、ちが……」

自分に触れている手が瀬名のものではないと気づき、一楓はとっさに有島を押し返した。有島には好感を抱いているのに、触られることが無性に嫌だった。

「外出る？」

「大丈夫、大丈夫だから」

気遣ってくれる有島に答えながら、一楓はおしぼりを目に当てた。有島はちらちらとこちらを見つつも、元の席に戻る。

そこで誰かのスマホが鳴った。どうやら典枝のものらしく、彼女は電話に出る。

「ええ!?　なぜ今!?　というか早すぎ！」

そんな素っ頓狂な声を上げたと思ったら、典枝は一楓の隣で身を縮める。

一楓はどうしたのだろうと首を傾げつつも、心配そうにこちらをうかがう有島に力ない笑みを向けた。そして落ち着こうと深呼吸をした時、障子戸が開いた。

「お連れ様をご案内しました」

その声と共に店員が連れてきたのは――瀬名伊吹だった。

王子の登場に歓声が湧き、拍手が響く。

「うぉぉぉぉ！　瀬名ぁぁぁぁ！」

「お前か！　ガンちゃんが用意していたという、スペシャルゲストは！」

「瀬名王子！　元気だった～⁉」

そんな声が飛ぶ中、一楓は笑顔の瀬名を見るなり、顔をそらした。

（なんで⁉　絶対、同窓会には来ないって言ってたじゃない！）

一体なぜ、ここに来たのだろう。あの女性はどうしたのだろうか。まさか、自分を追いかけてきたわけではあるまい――

（とりあえず……、関わらない方向でいこう。もう、傷つきたくない）

恋心に気づくと同時に失恋なんて悲しすぎるが、それが現実だ。

当たり障りなく接して、傷心を癒やしていくことしかできない。

「スペシャルゲスト、我らが会長、瀬名王子の登場です。もう一度拍手～」

覇気のない典枝の声が響く中、一楓は俯くと必死に気配を殺した。

（見つかりませんように、見つかりませんように……）

そう祈っていたが――瀬名の声がした。

「岩本さん、席、替わってもらってもいい？」

（速攻、見つかった！）

冷や汗を流す一楓の隣で、典枝が芝居がかった口調で答える。

「ぐは。岩本さんなんて初めて呼ばれたよ。気持ち悪くて全身に蕁麻疹が出そう」

「……本当に蕁麻疹が出る前に、さっさと替わったらどう？」

「はいはい、この横暴王子め」

「ちょ、ちょっと待ってガンちゃん！」

典枝は無情にも場所を空けてしまい、瀬名が近づいてくる。

その気配に、一楓は思わず息を呑んだ。押し寄せる威圧感が半端ない。

（瀬名、怒っているの？　……怖い。なんだか怖い。隣を見ちゃ駄目！　わたしは石よ、石！）

「委員長、隣いい？」

耳元で甘やかに囁かれ、一楓は石のように固まった。

「……隣、駄目？」

瀬名の声がわずかに冷たくなったように感じて、一楓は観念して項垂れる。

「……どうぞ」

……他の女と仲睦まじくして、自分に恋心を自覚させた瀬名が、すぐそばにいる。

悲しいやら苦しいやら。負の感情が、酔いと共に一楓の頭の中をぐるぐると回る。

「委員長、久しぶりの同窓会、楽しんでる？」

おしぼりで手を拭きながら、瀬名はいつもの口調で一楓に尋ねた。

「は、はい」

「そう。それはよかった。思いきりふられた甲斐があったよ」

優しい口調であるにもかかわらず、彼の言葉は一楓の心にぐさぐさと突き刺さる。

「い、いや、来るつもりはなかったんですが……。偶然ガンちゃんに会って……」

「でも、一度も僕に連絡を寄越さなかったよね？　来たかったんだろう？　いくら僕が反対しても」

「そ、その……。しゃ、社長は、どうしてここに……」

一楓がびくびくして尋ねると同時に、古尾谷が陽気に声をかけてきた。

「瀬名！　元気だったか？　まあ、飲めよ！　お前、社長しているんだって⁉」

瀬名は適当に古尾谷に返事をしながら、近くにあったウーロン茶を手に取り、一気に飲む。

「おお、いい飲みっぷり！　それに、すげぇ汗かいてるな、お前」

「はは。走ってきたからね」

「そうかそうか。そんなに俺たちに会いたかったのか。可愛い奴だ。な、みんな！」

古尾谷に導かれるようにして、次々に瀬名の周りにひとが集まった。まるで取り巻きを作っていた昔の瀬名に戻ったみたいだ。

するると、有島がそっとそばに来て、耳打ちしてくる。

「ちょっと、ここ出よう。酔い冷ましに付き合って？」

「あ、うん」

一楓はバッグを手に取り、立ち上がろうとするが——誰かに、ぐんと手首を掴まれた。

「……っ⁉」

手首を見ると、瀬名の手に掴まれている。

「一楓ちゃん？」

なかなか立ち上がらない一楓に、有島が心配そうに声をかけた。すると、瀬名の手の力も強くなる。その手は少しずつ動いて、一楓の指に指を絡めるようにして強く握ってきた。

（な……っ）

突然のことに驚いた一楓は、瀬名の指に爪を立てる。力が緩んだ隙に彼の手を振り払うと、一楓は慌てて立ち上がった。

そして有島を残したまま、バッグを掴んで化粧室に駆け込んだのだった。

（びっくりした。驚きのあまり、酔いも醒めちゃった……）

瀬名の登場は、完全に予想外だった。

典枝の言う様に、嫌なことは飲んで騒いで忘れたかった。だから瀬名がどれだけ反対していようとも、同窓会に来たのだ。

それにもかかわらず、気づけば瀬名のことばかり考えてしまっていた。

――この失恋の痛みを引きずったまま、瀬名の腹心の部下として、いつかは彼と隣に立つ美女を祝福しなければいけないのだろうか。

それを思うと、非常に憂鬱だ。

(はあ、もう……早く割り切って、過去にしないと)

瀬名に恋心を抱くことなどありえないと思われたから、自分は部下に選ばれたのだ。この気持ちに気づかれたら、やりがいのある仕事も、ブラックだが高給な職も失う。瀬名グループにいる父親もどうなるかわからない。どう考えても、このまま恋心を抱いていていいことはない。

化粧室の鏡を見て、一楓は苦笑する。

(ひっどい顔。こんなの、女じゃないわ)

瀬名と一緒にいた美女は、とても女らしかった。

今まで一楓は、どんなくたびれた姿になっても仕事を優先してきた。当然、瀬名にふさわしい美しい女性になろうと努力したことだってない。そもそも、自分に女の魅力などないのだから、着飾ったところでなにが変わるわけでもない。

そうわかっているのに、今まで酷い姿を瀬名に見せてきたと気づき、急に恥ずかしくなった。

こんな姿を見せ続けてきたのだ。瀬名が抱きたいと思うわけがない。

一楓は深いため息をつきながら、化粧を直した。

もう家に帰ろうと決めて、とぼとぼと化粧室から出る。

すると化粧室のすぐ横に、腕組みをした瀬名が立っていた。物憂げな表情を向けられ、一楓はビクッと肩を竦める。

(ど、どうする？　走って通り抜ける？　それとも声をかける？　――あ、戻ろう！)

慌てて化粧室に戻ろうとするが、瀬名は見透かしていたかのように一楓の腕を掴んだ。

そのまま一楓を引き寄せると、壁際に追いつめる。そして両腕を彼女の顔の横につき、閉じ込めた。

(この壁ドンは、怖い……！)

「逃がさないって、言ったよね」

瀬名は威嚇するような低い声で言う。

一楓は冷や汗をだらだらと流し、瀬名の顔を見られずに横を向いた。

「に、逃げようとは……」

「へぇ？　だったら、なんで僕の顔を見ないの？」

「そ、その……驚いて。ええ、社長が突然、同窓会にいらっしゃるから……」

「不届きな強盗犯から連絡があってね。僕の一番大切なものを返してほしければ、ここに来い。到着が遅れれば遅れるほど、大切なものが他の奴の手に渡る可能性が高まるって。ご丁寧に地図まで寄越したんだ」

突然、なんの話だろう。よくわからず、一楓はとりあえず話を合わせる。

「へ、へぇ。そ、それは見つかりました？」

すると、瀬名はむっとした顔で一楓の顎を掴み、正面を向かせた。そして笑みを作って、濃藍色の目を細める。

「見つかったから、奪還しにきたんだよ」

それはぞくりとするほど、冷淡な笑みだった。

「見つかってよかったですね。で、ではわたしは、これで……」

「はいそうですか、とスルーすると思う？　もう一度聞くよ。どうしてきみはここにいる？」

「道端でガンちゃんに会って、ら、拉致されて……」

瀬名から目をそらしながら答える一楓。瀬名はさらに苛立ったように片眉を上げる。

「僕の顔を見ようとしない理由は？」

理由なんてありすぎて、これだとはっきり言えない。

答えに困っていると、瀬名は地を這うような低い声で言った。

「――百歩譲って、あの女が職場で培ったストーキング術を使って、きみを拉致したとしよう。そして、きみが待ち合わせ場所に来ないのは、事故に遭ったからではないかとか、無理がたたって倒れたのではないかとか、心配していた僕に連絡できない状況だったとしよう。それでもいつものきみなら、僕を見たらまず謝罪すると思うんだ」

そう責められ、一楓はとっさに謝る。

「ごめんなさい」

「そんな心のこもっていない謝罪、いらないよ！」

「……っ」

「一楓！」

名前を呼ばれ、胸がきゅっと苦しくなる。しかも至近距離で覗き込まれ、一楓は両手で顔を覆った。

「……わたし、肌が荒れていてぼろぼろなんです！　女を捨ててるレベルで！　恥ずかしいから、見ないでください」

「は？」

わけがわからないとでも言いたげな声で問い返され、一楓の羞恥は限界を突破した。

つい声を荒らげてしまう。

「そりゃあ本命の方に夢中な社長は、わたしのことなんかまるで視界に入ってないでしょうが、わたしだって女なんです！」

瀬名は数秒、難しい顔で黙り込む。そして、一楓の言葉の意味をよく考えたようだが――

「は？」

二度繰り返されたその声に、一楓は逆ギレ気味に瀬名を詰（なじ）る。

「待ち合わせ場所に行かなかったことは、申し訳ありませんでした。だけど行ったところで、社長はなにをしようとしていたんですか？」

「なにをって……」

「ピカピカでピチピチの若い本命と、ホテルにしけこもうとしていたじゃないですか。その前にボロボロのわたしに、彼女を紹介するつもりだったんでしょう？　それなのにわたしったら、ほんの一瞬でも『社長に抱かれるかもしれない。どうすれば断れるだろう』なんて本気で考えてしまって……もう本当に、滑稽（こっけい）です！」

「は？　ちょっと待て。その、ピカピカでピチピチの若い本命ってなに？」

瀬名は怪訝（けげん）そうな声で尋ねてくる。

（――なにをしらばっくれて！）

カチンときた一楓は、顔から両手を外すと、瀬名を睨（にら）みつけた。

「隠さなくて結構です！　わたし見ました。駅からホテルに向かう途中、社長がピチピチの女の子と腕を組んでいるところを！」

そう言ったところでこらえきれなくなり、一楓の目からぽたぽたと涙がこぼれる。

「わたしを呼んだのは本命の隠れ蓑に使うためだったんでしょう⁉　そんな風に扱われるわたしは、惨めだとは思いませんか！　わたしだって女なのに！」

瀬名を責めてみたものの、無性に虚しくなる。

ぐすぐすと鼻を鳴らしていると、瀬名はそっと一楓を抱きしめた。

「えっ⁉　ちょ、なに、なにを……っ」

ふわりと瀬名の甘い香りに包まれる。瀬名の体温を感じて、一楓はパニック状態になった。

「……女だよ、きみは。僕にとってきみは、抱きたくて仕方がないほど魅力的な女だ」

（え？　――いやいや、これはきっと違う！）

トクンと心臓が高鳴ったが、一楓は思い直して唇を噛んだ。

（勘違いするな、わたし！）

これは瀬名流の慰め方なのだろう。きっとこうやって女を口説いて夢中にさせるのだ。

自分も、多くの取り巻きと同じ扱いをされている――

「や！　離れて！」

思わず一楓は、敬語を忘れて抵抗してしまう。

そんな彼女の耳元で、瀬名が囁く。

「……教えてあげる。きみが泣いてしまうほど気になる彼女が誰なのか」

「べ、別に気にしていないから！」

「妹も姉もいないし、ちなみに母親でも親戚でもない。まったくの他人だ」

(聞いてないのにぺらぺらと……っていうか、それじゃあやっぱり、残るのは恋人しかいないじゃない！)

絶望的な気分になる一楓に、瀬名は甘い笑みを向けてくる。

「だから、僕についておいで。そして……僕が抱きたいのは誰なのか、思い知らせてあげるから」

頬を撫でられて、リップを引いたばかりの唇をなぞられる。

「はぁ……っ」

体にぞくぞくとしたものが走り、一楓は思わず甘いため息を漏らしてしまう。

「ね？　一楓」

濃藍色の瞳に、火が灯っている。それは一楓を囚えて、心の中でなにかをさざめかせた。

「僕を知ろうとしてほしい」

切なげな表情の瀬名が、掠れた声で訴えてくる。

「お願いだ」

瀬名の懇願に——一楓はこくりと頷いた。

知りたいと思ったのだ。自分が好きになった、瀬名伊吹のことを。

「ありがとう」

瀬名は泣きそうな顔で微笑むと、一楓の頭を手のひらで優しく撫でた。

「……というわけだ、岩本典枝」

「はいっ！」

上擦った声で返事をしたのは、典枝だった。どうやら物陰からこちらを覗き見ていたらしい。

「ガ、ガンちゃん⁉　そこにいたの⁉　い、いつから……っ」

状況を認識し、一楓は体を離そうとする。しかし瀬名が離さなかった。

それればかりか腰を引き寄せて、典枝に言う。

「岩本。お前には色々と説教したいところだけれど、僕は時間がない」

「そ、そうかい」

「お前が引っかき回してくれたおかげで、長年の勝負の段取りが狂った。このツケをどう払う？」

「ご、ごめんなさい、瀬名王子！」

典枝は九十度の角度で頭を下げる。

「謝って済むと？」

「よろしければこれをお納めください」

彼女はすっと、大皿にのった長方形のケーキを差し出した。だが、瀬名が大きな手で隠してしまう。

「いらないよ、そんなもの。僕には僕のやり方がある。それはやる、食え」

「さ、左様ですか……。ではありがたく……」

「後でお前に沙汰する。これからの結果が上手くいかず、さらにあいつに持っていかれた時には……切り刻んで地獄の底に沈めてやるから、覚悟しておけ」

なんだかよくわからない瀬名の脅しに、典枝は真っ青になって悲鳴を上げた。

「ひ、ひぇぇぇぇぇ!!」

「取り急ぎ、お前には役目を授ける。それができないというのなら……」

「な、なんなりと！」

従順に応じた典枝に、瀬名はなにかを耳打ちする。一楓には内容は聞こえないが、きっと冷酷な内容だろう。

しかし一楓の予想に反し、典枝は満面の笑みを浮かべた。そして、一楓と瀬名のためにタクシーを捕まえ、快く見送ったのだ。

タクシーに乗った一楓は、小さくなる典枝に手を振った。彼女が見えなくなったところでハッとする。

「あ、有島くんに挨拶してこなかった。ガンちゃんに有島くんの電話番号を……」

「いいから！」

慌ててスマホを取り出す一楓を、瀬名が窘めた。

彼がタクシーの運転手に告げた住所に心当たりはなかったが、どこへ行くのか聞いても、はぐらかされる。

窓の外の景色を見ていると、一楓はとろりと微睡んでしまう。瀬名は一楓の頭を自分の肩に寄せると、囁くように言った。

「少し時間がかかるから、眠っているといい。着いたら起こす」

「ん……」

瀬名の声と温もりが心地いい。一楓はすぐに眠りに落ちてしまった。

「こんなに警戒されないのは、いいんだか悪いんだか……」

無防備な寝顔を見つめながら、瀬名はくすりと笑った。そして一楓の髪や額に唇を押し当て、切ないため息をつく。

『なぁ、瀬名。一楓ちゃんを追い詰めるのは、やめろよ』

居酒屋で化粧室に逃げた一楓を追おうとした時、有島にそう引きとめられた。

『大体お前、高校の時、一楓ちゃんになにをした？　……生徒会室、と言えばわかるだろう』

昔、瀬名が一楓にしたことを、有島はなぜか知っているらしい。

『嫌がっている彼女を、遊び相手にするな』

有島は容赦なく、瀬名の心を抉った。──高校時代と同じように。

一楓に迫ったきっかけは、嫉妬と焦りに駆られたことだった。強引すぎたかもしれない。しかし、肌を重ねれば伝わると思っていた。そう考えた通り、一楓と交わっている間、彼女は気づけばキスを求めていた。

思いが通じたから、あんなに自分を求めてくれたのだと思ったのに……

『合意だったと認めるから、このことはすぐに忘れて。もう二度とわたしに話しかけないで！』

直後に彼女から言われたのは、拒絶の言葉だった。

「……頼むから、あの時のように僕のことを嫌わないでくれ」

あの日、告げようとしていた気持ちは言葉にできず、繋がっていたのはひとときの体のみ。すべては自己満足な夢を見ただけだった。

彼女が去った生徒会室で、暗闇の中ただひとり……絶望に涙した。

有島が相手だったら、一楓はあそこまで嫌わなかっただろう。いつも彼女が目で追っていた有島であれば、きっとそのまま恋人になり、ハッピーエンドを迎えられた。なぜ、自分じゃ駄目なのか。なぜ、彼女が相手だと、自分はこんなに不器用になるのか。

本当は昔からずっと好きだった。自分のことを好きになってほしい。恋人になってほしい――いつまでも伝えられない想いが、苦しい。

もしもあの時追いすがり、気持ちを告げていたら、なにかが変わったのだろうか。

……いや、変わらないと思うほど、彼女の嫌悪感と拒絶は激しかった。正直な気持ちを伝えたら、彼女は自分を見限って永遠にいなくなってしまうと臆したのだ。ならば、彼女が少しでも意識してくれる時を待とう――

そう思い、大学でわざと取り巻きに囲まれて一楓に見せつけたこともあったが、彼女は背を向けるばかり。片想いを拗らせて、完全に距離を詰める方法がわからなくなっていたところ、一楓の父親がリストラされることを知った。

これが最後のチャンスだと、瀬名は思い切って声をかけた。……なにもなかったような顔をして。

自分の片腕となる優秀な人材が欲しかったのは事実だ。一楓を捕獲し、昔のことを持ち出さず、今の信頼関係を築いた。

それなのに、またもや出現した有島の存在が、自分を焦らせる。

彼女が特別に思い、そして彼女を特別に思う有島が、妬ましくて仕方がない。

「有島に渡すものか。素直になるから……。言葉で伝えるから。頼むから、僕を男として見て」

五周年に合わせてなどと、悠長なことは言っていられない。長きにわたって計画してきたすべての予定が狂っても、一楓を手に入れるために、瀬名は今動かないといけなかった。

「――っ!?」

タクシーから降りた一楓は、ライトアップされた大豪邸を前にして目を丸くした。そこにあったのは、荘厳な西洋屋敷である。

自分はどこに連れてこられたのだろう。

「どうした、一楓？　入ろう」

重厚な門を開け、瀬名は一楓をさらっと誘った。

「いや、いやいやいや！　このおうち、表札が『ＳＥＮＡ』ってなってますけど！」

「うん、僕の実家だから」

ライトに照らされた美しい顔には、愉快そうな笑みが浮かんでいる。

「じ、じじ実家……って！　なんでわたしが社長の実家に行かなきゃならないんですか⁉　なんでそんな話になっているんですか⁉　わたしが寝ている間に、世界はどうなってしまったんですか⁉」

一楓は混乱の極みにいる。

瀬名の実家は、日本を牛耳る瀬名グループ総帥の私邸だ。一般人の一楓が近づける場所ではない。

「なにも変わっていないよ。すべては僕の予定通り」

「なな……っ」

「僕についてくると承諾したのはきみじゃないか。僕だって、きみが泣いて嫉妬しない限りは寄りつきたい場所ではないんだ」

「……あの、泣いて嫉妬って……。忘れてもらえませんか？」

「嫌だね。あんな貴重な出来事、忘れたくない。……ほら入って。用を済ませたらすぐ出よう」

（て、手土産もないのに、どんな顔でお邪魔すれば……）

まだ腹をくれない一楓に、瀬名は苦笑する。そして彼女の背中にそっと手を添えた。

「ここは悪魔の巣窟だけど、僕がきみを守ってあげるから」

「あ、悪魔⁉」

「そう。そういえばきみはこの間、僕のこともそう呼んだね。大丈夫、悪魔は悪魔を攻撃しないから」

「わたしは悪魔じゃないから、攻撃されちゃうじゃないですか！」

「あははは。大丈夫だって」

普通は、門を開けたらすぐ建物があるものだが、瀬名邸はまず広大な庭があり、その先に屋敷があった。

庭の石畳を進んでいくと、ステンドグラスが嵌められた大きな玄関扉に行き当たる。

「関東大震災直後に建て直した家だから、ちょっと古いけど、どうぞ」

（関東大震災って……大正⁉）

瀬名が扉を開けると、そこにはエントランスホールが広がっていた。

（うちの実家で一番広い、八畳の居間と三畳のキッチンを合わせても、まだ広い……）

立ち尽くす一楓に、瀬名はスリッパを用意する。一楓は慌てて靴を脱ぎ、スリッパに履き替えると、室内をきょろきょろと見回した。

エントランスホールは吹き抜けで、豪奢なシャンデリアがぶら下がっている。

(これが、瀬名一族が生活をする、歴史ある家……)

すると、バタバタと足音がして、揃いのメイド服を着た女性がふたり現れた。

「伊吹様、お帰りなさいませ」

(これがリアルメイド！　可愛い！)

初めて見る本物のメイドに、一楓は目を見開く。

そして、一楓は思い知った。瀬名が本当に、瀬名グループの御曹司なのだということを。……自分とは、住む世界が違う。

「ただいま。とはいえ、またすぐ出て行くけど。父さんは帰っている？」

「はい、お戻りです」

「ミチルも戻っているよね？」

瀬名の口から出た女性の名前に、一楓はびくりと体を震わせる。

「はい。旦那様とご一緒に、応接間に」

瀬名家に出入りできて、瀬名総帥と一緒にいられる女性——

(……瀬名の婚約者、とか？)

想像しただけで、心が引き裂かされるように痛む。

「わかった。一楓、行こう」

瀬名は一楓の手を取り、すたすたと廊下を進んでいく。歩くたびに、廊下は軋んだ音を立てる。

もしかして彼は、そのミチルという女性に会わせるつもりなのだろうか。

自覚したばかりの恋心が、これ以上はつらいと悲鳴を上げる。

「あの、社長。わたし、そろそろ帰らないと！　お話があるのでしたら日を改めて、会社でしていただければ……！」

苦しい抵抗をしたところで、瀬名が足を止めた。彼の目の前には、大きな扉がある。

どうやら、目的の部屋に着いたらしい。

「駄目だ。僕のことを知って。遅かれ早かれ、これは避けて通れない問題だ。いいね？」

そう言うと、瀬名は一楓の返事を待たずに目の前の扉をノックした。

「父さん、伊吹です。入ります」

「……伊吹か？　いいぞ、入れ」

中から声が聞こえ、瀬名がドアを開ける。

その部屋には、高級そうな調度品が揃っていた。

波形の背もたれのソファには、初老の男性が座っている。彼は厳格そうな顔つきで、値踏みをするような目で瀬名を見た。なんだか、嫌な感じだ。

「伊吹。珍しいな、お前が家に戻るのは」

どうやら彼は瀬名の父親――日本有数の巨大グループの頂点である、瀬名総帥らしい。

すなわち、悪魔の父親……魔王。

そしてその隣に座っていたのは――

「今日はミチルに用があり、参りました」

数時間前に、瀬名に抱きついて腕を組んでいた女性だった。

しかも彼女は魔王の肩に顔を置いてしなだれかかっている。魔王も彼女の腰を抱えていて、ただならぬ雰囲気だ。

(え、どういうこと？　彼女と瀬名のお父さんは恋愛関係にあるの？　彼女は二股をかけているってこと？　三角関係？　瀬名のお母さん……ってことは、さすがにないよね？　あれ？　お母さんは？)

一楓は大パニックである。

「一楓、入って」

(え、瀬名家の修羅場に、部外者を入れるの!?)

一楓が尻込みすると、瀬名は彼女の手をぐいと引き、室内に踏み込んだ。

「そのお嬢さんは？」

魔王からの鋭い眼光を受けて、一楓は縮こまって頭を下げる。

「や、夜分に申し訳ありません。わたくしは、瀬名社長の部下……」

しかし瀬名が、一楓の自己紹介を遮った。

「彼女の素性は、今は関係ありません。……ミチル。今日、街で僕と会ったことを説明して」

すると女性は、瀬名の圧に押されたように、若干顔を引きつらせながら口を開いた。

「服を買っている時に、たまたま坊ちゃまを見かけて、店から飛び出しましたわ」

女性――ミチルは、しとやかな言葉遣いで、ドスのきいた低い声を出した。

（す、すごい声ね……。風邪を引いているのかしら……）

ハスキーボイスというより男性的な印象を受けたが、声の調子が悪いのかもしれない。

そんなことを思っていると、瀬名がミチルの言葉に頷いた。

「そうだ。いきなり人混みの中で飛びついてきて、僕を店の中に連れ込もうとした。しかも女装グッズをねだってきたから、僕は怒ってミチルをタクシーに押し込んだ。……だよね、ミチル」

ミチルは目を泳がせたが、魔王から咎めるような視線を受けて、しゅんとする。

「そうです、ごめんなさい……」

瀬名の言葉を認めたミチル。しかし一楓は状況についていけていない。

（ちょっと待って。突っ込みどころが多すぎて、どこから整理すればいいのか……）

「……一楓。ミチルは男だよ。女装で若作りをしているし、服が若いけど、ピチピチじゃない。父さんの恋人で、今年三十四歳」

もやもやとしたものが、ぱーんと一楓の中で弾け飛ぶ。

「え、えええええ⁉」

室内の明かりに照らされたミチルの顔をよく見ると——確かに、二十代前半には見えなかった。

夜の遠目ではピチピチのお嬢様だと思ったのに、今はそうは思わない。むしろ、女装しても男の名残(なごり)があり、残念にすら感じられる。

(くっきりとした男らしい喉仏(のどぼとけ)、妙に骨っぽい節々(ふしぶし)……。本当だ、男性ね。ということは、つまり……リアルBL？　このふたりが？)

目の前の光景に、一楓は愕然(がくぜん)とした。

——BLと現実は明らかに違う。そう思い知った。かつて、一楓がこよなく愛したBLは、美少年同士の耽美な世界(ファンタジー)だった。どんな濃厚な絡み合いでも、バラの花が咲き乱れるような、美しい二次元の架空世界。

現実では、バラは飛ばないということを突きつけられた。

呆然としていると、瀬名が一楓にそっと耳打ちした。

「僕が一緒にいたのはミチルだってわかった？　僕とミチルの間にはなにもない。信じてくれる？」

一楓がこくこくと頷(うなず)くと、瀬名は満足げに笑った。

「父さん。彼女には、あらためてゆっくりと会わせたいと思っているので、今日はこのへんで引き上げます。それと……」

彼は言葉を切ると、目つきを鋭(するど)くする。

「帝京新聞社の岩本を使って僕を調べないでください。プライベートは、父さんにも知られたくない。特に今日は、僕にとって正念場ですので」

「ははは、そうか」

「あなたとの約束は、創立五周年――二週間後です。本当はそれまでプライベートを持たないつもりでいましたが、そんな悠長(ゆうちょう)なことは言っていられなくなりました」

「瀧嶋のところの妾腹(しょうふく)か」

瀬名と魔王はぽんぽんと会話しているが、一楓にはなにを話しているのかさっぱりわからない。

「よくご存じで。おかげで予定を変更して、二週間後に決算書と共にゆっくり彼女を紹介することにしました。――紹介できるよう、これから全力で頑張りますので。ね、一楓？」

「ふ、へ？」

（わ、わたしがなに⁉）

困惑する一楓をよそに、瀬名は父親をまっすぐ見据(みす)える。

「決して約束は違えませんので。それでは。……行こう」

魔王のいた部屋を出ると、瀬名はメイドから車のキーを受け取り、建物の横にある駐車場に一楓を連れていった。

十台ほど並ぶ車の中から、青くて大きな車の鍵を開ける。

瀬名は一楓を助手席に促して、自らは運転席に乗り込んだ。そしてスムーズに瀬名邸を出発する。

まだ状況についていけていない一楓は、ぼんやりと運転席の瀬名を見る。

真剣な眼差しで運転する彼の横顔に、胸がきゅうと締めつけられる。

それを誤魔化すように、一楓は笑いながら言った。

「瀬名邸にある車だから外車かもと思って緊張したんですが、右ハンドルの国産車で安心しました。社長のいつもの車も国産車ですよね」

「……僕の車もこれも外車だけど？　右ハンドル仕様にしてるんだ」

「へ、へ⁉」

さらっと言われた言葉に、一楓は動揺する。そんな外車もあるとは、知らなかった。

「ああ、きみは免許を持ってなかったっけ？　車に興味なさそうだもんね」

「はい……」

「ちなみにこれはイタリア車。二十歳になった時のプレゼントで、父さんがくれた。大学に入ってから家にほとんど帰ってないから、あまり乗ってないんだけどね」

突然チラついた女性の影に、一楓は心が沈む。

「……ああ、お泊まりさせてくれる女性の方が、多かったんですよね」

瀬名はムッと顔を歪め、すごい剣幕で彼女に食ってかかった。

「違う。大学に入ってからひとり暮らしをはじめたんだ！　大学時代の後半は会社を設立するために働き詰めで忙しかったんだよ！」

「す、すみません……」

怒られて萎縮しながらも、一楓はほっとする。でもそれすら気づかれてはいけない。

（恋心を悟られるな。悟られれば、きっとわたしはクビになる。わたしには設楽家の命運がかかっているのよ！）

一楓の父親は、瀬名に口をきいてもらった職場で働いている。一楓がクビになったら、父親の仕事に影響しないとも限らない。

「く、車をプレゼントしてくださるなんて素敵ですね」

「まあ……。四千万は下らないね」

「よ、四千万!?　マンションを買えるじゃないですか！」

「僕の父親は金に糸目をつけないんだ。この車はさておき……欲しいと思ったものやひとを手に入れる時なんかは、見境がないくらい。そういうところは、さすがに息子として嫌なんだよね。努力して得ることのありがたみっていうのは、何物にも代えがたいものだと思っているから」

堅実な言葉を、一楓は意外に感じる。

「……御曹司の意見とは思えませんね」

「父は父、僕は僕、血は繋がっていても別の人間なんだ。育ててもらったことは感謝しているけど、父の思惑通りになるのは嫌だ。仕事や僕の人生に関わる大切なものは、僕が自分の手で掴んでいきたい」

そう言った瀬名の眼差しはあまりにも凛々しくて――

「格好いい……」

一楓は思わず、尊敬がこもった言葉をこぼしていた。それに驚いたように、瀬名が声を上げる。

「え？」

「あ、いや……。ぶれずに自分の人生を歩いている社長は、格好いいなと思いまして」

「そ、そう？　……あ、ありがと」

「い、いいえ」

なんだか気恥ずかしくなり、顔の熱を冷まそうと顔をそらす。そして誤魔化すように、文句を言った。

「……それにしても、言ってくだされればよかったのに。あのひとは、お父様の恋人で、男性だって」

するとと瀬名は軽く笑う。

「ミチルを若い女だと思いこんでいたきみに、素直に信じてもらえるとは思えなかった。男で、しかも父親の恋人だなんて、嘘くさく聞こえるだろう？　僕が言われる立場なら、苦しまぎれの作り話だと思うだろうから」

「……確かに。お話をうかがうだけでは、にわかには信じがたいことですよね」

「だろう？　ならば、百聞は一見にしかずだ」

「……大変、お手数をおかけしました」

一楓は殊勝に頭を下げる。瀬名はくすりと笑うと、話を続けた。

「それに、泣いて妬いてくれた一楓は、すごく可愛かったからね。すぐ種明かしするのはもったいないかなって」

「だ、だから、その……あのことは、忘れてください」

「忘れないよ、嬉しかったんだから」

そこで赤信号に引っかかり、車が停まった。瀬名は左手を伸ばすと、一楓の髪を優しく撫でる。

「どんなことであれ、あの設楽一楓が、僕のプライベートに関することで、動揺してくれたんだから」

「……っ」

「僕が……ミチルと深い仲だと思った？」

「は、はい」

「誤解させてごめん。人前だから、突き放すことも乱暴なこともできなくてさ。あまりに調子に乗るから、すぐにタクシーに押し込んで帰したんだけどね。……まったく、今日は失敗したな。ホテルがレセプション会場の近くだったから、タクシーを捕まえるより歩いた方が早いだろうと思ったんだ。でも、選択を間違えたよ、まさかミチルとばったり会ってしまうとは」

「そうだったんですね……」

あらためて事情を説明されて、今度は素直に受け止めた。

信号が変わり、瀬名は静かに車を発進させる。

「少し、僕のことを話してもいいかな」

彼が自身のことを話すなんて、今までなかったことだ。一楓は緊張しつつ頷（うなず）いた。

「……まずは家族のことかな。僕の父は仕事人間で、瀬名の家柄を大事にしていてね。家に帰らないことの方が多かった。たまに家にいても、近寄りがたくて怖くてね。テストの点数が九十八点だと、『どうして百点を取れないんだ』と叱るひとだった。僕が完璧でなければ、躾（しつけ）が悪いと母が叱られる。だから僕は、家でも、気を抜くことはできなかった」

厳しくされてきた幼少期の瀬名の姿が頭に浮かび、一楓は胸が締めつけられる。

「そんな父に、愛人がたくさんいることを知ったのは、僕が小学校に入る時だ。父は突然、ふたりの愛人と、僕の兄と弟だという少年を連れてきて、一緒に暮らすことになった。兄弟はそれぞれ、父の愛人の子だ」

「そう、なんですか……」

壮絶な家族関係に、一楓はめまいすら覚えた。

「ああ。愛人は、兄弟の母親だけではなかった。家に押しかけてきて父と母を離婚させようとする女もいれば、子供ができたと金をせびりに来る女もいた。色々な女が、金目当てで父に取り入ろうとした。父に相手にされたいがために、僕や兄弟にも色目を使う女までいたね。彼女たちの凄（すさ）まじい貪欲さを目（ま）の当（あ）たりにして、僕は……拒否反応を起こして、吐いた」

女の取り巻きに囲まれていた男の言葉とは思えない。

「僕の母親は、旧家の令嬢だった。父とは、愛のない政略結婚だったらしい。その上、愛人の子を我（わ）が子として育てることを強（し）いられ、愛人たちの世話までさせられていた。

母の苦悩は計り知れないよ」

そんなものは、一楓の想像を絶する世界だ。

「だけどあの時の僕は幼すぎて、母の気持ちを推し量れなかった。絡んでくる女たちから助けてもらいたくて、一度だけ母に泣いて助けを求めたんだ。そうしたら――母に叩かれたよ。『お前の我儘が、私を苛立たせているのがわからないの⁉ お前なんか私の息子じゃない！』ってね。その直後、母は家を出ていった。凄惨で混沌とした家に、僕を置き去りにして……」

「そんな……」

絶句する一楓の横で、瀬名はハンドルを切りながら淡々と語り続ける。

「それ以来、僕は人前で感情を見せるのが怖くなった。あとは、女性に対する不信感や嫌悪感も、強くなった」

（瀬名は、なんて過酷な環境で生きてきたの……。わたしはずっと、彼のことを誤解してた）

一楓は今まで、御曹司で金銭的に恵まれて育った瀬名を、別世界の住人のように思っていた。有能な彼のことを、妬んでもいた。

しかし、実際に恵まれているのは、両親からたっぷり愛情を注がれて、平凡に育った自分の方なのかもしれない。

彼は御曹司だからと勝手に線を引き、恵まれたひとだとレッテルを貼っていた。——それはつまり、彼が厭う女性と同じだ。本当の彼を見ようとしてこなかった。

（わたし、最低……っ）

一楓がなにも言えずにいると、瀬名は再び口を開いた。

「母に逃げられた父は、女に嫌気がさしたのか、今度は男に走った。ミチルも、そのひとりだ。女の愛人たちは追い出され、絡まれることはなくなったけれど、同じ屋根の下で父親が男の愛人を囲っているというのもキツかったな」

瀬名はどこか懐かしがるように言うが、一楓は胸が張り裂けそうになる。

「家に帰りたくない僕は、中学高校時代は外泊を繰り返した。泊めてくれたのは、瀬名グループとのコネや金目当ての女たち。彼女たちには素っ気なく接していたけれど、『こいつはいつか使える』と思われていたんだろうね。そうしているうちに、僕は吐き気を押し殺して笑う方法や夜遊びも覚えた。気づけば、大勢の取り巻きを引きつれた遊び人が出来上がっていた、というわけ」

瀬名はわずかに、柔らかな笑みを浮かべる。

「ひどい生活だったけど、ひとり、いいひとに会ったよ。彼女はプログラマーで、僕にパソコンの使い方やネット株を教えてくれて、使っていないパソコンを譲ってくれたんだ。そのおかげで父の援助なく、イデアシンヴレスを立ち上げることができた。人生、なにが幸いするかわからないね」

瀬名はひとしきり笑うと、ふっと真剣な表情に戻った。

「きみにとって僕は、チャラい男だったかもしれない。だけど、欲情することなんてほとんどなかった。年相応の性欲もなかったから」

その言葉にひっかかりを覚え、一楓は首を傾(かし)げる。

「え、でも……」

（わたしを抱いたのは……）

「……きみだけなんだ。女を嫌悪していた僕が欲情して、心の底から欲しくなったのは。口止めの代価なんかじゃないよ、きみとのセックスは」

思いがけない話に、一楓は動揺する。

「でもわたしには……っ。わたしを抱こうと思う変わり者はいないって、瀬名がっ！」

「うん、だから……僕だけだ。こんなにもきみを抱いて、心も体も繋げたいと思うのは」

一楓は瀬名と親しくしていた覚えはない。本当にわけがわからなくて、問い詰めるように尋ねた。

「……っ、な、なんでわたし!?」

「きみは覚えていないかもしれないけど……、中三の時、きみと会っている」

「え？　中学違うのに、接点なんか……」

　一楓が瀬名のことを知ったのは、高校に入学してからだ。いつ会ったのだろうと首を傾(かし)げる。

「……朝、ぶつかったんだ。本当に偶然、道を歩いていたら、走ってきたきみとぶつかった。きみのカバンからこぼれ落ちたプリントが、風に吹き飛ばされたの、覚えていない？　そのプリントを、僕も一緒に集めた」

　なんとなく、そんなことがあったような気もする。――そう、進路調査書の提出日なのに、家に忘れてしまった日だ。登校中に一度取りに戻ったので、遅刻しそうで焦ったことを覚えている。

　――そうだ、ぶつかった相手に、木に引っかかったプリントを取ってもらった。

「木の上のプリントを取ったら、頬にひっかき傷がついてね。きみは僕の頬に絆創膏(ばんそうこう)を貼ってくれて、『ありがとう。あなたがいてくれて助かったわ』と笑ったんだ。……僕の存在を認めてくれたのは、きみが初めてだった。ひとりの人間として僕の目をまっすぐ見て、媚(こ)びのない笑顔を向けてくれたのは」

「わたしは、ただ普通に……」

　一楓にとっては、あまりに日常的な、なんでもない一コマだった。今の今まで、忘れていたほどに。

「その普通が、僕の生まれ育った環境にはなかった。僕の周囲にあったのは、欲に満ちた思惑と、見返りがないと成立しない関係だ。その後、きみを何度も思い出した。きみに会いたくてたまらなくて、元々の志望校を変更して、きみと同じ高校を選んだ。きみがどの高校に行きたいかは、進路調査の紙を見て知っていたから」

「ち、ちなみに……元々はどの高校を志望していたの？」

瀬名が口にしたのは私立の名門校で、関東近郊で一番偏差値が高い高校だった。一楓たちの出身校は、そこより一段レベルが下がる。

（そ、それならわたしなんか、およぶわけがない……）

ずっと彼に勝ちたいと張り合っていた一楓は、脱力した。

「高校では僕なりに、きみとの接点を作って、アピールしていたんだよ。……きみはそれに気づかず、いつもスルーしていたけど」

ちょっぴり棘のある言葉が、一楓の胸にチクリと刺さる。今日、彼が高校時代に一楓を助けてくれていたことに気づいたばかりだった。

「そこらへんの女には、上辺だけの聞こえのいいことを言えた。だけどきみには気軽に声をかけることもできず、仲良くなるきっかけすら作れなかった。僕はずっと、自分の感情を言葉にして誰かに伝えることに、臆病だったから。そのままひどく煩悶して、高校三年生になった。生徒会長は、クラスの委員長と交流があるから引き受けた。きみとの接点ができて、きみからのメモが来た時は、本当に嬉しかったな。ずっとにやけていたくらいだ」

そう言った瀬名の表情は柔らかく、一楓の胸はとくとくと高鳴る。

「……きみのBLマンガを拾った時、『こういうのも読むんだ』と新たな一面を知って嬉しかった。しかも初めてきみに呼び出されて、きみとなにかがはじまるかもしれないっていう期待にすごく浮かれてさ。校舎を全力疾走して生徒会室に行ったんだ」

しかし一楓がしたのは、保身のための口止めだ。

「……うぬぼれすぎた勘違いだと気づいた時には、自分に怒りすら覚えたよ。でもそれ以上に……きみの目を僕に向けるのは、今しかないと思ったんだ」

一楓の頭の中で、あの日の雷が光り、轟いた。

翳った顔をして、どこか必死だった――あの日の瀬名がよみがえる。

「あの時、僕は……精一杯、気持ちを伝えたつもりだった。ろくに出てこない言葉より、体の方が伝わると思ったんだ。馬鹿だよね。きみを手に入れられたと心が浮き立った。最高に気持ちよくて、幸せだった。自分は生きているって、初めて思えた」

そこで瀬名は言葉を切り、笑顔を作った。

「だから僕は思い込んでしまった。僕の腕の中にいるきみもそうで、きみは永遠に離れていかないと。……まさか、本当にひとときで終わるとは、思ってもいなかったんだ。きみの初めてを、僕が台無しにしてしまったことも、本当に申し訳なかった」

自嘲気味に笑う瀬名を見て、一楓はめまいを覚える。

瀬名は、ひとときの遊びで自分を抱いたのではなかったのか――

あの時、一楓は彼に抱かれて快感を覚えたことで、自己嫌悪に陥った。

体だけの関係だと思うと虚しくて、そして恥ずかしくてたまらなかったことを覚えている。

とにかくこの場から逃げ出したい、今あったことを忘れたい、忘れてほしいと切に願って去った。

瀬名がその後どう思っていたかなど考えず、あの日のことを切り捨てたのだ。非情とも思えるほど、潔く。

いまだ癒えない、じくじくと膿んだような傷があるのは、自分だけだと思っていた。

「わたし……瀬名を傷つけていたの？」

「……僕だって、きみを傷つけた」

穏やかに答えた瀬名の横顔には、翳が落ちている。

一楓は彼と向き合うことを恐れた罪悪感に苛まれた。

「そこで諦めればよかったのに、僕にはそれができなかった。きみへの渇望が止まらず、大学まできみを追いかけた。立派なストーカーだよ」

同じ大学に進んだのは、偶然ではなかったのか。

「でも、これだけは勘違いしないでほしい。僕が今あれこれ話しているのは、きみの同情を買って、きみを傷つけたことを相殺したいからではないんだ。僕は確かにあの日、色々なことを間違えた。それは明らかなあやまちだ。だけど、きみと繋がって幸せだと思ったことは、なかったことにしたくない。それは、きみの中からも」

「……っ」

「きみに嫌われたあの時から、僕は自分を変えたいと思った。きみに信用される、真面目で乱れない男でありたいと。それが、僕ができる誠実さの証明だった」

一楓はあのセックスを、チャラ男の気まぐれだと思っていた。

思わず、震える唇を噛みしめる。

「あの日以降、僕は外泊をやめ、家に戻った。大学に入ってからはひとり暮らしをしたけれど、遊んでいない。無論、女も男も誰ひとりとして、家に呼んだこともない」

「でも、大学でも、いつも取り巻きが……」

するとと瀬名は困ったように笑う。

「きみは、僕と目すら合わせなくなっただろう。それできみの気を引きたくて、目立つことをしたかったんだ。子供のようだったな」

「え……」

「あの時の僕を信じられないのは当然だ。でもできたら、今の僕を……僕の言葉を、信じてほしい」

「……っ」

「まだ僕はチャラチャラしていて、信用が足りない？」

絞(しぼ)り出すような悲痛な声で、問いかける瀬名。

一楓の口からは、迷いのない言葉がこぼれた。

「いいえ。瀬名の言葉を信じるわ」

一楓がよく知る、イデアシンヴレスの社長瀬名伊吹は、嘘をつかない。

その彼が言うのだから、信じることができる。

すると、瀬名は切なげな微笑みを浮かべた。

「きみのお父さんがリストラにあったと人伝(ひとづて)に聞いて、不謹慎(ふきんしん)だけどこれが最後のチャンスだと思ってきみに声をかけたんだ。そんなことでもなければ、僕は声をかけることすらできなかった。まったく無様で情けない」

静かに車が停まったのは、見知らぬ駐車場だった。

話に夢中になりすぎていた一楓は、目を見開く。

「僕が、昔も今も、何度も抱きたいと乞(こ)い願うのは、きみだけだ。一楓」

瀬名は、まっすぐに一楓を見た。ひたむきな眼差(まなざ)しで一楓の手を握ると、彼女の手の甲に唇を押しつける。

「……この先を、ずっと言えなかった言葉を、きみに言いたい。だけど言ったら、きみをここから帰せなくなる。悪いけど僕は、もう……限界だ」

「……っ」

「言わせてほしい。生半可な気持ちじゃない」

一楓は、瀬名の濃藍色の瞳に、燃えるような炎が揺らめいているのを見た。

瀬名は本気だ。聞いたら自分はここから帰れなくなるだろう。

それでも——十年以上前の些細な出会い以来、ずっと追いかけてくれた瀬名の気持ちが、胸が締めつけられるほど嬉しい。自分も踏み出したいと、思った。

「聞きたい」

たとえ会社を辞める結果になろうとも、家族が困窮しようとも。

その時が来たら、死ぬほど働いて家族を支える。だから踏み出したいのだ。

『きみを抱こうと思う変わり者が、この先僕以外に現れると思ってるの？』

あの言葉が呪いではないのなら、高校時代のひとときを、後悔に満ちたあやまちにしたくない。

もういやなのだ。彼に抱かれた過去を消さなければならないと思うのは。

今度は脅しでもなんでもなく、素直に瀬名から愛されたい。

そして、傷を抱えた瀬名を癒やしたい。……好きだと、言いたくてたまらない。胸に溢れるこの想いを、今すぐ彼に告げたい。

自分と同じく、あの日から動き出せなかった……このひとに。

一楓は清水の舞台から飛び降りるような心地で、口を開いた。

「だ、だってわたし――せ、瀬名が……しゅき、だから！」

(声、震えすぎて噛んだぁ！　いや、突っ込まれる前に、何事もなかったように言うんだ！)

「す、好きだと、じ、自覚したのは、きょ、今日、だけど……」

壊れてしまいそうなほど、心臓がばくばくとうるさい。

当然ながら、告白なんて生まれて初めてだ。

伝わってほしい。どんな話を聞いても、瀬名が好きだと思うこの心を――

「す、き？　僕のこと……男として？」

一楓は恥ずかしさをこらえて頷く。

すると瀬名は両手を伸ばして一楓の両頬を挟み込むと、唇を重ねた。

それはあまりにもささやかな重なりで、一楓の返答が現実のものなのかを確認しているようでもあった。一楓はそんな彼に応えるように、瀬名の背に手を回す。

口づけは角度を変えて何度も何度も交わされた。

そして息が上がった一楓を見て、名残惜しそうに瀬名が唇を離す。

「……一楓。本当に？」

「本当」

瀬名は、一楓の頬に自(みずか)らの頬をすり合わせた。そして熱っぽく囁(ささや)く。

「……どうして、ここまできて僕より先に言うんだよ。……噛むほど緊張してたくせに」

「そ、そこはスルーして……」

熱い吐息が耳を掠(かす)め、一楓はぶるりと身震いしながら言った。

「……部下としても恋人としても、ずっと僕のそばにいてくれる？」

（恋人……）

ストレートな言葉に、一楓の体がぐんと熱くなる。

「そ、そんな特別枠はなくても……」

思わず尻込みすると、瀬名は癇癪(かんしゃく)を起こしたように叫んだ。

「なんでそこで、引き下がるんだよ、きみは！　望めよ、僕のように！　ああもう、言いたいのはこんなことじゃないんだよ。僕が覚悟を決めて、ずっと言いたかったのは――」

瀬名は至近距離で一楓の顔を覗(のぞ)き込むと、真剣な表情で言った。

「……一楓が好きだ。初めてきみに会った時から」

その時、一楓の心の中に張っていた氷が、砕け散った気がした。心が震えて止まらない。

「好きだったから、有島に嫉妬(しっと)して衝動的に抱いてしまった。順序を間違えて悪かった。

やり直しをさせてほしい」

「え？　な、なんで有島くんが出てくるの……」

唐突に出た名前に、一楓は戸惑う。

「……好きだったんだろう？　高校時代、いつも有島をちらちら見て、にやけていたじゃないか」

思いがけないことを指摘されてしまった。一楓は醜態（しゅうたい）を瀬名に見られていたことを恥じる。

「そ、それは有島くんのことが好きだったからじゃなくて……。――わたくしめは高校時代、有島くんでBLの妄想をしておりました。その憩（いこ）いの時間を失いたくなくて、瀬名が有島くんに告げ口したら困ると思ったのです。いや、もうBLは卒業したのですが、社長の実家を訪問して、当時のことを深く反省した次第です」

「なに、その口調？」

「反省の意をと……」

一楓の言葉を聞き、瀬名は沈黙する。

しばらくして、耐えられなくなったように、一楓が爆（は）ぜた。

「……な、なにか言ってよ！」

「ぶはっ、それで……にやにやしていたのか、高校時代のきみは！」

瀬名は翳(かげ)りのない、素(す)の顔で笑う。キラキラと眩(まぶ)しい笑顔だ。

「ああやっぱり、思い切って言ってよかった！　いや、もっと早く言えばよかった！」

その破壊力のある笑みに耐えきれず、一楓は顔を背(そむ)ける。

すると、瀬名は彼女の頬に手をかけて顔の位置を戻し、再び唇を重ねた。

「……こんな僕を好きになってくれてありがとう」

切なげな光が、濃藍色(こいあいいろ)の瞳に浮かんでいる。

「……瀬名。『こんな』なんて卑屈(ひくつ)にならないで。あなたは頑張って生きてきただけ。なにも恥じることはない」

一楓の断言に、瀬名は唇を震わせた。

「話しにくいことを、教えてくれてありがとう。言葉で伝えてくれてありがとう。わたし、この先もモテモテの瀬名に妬(や)くことがあるかもしれないけれど、あなたの隣に堂々と立つことができるように頑張る。隣で、瀬名様幸せプロジェクトを練るから。絶対幸せにしてあげる！」

「……はは。プロポーズみたいな言葉、ありがとう」

「プ、プロ……」

瀬名は一筋の涙をこぼすと、それを隠すように一楓の肩に顔を埋(うず)めた。

「きみがいてくれれば幸せだよ、一楓。僕は本当に……きみに、恋い焦(こ)がれていたたんだ……」

一楓の胸を締めつけるような、切ない愛の言葉。

「ずっと……僕の腕の中にいて。もう、どこにも行かないで……」

彼がようやく発することができた言葉は、一楓の胸に強く響いた。

第四章　それは、あくまで愛の儀式で

瀬名が車を停めたのは、都内でも有数の高級ホテルの駐車場だった。

瀬名はフロントで三十二階のジュニアスイートルームのカードキーを受け取る。

「こんな高級ホテルに、こんなボロボロで……」

一楓はあらためて自分の身なりを嘆(なげ)くが、瀬名は構わず彼女の手を引く。そしてエレベーターでふたりきりになると、一楓を抱きしめて唇を奪った。

何度も角度を変えてキスをし、やがて彼の舌が一楓の口内に忍(しの)び込んでくる。

「んん……っ」

彼女の体はぞくぞくと甘く痺(しび)れ、声が漏れてしまう。

（ああ、これ。わたしは、これが欲しくて仕方がなかった）

くちゅくちゅと水音を響かせるキスに翻弄され、一楓はふらついた。支えてくれる瀬名のスーツをぎゅっと握り、目に涙を浮かべる。

「んぅっ、ぁ……っ」

一楓を壁に押しつけて、瀬名は口づけを深めていく。

久しぶりのキスで、一楓の体は熱くなる。気づけば彼を求めるように、抱きついていた。

瀬名は舌をねっとりと絡ませて、荒い息を吐く。

（瀬名も……興奮してるの？）

彼が自分に欲情してくれていると思うと、嬉しい。

その時、チンと音がしてエレベーターが三十二階に到着した。名残惜しく思いながらも唇を離し、エレベーターを降りる。

通された部屋は、白を基調とした豪奢な内装だった。

「瀬名、すごい――っ、きゃあ！」

一楓が感動の声を上げたが、瀬名は急いたように彼女を抱きしめると、荒いキスを再開する。

瀬名は口づけをしつつネクタイを外し、スーツを脱ぎ捨てた。

そして彼が一楓の服に手をかけた時、彼女はハッとして唇を離す。

「……わたし、忘れていた」

「なに？」

一楓の絶望的な表情に、瀬名も顔を強張らせる。

「下着、上下揃ってないし、洗いざらしで可愛くないの！　一度、家に帰ってもいい？　もっと可愛い上下セットの下着に替えてくるから……」

「却下」

「だったらどこかお店で……」

「待てない。すぐ脱ぐんだから関係ない」

「そこは乙女心というものを……。それでなくても会社に泊まり通しで、シャワーをさっと浴びるだけだったから」

「実は、この部屋には天然温泉がある。先に入る？」

「温泉!?　入りたい入りたい！」

（温泉の効果で、少しでもお肌がすべすべになるかも！）

藁にもすがる思いで、一楓は飛びつく。

「お風呂はあっち？　じゃあわたし、先に……」

瀬名は一楓を抱きしめて制すると、耳元で囁いた。

「駄目。僕と一緒に、入ろう？」

「え、ええ!?」

（突然、そんなハードルの高いことを！）

「きみから離れたくない。消えてしまいそうに思えるから」

絶対に無理——と思っていたが、彼の不安そうな声を聞くと、否とは言えなくなるのだった。

浴室は白いタイル張りの広い空間だった。

夜景を見下ろせる大きな窓の前に丸い浴槽があり、温泉が湧き出ている。一楓は早くその湯に浸かりたいのに——

洗い場で、瀬名が後ろから抱きしめるようにして、彼女の体を洗いはじめてしまった。

「自分で洗えるから！」

「駄目。僕が洗いたい。僕は好きな子には尽くすタイプみたいだね」

（好きな子って……）

一楓が照れている間に、瀬名は彼女の体をきめ細かな泡で洗っていく。

「気持ちいい？」

「うん、気持ちいい……って、瀬名、素手⁉」

よく見ると、一楓の体を洗っているのは、スポンジではなく瀬名の手だ。

「スポンジを使ってよ！」

一楓が抗議するものの、彼はどこ吹く風。優しい手の動きと温もりの心地よさに、一楓はほだされてしまう。

（まあ、気持ちがいいから、いいか……）

そう思っていたのだが、状況はすぐに変わった。瀬名が両手で一楓の胸を包み込んだのだ。

「きゃあ……！」

一楓は身じろぎをして、瀬名の胸にもたれかかってしまう。すると瀬名は、一楓の頬に唇を押し当てながら笑った。

「ふふ。僕がきみを洗ってあげているはずなのに、僕の方が洗われているみたいだ。きみが体を震わせて、僕に肌を擦りつけてくるから」

「……だ、って……瀬名の手が……」

「僕の手が、なに？」

そう聞きながら、瀬名は妖しく手を動かす。その動きに翻弄され、一楓は息を弾ませた。

「ちょ、ちょっと、変なとこ……ああっ」

「変じゃないよ、一楓。きみの柔らかくて大きな胸を洗っているだけだ。あの時より大きくなったみたいだけど、ひとりで触ってたの？」

「触ってなんか……あぁん、駄目っ」

「ふふ、感度もいいね。すごく可愛い」

瀬名は時折一楓の肌に唇を落として、泡を胸の中心になすりつけたり、乳房を揉みしだいたりと、刺激を与えてくる。

「僕以外の男に、触らせた？」

「そんなこと……駄目、それ駄目ったら。ひゃあ……ん！」

瀬名が一楓の胸の先端を強くこねる。強弱をつけて刺激を加えられ、一楓は甘えたような嬌声を漏らした。

瀬名によって体に刻まれた快楽が、彼の手で目を覚ます。

甘い痺れに、一楓はあっさりとろけてしまった。

「あぁ……そんなにしたら、駄目……！」

彼女は涙目で、切羽詰まっていることを訴える。

きっとやめてくれると思ったのに、瀬名は一楓の唇に舌を差し込むと、彼女の口内を思いきり蹂躙した。そして、向き合うように体勢を変え、彼女の脚の間に手を滑らせる。

「ん、……ふぅ……っ！」

唇を重ねたまま、一楓はびくりと体を震わせ、身を捩った。

瀬名の指は、粘着質な音を立てて、表面を優しく弄った。一楓の腰がもどかしげに動くと、ぐちゅぐちゅと円を描くようにして擦る。

「ああ……！　あああ……っ」

体に走る快感が鋭くなり、一楓は声を上げて瀬名の首に抱きついた。

すると彼は嬉しそうに笑った。

「一楓。気持ちいい？　僕を見て、正直に言って」

緩急をつけて秘処を掻き乱す瀬名に、一楓は震えながら答える。

「あ……そこ……あぁ、気持ちいい……」

自分の愛撫に悦ぶ彼女の表情を見逃すまいと、彼は愛おしそうに見つめてきた。

「すごいよ、一楓のぬるぬる。熱くて僕の指を溶かしてしまいそうだ」

「そ、んなこと、言わないで……」

「表面だけでこうなら、中はどうなんだろうね？」

蜜口を揉んでいた瀬名の中指が、じゅぶりと音を立てて挿入される。

「あああ……っ！」

彼は濡れた隘路を広げるように、ゆっくりと指を抜き差しした。

「……ああ、襞が絡みついてくる。熱くてとろっとろ。そんなに気持ちいいの？」

彼は、一楓が過敏に反応するところをすぐに探り当てる。さらに湿った音を響かせながら、その一点を攻めた。押し寄せる快感に、一楓の頭の中が白くなってしまう。

「んんっ、あぁ……瀬名、瀬名……！　駄目、それ……ああ、そこばかり駄目！　変になる」

「んん？　ここ？」

「あぁぁぁあっ！」

体に走る強い刺激に、一楓は高い声を上げた。

「んっ、ああ、駄目……わたし、飛んじゃ……う」

「うん、飛んで？　僕だけにその顔、見せて？」

濃藍色の瞳に見つめられ、一楓はぞくりと震える。そして本能的に彼を求めてしまった。

「瀬名、キス、したい……。あなたのキスが……欲しい……！」

瀬名は苦しげな顔で彼女の唇を奪う。激情を剥き出しにしながら、指の抽挿を速めた。

「あぁ……っ、ん……瀬名……っ！」

「一楓、可愛い。たまらない……」

瀬名は、乱れる一楓を見つめ、熱っぽい言葉で煽った。

次の瞬間、一楓の中で甘い快感が弾け、体を仰け反らせる。

「あああぁぁ……！　……っ、はぁ……んん！」

乱れた息を整える一楓の顔中に、瀬名は口づけを落とした。

そして目が合うと幸せそうに微笑み、彼女の体を力いっぱい抱きしめるのだった。

浴室の大きな窓の外には、夜景が煌めいている。

「せ、な……いたずら、しちゃ……やぁ……っ！」

浴槽の中で、瀬名は後ろから一楓を抱きしめながら、愛撫を続けている。彼女の首筋に舌を這わせ、両手でなめらかな胸の感触を味わう。

「一楓を精一杯愛してるつもりなんだけど、ただのいたずら？　気持ちよくない？」

甘い声で囁いて、彼は一楓の耳にも舌を這わせた。一楓はぶるりと身震いし、嬌声を漏らす。

「は、ぁ……ん……」

一楓の耳朶が、淫らに甘噛みされている。まるで瀬名に食べられているみたいで、熱に浮かされたような官能に襲われた。

「あ……やっ、ああ……っ」

さらに胸の蕾をこねられ、あまりの快感に一楓は瀬名の腕を掴んでしまう。

彼は息を乱しながら唇を重ねると、一楓の両膝を開く。そして彼の剛直を、一楓の秘処に擦りつけた。

「やぁぁっ！　瀬名っ、なに……っ、ああ……」

硬くて熱いものに刺激され、切なかった部分を擦られると、体の奥がきゅんきゅんと疼いてたまらなくなる。

「ああ……っ、瀬名……！」

一楓が快感に背中を反らすと、瀬名は彼女の脚を閉じさせた。その間に、彼自身を強く挟む。

「僕を感じる？」

「うん……」

うっとりとした顔で頷く一楓。瀬名は甘やかな笑みをこぼすと、濃厚な口づけをする。そして堪能した後、名残惜しげに唇を離した。瀬名の目は、とろりとろけている。

「一楓、愛してる」

「……っ」

「きみが僕の腕の中にいるのが幸せでたまらない。でも……愛おしすぎて、まだ片想いが続いているかのように、苦しい。もしこれが夢で、目覚めたらまたきみに恋い焦がれるとしたら、どうしよう」

弱々しい表情の瀬名に、一楓の胸はきゅんとする。

彼のこういう姿を見られるのは、自分だけだ。幼子のような瀬名に、一楓は優しく言う。

「これは夢でもないし、片想いじゃないわ。触れ合ったところから、わたしが本気で瀬名を好きで満たされているって、わかるでしょう？」

「……ん」

「ちゃんと、心も繋がっているから。……夢にしないで？」

「うん。きみとこうしたまま、時間が止まってしまえばいいのに」

「……そうだね」

静かな浴室で、一楓は瀬名の熱を確かに感じていた。

時が経つのも忘れて我武者羅に重なり合ったあの日とは違い、相手を心で感じられる時間が流れている。

大人になったのだろう。

衝動と後悔に囚われていた子供の時間はようやく終わり、過去とは違う軸で優しい時間が流れはじめた。

——だが、彼の剛直は穏やかな状況にはないことを、凶悪なまでに主張している。一楓がちらりと視線をやると、瀬名は首を横に振った。

「いいんだ。きみとは、果てて終わりというセックスをしたくない。きみを傷つけた以上に、僕がどれほどきみを愛しているか、ちゃんと伝えたいんだ」

「瀬名……」

瀬名は艶っぽい表情で笑った。

「いい加減、僕を名前で呼んでくれないかな。それとも僕の名前は知らない？」

意地悪を言われ、一楓はむっとする。

「それくらい、知っているわ。……伊吹……？」

勢い込んで口にしたものの、照れが出て語尾が上がってしまう。

瀬名は彼女の顔を覗き込んで尋ねた。

「なんで疑問系？」

「そ、それは……」

「ちゃんと呼んでくれないの？」

「……伊吹」

一楓が観念して名前を呼ぶと、瀬名――伊吹は嬉しそうにはにかみ、彼女の顔にキスの雨を降らせた。

「会社でも名前で呼んでよ」

「そ、それは……駄目よ。あなたは社長で、わたしは……」

「いいじゃないか、見せつけたい。きみは僕のものだって。そのためなら、全社員の前で社長命令を下したっていい」

「やめてよ、恥ずかしい。大体、付き合いが長いとはいえ、部下が社長を名前で呼ぶなんて、絶対に噂が……」

「きみが僕を名前で呼ばなくたって、僕の気持ちは社員にバレているけど」

「え？　誰に？」

「とりあえず……きみのチームは全員かな。特に宮部なんか、見透かしたように説教してくるから」

そういえば宮部は、一楓に色々と伊吹について話をしてきた。

「一番鈍感そうな、ジャングル宮部が……」

「気づかなかったのは、きみだけだ。きみが僕を名前で呼んでくれたら、社員たちはようやく僕に春がやってきたのだと気づいて、祝福してくれそうだけどね。そうしたら僕だって、気前よく特別ボーナスを出したくなる。どうかな？」

いたずらっぽく言われ、一楓は眉根を寄せる。

（部下のボーナスは、わたしの意思ひとつだと言いたいわけ？）

「ん？」

妖艶な笑みを浮かべて、伊吹は迫ってきた。

「……ぜ、善処、します」

「できるだけ早くね。あぁ、みんなの前でも名前で呼ばれたい」

（……『みんなの前でも』ね。つまり、ふたりの時は絶対に名前で呼べってことか）

一楓は苦笑し、早く慣れようと心に決めた。

「わ、わかったわ。……い、伊吹」

頑張って言ってみたのに、伊吹からは返答がない。

「……ところで一楓。もう風呂から上がろうか」

（えっ、なんでスルー!? もしかして、あまりにもたどたどしいから、反応する気にもならなかった、とか？ し、仕方がない。練習が必要なんだわ。伊吹、伊吹……）

「あ、そうだね、のぼせてきちゃうし。ね、い、伊吹？」

またもや返答がない。一楓が戸惑っていると、たっぷり一分は黙り込んだ後、彼が言った。

「……のぼせるっていう意味じゃない」

（ま、また沈黙の後にスルー!? どう言えば、お気に召すのよ！）

彼は一楓の耳元で囁いた。

「きみに呼ばれると、すごくクるんだ。……寝室に行こう。きみをもっと感じさせて」

ぞくりとするほど獰猛な、男の顔をする。

一楓がこくりと頷くと、伊吹はその唇を奪い、切なげに顔を歪めた。

そして舌を絡めながら、彼は一楓を浴槽から抱き上げたのだった。

落ち着いた内装の寝室で、キングサイズのベッドが軋んだ音を立てる。

そこにまざるのは、ぴちゃぴちゃという淫らな水音と、羞恥に染まった一楓の嬌声だ。

「あぁん！ ああっ、恥ずかしい……そんなとこ……」

「恥ずかしい？　きみのここ、ひくついて蜜をたっぷり溢れさせて……んん、美味しいよ」

「ああ、いや、あ……ああっ……」

大きく広げた一楓の脚の付け根に、伊吹は頭を埋める。

彼女は耐えきれず、伊吹の肩を両手で押して距離を作ろうとする。しかし、その手は彼に掴まれて、指を絡まれて握られてしまった。逃げ場がなくなっている。

「あぁ、恥ずかしい……のに、ぁん、気持ち、いい……っ」

伊吹は蜜を一滴も残さないとでもいうように、じゅるじゅると吸い上げた。

「やぁぁあっ！　駄目ぇぇぇ……っ」

乱れる一楓を見る彼の目は、艶と熱が混ざり、肉食獣のようにぎらついている。

恥ずかしくてたまらない。けれど、気持ちがいい。愛し愛された相手からの愛撫は。

一楓は恍惚として、快楽に従順になっていく。

「ああ、い、ぶき……っ！　あ……っ、おかしくなる、伊吹……！」

「いいよ、おかしくなって」

妖艶な伊吹に煽られ、じんじんとした熱が彼女の体を駆け上がっていく。

「いぶき……！　イク、イっちゃう！　いぶき……っ」

伊吹は大丈夫だと言うように、彼女の手を強く握りしめた。そして膨れ上がった秘粒を舌で転がし、強く吸いついて、優しく歯を立てる。

「いぶき、いぶ……ああ、イ……っ、ちゃ……！」

両脚がぶるぶると震え、一楓は背中を仰け反らせた。頭の中に快感が弾けたように真っ白になる。

「あぁぁっ、あああああ……！」

達してぐったりする一楓を、瀬名は抱きしめて支えた。欲情に濡れた濃藍色の目を細めると、一楓の唇を奪う。そしてねっとりと舌を差し込み、一楓の舌をからめ取った。

「……んん、んう……！」

情熱的なキスで、達したばかりの一楓の体が、再び熱く火照る。彼女は脚をもじもじと動かした。

伊吹は唇を離すと、切羽詰まった顔で言う。

「……もう僕、きみが欲しくてつらいんだけれど、挿れていい？」

「ん……。わたしも……欲しい」

伊吹は軽くキスをすると、サイドテーブルに置いてあった避妊具の箱を手に取り、準備をする。

彼の上半身は、筋肉のついた大人の男性のものだ。高校時代に見た時よりも、一段と男らしくセクシーになったと思う。

「なんだよ、いやらしい目をして。なにを想像していた？」

準備を終えた伊吹が、一楓の髪を手ぐしで梳かしながら、彼女の顔を覗き込んだ。

「い、いやらしいことを考えていたわけじゃ……」

「じゃあどんなこと?」

甘く囁かれると、一楓の体はまた熱くなってしまう。

「あなたの体を、触ってみたいなって」

「それ、いやらしくないの?」

「邪なものじゃなくて。……わたしからあなたを触ったことがないから」

「……触りたいと、思ってくれるの?」

掠れた声で囁き、伊吹の瞳が揺れる。

「うん。わたしが好きになった男のひとの体、知りたいなって」

彼は嬉しそうに目を細めると、「いいよ」と言って一楓の頭を撫でた。

一楓は手を伸ばし、伊吹の胸に触れる。肌は汗でしっとりと濡れ、筋肉が盛り上がっている。

がっしりとした男性の体に、一楓の胸が疼いた。

伊吹はとろけた表情で、愛おしむような眼差しを向けてくる。その視線に照れてしまい、彼女は手を離した。

伊吹はその手を自分の頬に当てて言う。

「一楓、僕を知ってほしい。これが僕の頬、目、鼻、口、耳……」

「……っ」

彼は話しながら、一楓の手にその部位を触らせていく。

「首、肩、腕、胸、腹……」

そこで黙り込んだ伊吹は、ぐっと手の位置を下ろした。一楓がびくっとした瞬間、彼は猛った彼自身を彼女の手で包んだ。そして気持ちよさそうな吐息をこぼし、一楓の唇をちゅっと啄む。

「ここは、これから一楓の中に入り、きみの熱い深層を擦って、一緒に気持ちよくなるところ」

一楓は息を呑んだ。彼女の額にもキスを落とし、伊吹は彼女の手の上から自身を緩やかに扱く。

「は、あ……」

伊吹はうっとりと目を伏せて、甘い声を漏らした。

その艶めかしさに煽られ、一楓の体はさらに熱くなる。

（これ以上、どこから色気が出てくるの、このひと……）

しかも、手の中にある彼のそれがびくびくと生き物のように動き、一楓は驚いてしまう。

（これ、わたしの中に入るの？）

不安になるが、一度は繋がったことがあるのだ。きっと大丈夫だろうと思い直す。

「きみにここを触れられると気持ちがよくてね、どんどん硬く大きくなってしまう。きみと繋がる快感は、もう尋常じゃない。気持ちよすぎて、脳みそまでとろける」

とろんとした眼差しで語られると、一楓の体の奥が熱く疼いた。

「もうきみには、僕のすべてを見られている。格好悪いところも、セックスで感じすぎているところも。……だけど、もっと素の僕を知って？　僕がきみを相手にどうなるのか、きみの体で感じてほしい」

そう言って、伊吹は一楓の脚を持ち上げる。その拍子に一楓が彼自身を離すと、彼はそれに蜜を塗りたくって蜜壺に先端を宛てがった。そしてぐっと押し込んでくる。

「あああ……っ」

「く……キツ。持っていかれそうだ」

上擦った声で囁く伊吹。雄々しく猛った熱い楔が、一楓の中をぎちぎちと押し広げるように進んで奥を目指す。

「……一楓、痛く……ない？」

「うん、だいじょ……あああああっ！」

返事の途中で強い快楽と灼熱に襲われ、彼女は思わず伊吹に抱きつく。

するとすべてをおさめた彼は、啄むようにして一楓の唇を奪った。

「一楓……。僕を感じてる？」

濃藍色の瞳は、情欲の熱をひたすらに理性で抑えて揺れている。

「ん、わかる……。嬉しい……っ」

「嬉しいって……言ってくれるの？」

伊吹は泣き出しそうな顔でくしゃりと笑った。

「もちろんよ。あなた、は……？」

「嬉しくて……たまらない……っ」

見惚れてしまうほど美しい笑顔で、伊吹は歓喜の言葉を紡ぐ。しかし、すぐに眉根を寄せると、苦しげに息を吐いた。

「痛い、の？」

「違……う。きみの中……よすぎて、もっていかれそうなんだ。……わかる？　僕が出ていかないようにって絡みついて、うねって……いやらしく締めつけている」

「……っ」

「ああ、もう。僕をどうする気だよ、きみは」

上擦った声で言いながら、伊吹は一楓をぎゅっと抱きしめた。

そして、角度を変えて触れるだけの口づけを繰り返した後、伊吹はとろけるような目になる。

「――一楓、愛している」

フェロモンたっぷりにストレートな言葉を告げられ、一楓は心臓を撃ち抜かれたような苦しさを感じた。

「あの時、素直にそう言えばよかったんだ。僕のものになってって、言えばよかった」

「い、ぶ……き……っ」

「この先、僕以外とこんなことしたら駄目だよ？　僕以外にこんなことをされて、可愛い顔を見せるなんて、絶対駄目だ」

緩（ゆる）やかな抽挿が、少しずつ速くなっていく。彼の灼熱（しゃくねつ）は、じゅぷんじゅぷんと淫（みだ）らな音を立てて、力強く一楓の中を擦（こす）り上げてくる。

「ひゃあぁぁぁ……！」

一楓は悲鳴のような声を上げて、伊吹に揺さぶられた。

伊吹の匂い、熱、力強さ――全身で感じる彼がたまらなく愛（いと）おしくて、一楓は伊吹に口づけると、涙を浮かべて答える。

「わたしは……伊吹のもの……だから、伊吹も……あ、あああっ、ほ、かの子、抱かないで……！　他の子のこと、見るのも……嫌……！」

「もちろん。僕にはきみだけだ」

独占欲に満ちた一楓の言葉に喜び、伊吹は口づけながら律動を激しくした。

「あぁ……、あぁんっ！」

「は、あ……一楓、いち、かっ」

荒い息を吐き、何度も重なる唇。それは……ほのかに涙の味がした。

やがて伊吹は一楓を抱きしめたまま、体勢を変えて彼女を上にする。突き上げの角度が変わり、一楓の声がさらに大きくなる。

「あん、ああっ！　いぶ、き……っ、気持ちいいっ！　い、ぶき……好き……っ」

涙を流す一楓の顔に、伊吹はキスの雨を降らせる。そして、彼女の奥までガツガツと貫いた。

あまりの快感に、一楓の目の前がチカチカと瞬く。

「ああ、あああ……っ！　奥……んんっ、奥、駄目……！　それ、だめ……っ」

「やっぱり、奥がいいのは変わってないね」

彼はそのまま一楓を抱き上げると、座位の形になり下から突き上げる。

「やぁ……、ああっ！　奥にくるっ、奥に……ああ……っ、あああっ！」

伊吹の首に両手を回して、一楓は髪を乱しながら上下に揺さぶられた。

彼は揺れる乳房を口に含み、突き上げをさらに大きくする。

「いぶ、き……っ！　あ、んう……駄目、おかしくなる……」

「一楓……っ。きみの中がうねって、僕を誘ってる……」

「あぁん……伊吹、好き、好き……っ」

愛おしさにかられて一楓が叫ぶと、伊吹は唇を噛みしめた。

「く……っ！　一楓、可愛い……！」

彼は再び正常位に戻し、激しく抽挿する。

「はっ、あぁぁ！　激し……っ、駄目、伊吹……っ」

「一楓、好きだ……！」

繋がっている場所から、ぐちゅんぐちゅんと卑猥な音が響く。伊吹は切なげに目を細めた。

「僕だけを、ずっと好きでいてくれ……！」

そして――伊吹の目からすっと、涙がこぼれ落ちる。

「今度こそ……永遠に醒めるな……っ！」

「ん……っ、あ……っ！」

返事をしたいのに、一楓の口から出るのは嬌声だけ。まともな言葉を紡げなくてもどかしい。

代わりに、より深く彼を受け入れようと、伊吹をぎゅっと抱きしめる。

伊吹が好きだから、どこまでも共にいたい。

これは夢じゃなく、永遠に醒めない。

　そんな気持ちを込めて、強く抱きしめた。

　──すると、伊吹は一楓の唇を奪い、荒々しく貪ってくる。濃厚な口づけの後、彼はまっすぐに一楓を射貫いた。

「……はぁ……っ、僕はきみを離さない……！　きみは永遠に……僕だけのものだ」

　ぎらついた目で、感情的に告げる伊吹。これは、彼の素の姿なのかもしれない。

　一楓はぞくりと体を震わせながら、なんとか深く頷いた。

　それを確かめ、伊吹は律動を再開する。

「一楓……っ、一楓、一緒に……っ」

　甘美な刺激に襲われ、一楓はただこくこくと頷く。

　すると伊吹の動きが、彼女の弱いところを集中的に突き上げるものに変わった。

「あああああぁぁ……っ！」

「僕も、ああ……っ、イ……く……っ」

　絶頂に打ち震える一楓を、伊吹は強く抱きしめる。そして一層強く一楓の最奥を穿つと、体を震わせ熱を放った。

「はぁ……っ、はぁ……っ」

　──息を整えながら、ふたりは照れつつ微笑み合う。自然と唇が優しく重なった。

「……ごめん、余裕がなくて。ガツガツしすぎた。体は大丈夫？」

「大丈夫。……嬉しかったわ。これからはいつでも激しく愛して？」

「……本当にきみは……。いつも素直じゃないくせに、そういうことはさらっと言うね」

伊吹は苦笑すると、一楓の耳元で囁いた。

「一楓、誕生日おめでとう」

思いがけないことを言われ、一楓は固まる。

「え……あ、本当だ、今日誕生日だった……！　っていうか、知っててくれたんだ……！」

ここ数日忙しすぎて、本人ですらすっかり忘れていたというのに。

「もちろん。プレゼントをあげたいんだけど、なにがいい？」

伊吹は一楓の頬にかかった黒髪を梳かす。

一楓は少し考えてから、笑顔で答えた。

「……あなたがいい。好きなひとと過ごすのが、一番のプレゼントよ」

「だったら……きみに尽くすよ。僕の愛をきみに捧げる」

「ほ、ほどほどで……」

「嫌だね。そこはしっかりと僕の恋人に受け止めてもらわないと。……ねぇ、初めて僕と体を重ねた時のこと、まだあやまちだと思っている？」

伊吹の声は、少しだけ緊張を孕んでいる。一楓は一瞬考えた後、緩やかに首を横に振った。

「みんなの王子様が、わたしだけの王子様になってくれたきっかけだと、思うようにする」

すると、伊吹はほっと小さく息を吐いた。

一楓は笑みを浮かべて続ける。

「あなたの部下になってから、あの時のことに触れられたくないと思いながらも、あなたがまったく気にしていないことに引っかかっていた。わたしは数多いる女のひとりだから、遊んだことも忘れているんだろうと思ったら、切なかった。……そんな、自分の矛盾した気持ちに気づかなくて」

「一楓……」

「わたしは……その、い、いい……伊吹が、好きでたまらないの！　だから、もうあやまちだとは思わない！」

一楓は決死の思いで叫ぶ。しかし、伊吹は固まってしまった。

（え、なにかまずかった？　わたし、やっちゃったの？）

内心慌てふためいていると、一楓の視界がぐるりと回る。

気づいたら――伊吹に組み敷かれていた。

彼は情欲に濡れた目で、妖艶な笑みを浮かべて一楓の顔を覗き込んでいる。

「嬉しい言葉をありがとう。僕を煽ったのはきみだからね」

「え？　え？」

——貪るような激しいキスは、二回戦開始を知らせるゴングとなった。

久しぶりにふたりで過ごす夜は、驚くほど長かった。

第五章　それは、あくまで謀られて

月曜日は晴天だった。

会社のビルの前に停まった高級外車から伊吹が降りると、居合わせた人々は彼の眩しさに目を細める。そんな彼の隣に、げっそりした顔の一楓が並んだ。

「大丈夫かい、一楓？　ゾンビみたいになってるけど」

「仕事だってわかっているのに、わたしをこんな風にしたのは誰よ。この悪魔！」

一楓は涙目で、キッと伊吹を睨む。

金曜の夜から昨日まで、彼女は抱き潰されてへとへとなのだ。

しかし彼は嬉しそうに笑い、体を屈めて一楓と視線を合わせる。そして、一楓にしか聞こえないくらいの声で囁いた。

「その悪魔に、『もっともっと』って可愛くせがんだのは誰？　僕が引き抜こうとすると、『抜いちゃいや』って抱きついてキスしたのは誰？」

「し、知らない！」

「赤くなるということは、記憶はあるようだね。ふふふ、最愛の恋人に可愛くおねだりされているのに、応えなきゃ男が廃るだろう？　一楓は僕とのエッチが大好きなんだから」

（こんなところで、なんてことを言うの……！）

一楓は否定することもできず、羞恥と怒りに震えた。そして彼を残してずんずんとビルに入っていく。伊吹は噴き出しながら、一楓を追いかけた。

エレベーターで六階に上がりオフィスに入ると、本日は休みのはずの一楓の部下四名がいた。いないのは矢田のみだ。――在席している葛西は、机に突っ伏して寝ているが。

「ど、どうしたの？　今日は休みよ、みんなは」

驚く一楓に、神妙な表情を浮かべた宮部が答える。

「設楽さん、俺ら、とっても気になって――」

「ジャングルよりも、仕事のアフターフォローの方が？　ようやく会社愛に目覚めたの？」

「仕事のはずないじゃないですか。俺っちはジャングルLOVEなので」

即答した宮部に、一楓は内心声を上げる。

（ジャングル宮部、社長の目の前で強っ！）

「では、なぜここに？」

「だから、気になるからですよ。社長の重苦しい愛を、設楽さんが全身で受け止められたのか——。どうせ社長がヤキモチを妬いて喧嘩をしていたんでしょう？　でもその様子じゃ、設楽さんはちゃんと受け止めたみたいですね。社長が胸焼けしそうな甘い愛のセリフを囁いて、仲直りしたってところですか。社長のつやっとした顔を見るに、休日中はイチャイチャラブラブ充実した時間を過ごしたんでしょうね。設楽さんが喜びそうな高級ホテルにでも泊まって」

ぺらぺらと宮部は喋る。伊吹は額に青筋を浮き上がらせて顔を歪めるが、あえて反論する気もないようだ。

「ど、どうしてそんなことまで……」

宮部には透視能力でもあるのかと狼狽する一楓。すると、宮部は胸を張った。

「そりゃあ、お見通しですよ。俺っち、恋愛マスターですから！」

後光が差しそうなほど堂々とした宮部を、一楓は思わず拝んだ。

(恋愛マスタージャングル宮部！　なんだか、恋愛の神様のように思える！)

「しかしめでたいです。これで俺っち、安心してジャングルに行くことができます」

すると伊吹が、腕組みをしながら静かに言った。

「いくら賭けてたんだ？」

「『設楽さんに受け止めてもらえる』に、なんと五万です！　いやあ、社長を応援してよかったです。……って、あれ？」

幸子が慌てて宮部の口を手で覆ったが、時すでに遅し。

賭けの対象にされていたと知り、一楓はカッとなる。そして一言言おうと口を開いたところで――にっこり笑った伊吹に、唇を奪われた。……社員たちの前であるにもかかわらず。

一楓は驚いて突き放そうとするものの、伊吹はびくともしない。そしてたっぷり一分間、口づけをしたところで、唇を離した。

笑みを浮かべた彼は、真っ赤な顔で固まっている観衆に言う。

「見ての通り、設楽一楓は僕の恋人となった。みんなが祝福してくれたら特別ボーナスでも弾もうと思っていたけど、賭けの対象にする不埒な社員がいたため、やめることにする」

社員が絶叫する中、一楓は羞恥プレイの屈辱に震えた。

――その時、ひとりの社員が血相を変えてオフィスに駆け込んできた。

「社長、大変です。今電話がかかってきて、協同組合のサーバーがダウンし、全システムが停止したそうです。土曜日は動いていて情報を追加更新できたようですが、今朝はまるで動かないと」

その言葉を聞き、伊吹は表情を険しくする。

「宮部、雪村！　葛西を起こして、こちらに流れてくるログで原因を探って。僕も一緒に確認する。一楓は念のためバックアップデータを入れたノートパソコンを持参して、太田と組合に行って社員をフォロー。組合に置いたままのテスト機を稼働させて、通常業務を進めて。状況は追って連絡する」

「わかりました」

システムが全停止したということは、これからおこなう予定の請求処理もできないということだ。そうなれば、次に控える集金代行業者が振替依頼データを銀行に持ち込むことができず、引き落としがされない。それは一大事だった。

（金曜日の請求処理テスト前に、バックアップをとっておいてよかったわ）

テスト機にバックアップデータを戻し、土曜日の更新分を再度入力してから、テスト機で請求処理をかけることになるだろう。

どんな理由であれ、メンバーたちが出社してくれていてよかった。心の底から感謝しながら、一楓は太田を連れて、組合に向かった。

一楓が組合に駆けつけた時、組合はてんやわんやの大騒ぎになっていた。到着するや否や、協同組合の萩課長が怒鳴りつけてくる。一楓は頭を下げながら状況を把握した。

サーバーが動かないせいで、保険事業に関するシステムの閲覧はおろか、一切の操作ができないようだ。

伊吹に連絡を取って相談してから、サーバーを強制的に再起動したのだが、途中で動かなくなってしまう。それと同時に、なぜか社員のパソコンもインターネットや社内LANにも繋がらなくなった。

（なんで社員のパソコンまでおかしくなるの？）

サーバー接続をテスト機に切り替えてみたが、テスト機でも同じ。

色々と調べてみても、同時にサーバーとパソコンがおかしくなる原因がわからない。

太田と首を捻（ひね）っていると、一楓のスマホに伊吹から電話がかかってきた。一楓は簡潔に現況を伝える。

「……そういうわけで、パソコンと繋げられません。土曜にしたという新規加入者三十八名分は、どうしても今月の請求に乗せたいそうです。最悪、集金代行業者に渡す請求データに手作業で追加することになるかもしれません」

『手作業の暫定措置（ざんていそち）は色々と危険だから、避けたいな。ルーターは調べた？』

「はい。機械を有線で繋げましたが同じ状況なので、ルーターの故障ではなさそうです。やはりシステム内に原因があるのかと。なにか巨大すぎるデータがあって、その解析でサーバーとテスト機に負荷がかかり、ネットワークから個々のパソコンに影響が及んでいる気もします」

『だが、それが外部から入ったものならば、感知した時点で僕のセキュリティソフトが動くはず。……待てよ、それがたたっているのかもしれないな。……集金代行業者には電話してもらった？』

「はい、銀行に持ち込むのは、本日の午後二時がリミットだと」

『午後二時までというと、あと三時間か。こちらに送られてくる遠隔操作(リモート)での自動バックアップは、今朝五時のものは取れていた。それを今、組み立てたサーバーの代替機で復元する。復元を待って僕もそっちに行くから、一時間……いや、あと四十分、頑張ってくれ』

伊吹は真剣な声で『頑張れ』と言った。一楓に託されたのは、組合側の非難の矢面(やおもて)に立つことだ。

すでに課長に怒鳴られていることは伝えていないが、彼はきっと状況を十分わかっている。

伊吹はイデアシンヴレスの頭脳。彼が問題を解決する時間を縮めるためには、誰かが壁にならないといけない。

その壁に自分を選んでくれたこと、自分なら耐えられると思ってくれたことが嬉しい。

（わたしならいくら怒られても大丈夫。伊吹が来たら、絶対なんとかしてくれる）

「わかりました。五時のバックアップが取れていたということは、それ以降に大きなデータが入って、動きに支障が出たんでしょうかね。しかし、テスト機は繋げていなかったのに、動かないんです。なぜテスト機にもそんなデータが……。監視ログ解析はどうでしたか？」

『ん……それなんだけど、機械を設置したのは誰？』

「テスト機とサーバー共に矢田くんに任せました。今日はお休みですが」

一楓の答えを聞き、伊吹は少し考えるように黙った。

『……至急、矢田に聞きたいことがあるんだけど、電話しても出ない。どうやら、電話番号が変わっているみたいなんだ。宮部が矢田と仲良いのに、知らなくて。きみはなにか聞いてる？』

「いいえ、聞いていません。わたしからも電話をかけてみますね」

『頼む。それと、一楓……』

「はい？」

『ツンデレのきみも可愛いけど、格好いい部下のきみにも、僕は欲情してしまうみたいだ』

そして一方的に電話が切れ、一楓は羞恥に熱くなって場に蹲った。

（こんな時になにを！）

……しかしその言葉が、一楓の緊張を和らげたのだった。

「まだ直らないのか！　どれくらい時間が経ったと思っている！」

「申し訳ありません。あと十五分で瀬名が参りますので、どうか……」

どんなに一楓たちがフォローしても、事務員の通常業務に支障が出ていた。そのことで萩課長はさらに憤り、怒鳴り散らす。

「もう堪忍袋の緒が切れた！　理事長に相談し、相応の対処をさせてもらう」

まだ間に合わないと決まったわけではない。一楓は頭を深く下げた。

「課長、もう少しお待ちください。お願いします」

だが、萩課長は一楓の横を通り過ぎていく。

「課長、お待ちください。課長！　あっ！」

部屋から出ていく課長を追いかけた一楓は、躓いて転んでしまう。慌てて起き上がるが、課長の姿が見えない。ようやく追いついた時には、課長は上りのエスカレーターに乗るところだった。

「待って、待ってください！　萩課長！」

一楓が課長の名前を呼び、全速力で走った時——後ろから、ぐいと手を引かれる。

「一楓ちゃん、どうしたんだよ⁉」

振り返ると、スーツ姿の有島がいた。爽やかな水色のネクタイを締めている。

「どうして有島くんがここに!?」

「今日はこの上で打ち合わせがあったんだ。それが終わって、この後は待ち合わせをしている。一楓ちゃんは？　仕事？」

笑いかけられて、一楓は気が緩んだ。

「うん、仕事で……」

（見慣れた顔にほっとして、泣くな、設楽一楓！）

泣き出しそうなところをぐっと抑え、笑顔で言った。

「ちょっと組合の課長さんに用があって。ごめん、急いでるの」

有島の瞳が、じっと一楓を見つめている。その眼差しになぜかぞっとしたものを感じて、一楓は逃げるように立ち去ろうとした。だが有島は、一楓の腕を掴んだまま離さない。

「……俺を頼れよ、一楓ちゃん。きみを助けたい」

「もうすぐ瀬名が来るし、本当に大丈夫よ」

一楓はとにかく焦っていた。伊吹が来る前に、理事長を巻き込んで大騒ぎにしたくない。暴走する課長を捕まえるのが先だ。

「だったら、瀬名が来るまで手伝わせて？」

今一楓は、課長の怒りを鎮め、伊吹に繋げなければいけない。けれど今の自分にはやりおおせないかもしれない。

爽やかで綺麗な笑みを見せる有島に、なぜか胸騒ぎを覚える。けれど——

（……もしかすると、地獄に仏かもしれない）

一楓は思い切って、有島に頭を下げた。

「お願い、有島くん。トラブルがあって、組合の課長が怒っているの。今、理事長と話しに向かってしまって、それを止めたいの。瀬名を課長に会わせないといけない。方法があるのなら、助けて欲しい。心底困ってる」

「OK。気軽に言えよ、高校からの仲だろう？」

有島はぱちんとウインクをすると、今度は邪気のない笑みを見せた。

「その課長って、あれ？」

有島は、上りのエスカレーターの中腹にいる課長を指さす。

「そう、あれが課長……って、え？　有島くん!?」

有島はエスカレーターではなく、反対側の階段方面に走った。

「組合の理事長室は、階段のそばにある。こっちの方が先回りできる！」

彼は長い脚で、階段を二段抜かしで上っていった。

一階、喫茶店『エミュー』——

ふかふかのソファにどっかりと腰を下ろした課長は、やけに上機嫌な顔で呵々と笑う。

「いやあ、お久しぶりですね。まさかこんなところで、瀧嶋社長の息子さんにお会いできるとは。今日はお仕事で？」

「はい、この上の帝都貿易総合商社に用がありまして」

「そうですか、そうですか」

（なんと爽やかな……。うん、実に清爽な空気だ）

この爽やかな場で、一楓はアウェイの気分だった。愛想笑いを浮かべて適当に頷いてみるものの、ふたりから話を振られることはなく、完全に除け者だ。

（それにしても、有島くんは課長と知り合いだったんだ）

帝都グループという権力を武器にする課長にとって、有島のバックにある『瀧嶋』という名前は、それなりに効力を持つのだろう。有島は、話を円滑に進めるためのネタのひとつとして、父親の名を使っているに違いない。

実際、有島が現れてから課長の怒りが薄れたのだから、有島の試みは成功していると言える。

しかし、伊吹――『瀬名』には敵わない。

（弱肉強食の世界を見たり！　この調子、この調子！　にこにこにっこりで瀬名王子を待ちましょう）

そう思ったが、萩課長は突然キッと睨みつけてきた。

「ところで――なんできみがここにいるんだ！」

自分の存在が課長の機嫌を損ねるなら、即刻退場したい気持ちはやまやまだ。しかし、自分の仕事に協力してくれている有島を残して、『あとはよろしく』というわけにもいかない。

「萩さん。実は彼女、俺の高校時代の同級生なんですよ。ね、一楓ちゃん」

「そ、そうなんです。母校で有島くんが副会長で、瀬名……うちの社長が生徒会長をしていたんですよ。その頃は、いまだに黄金時代と言われるほど、伝説となっているようです」

「社長……。彼も、有島くんの友達なのか？」

萩課長に問われ、有島はにっこりと笑って言った。

「はい、親友です」

（そうか。有島くんは伊吹を親友だと思っているから、彼にいい話を持ってきた上に、チャンスを与えてくれたんだ。さらにこうして助けようとしてくれるのね）

そう思えば、有島の好感度が上がる。成り上がりたいなどと随分（ずいぶん）と大胆（だいたん）なことを言うなと思ったけれど、親切な高校時代の彼のままなのだろう。

「瀬名社長の腕は信用できますよ、課長。あいつ、完璧主義なんで」

（だよね。さすがは有島くん、親友のことをよくわかってる）

心の中で相槌を打ち、一楓はにこにこして頷いた。

「しかし……彼が来ないと対処できないというのは、こちら側も困るんだ。大体イデアシンヴレスは、社長以外、トラブルに対処できないのかね。——きみを含めて」

（う、そうきたか……）

「申し訳ありません。うちは……」

「課長。それだけ瀬名がすごいということなんですよ。なにせ奴は、あの瀬名グループの総帥の次男でＩＴ界の寵児。先週は、世界の名だたるＩＴ技術者から拍手喝采されたんです」

先週とは、金曜日にあったレセプションのことだろう。伊吹からは詳しく聞いていなかったが、拍手喝采と聞き、一楓は緩む頬を抑えられない。

有島の話に、萩課長は上擦った声を上げる。

「え、瀬名グループの？」

「はい。うちの父より、遥か上の」

（有島くんがあれだけ説明したのに、注目するのはそこ!?）

「瀬名、グループ……」

絶句する課長に、有島は爽やかに笑って続ける。

「しかし、これから俺が立ち上げる会社は、向島財閥がバックにいます」

「向島財閥⁉　それは忍月財閥と並ぶ、あの⁉」

一楓は財閥について詳しくないが、向島財閥も忍月財閥も聞いたことはある。

「ええ。瀬名グループに並ぶ、あの向島財閥に属する向島開発が、僕の後ろ盾なんです。実は今、向島開発の指揮者で、専務である向島財閥の御曹司と、この喫茶店で待ち合わせをしているんですよ。彼もまた、向島開発の社員と打ち合わせがあるそうで」

そして有島は、思いついたというように、ぽんと両手を叩いた。

「そうだ。瀬名が来るまで、向島開発の社員たちになんとかできないか、やらせてみるのはいかがでしょう。ちょうどＩＴ部の社員がいるので」

（有島くん……？）

話の流れが微妙に変わってきた。一楓は止めようとするが、有島は無視して話を進める。

「もし原因が見つかったら、瀬名の手助けにもなりますし」

「有島くん、システムの方はちゃんと瀬名が……」

一楓の言葉を遮り、課長は鼻息荒く頷いた。

「それはいい！　ぜひ、やってみてくれ」

「課長！」

「わかりました。それでは向島開発の者に連絡してみますね」

一楓を無視して、有島は電話をかけはじめてしまう。

（これじゃダメだ！　──仕事を取られちゃう！）

完璧主義で敏腕な瀬名が作ったシステムのバグに、他社の社員が対処できたとすれば、そちらの方が瀬名の技術力より上だと証明することになる。

「有島くん、そういうことはやめて。ちゃんとうちで対応するのが筋よ⁉」

「でも、協同組合は困っているんだろう。原因が見つかってなんとかできれば、両者が得だ」

「そういうことじゃないの！」

「あ、もしかして向島開発の技術力が信用できない？」

有島は邪気のない顔で笑う。

それが張りついた笑顔の仮面のように見えて、一楓の背中に冷たいものが走る。

「大丈夫だよ。向島開発には、アメリカ機械工学の権威、ロバート・マーティン教授がついている。先週のレセプションで、瀬名のシステムを見て『確かにすごいものだけれど、あれくらいなら向島開発でも作れる』と言っていたから」

その言葉に、一楓は震えた。

有島の目に、瀬名伊吹に対抗する野心を感じ取り、心がざわつく。

もしかすると、伊吹を踏み台にして、のし上がろうとしているのではないか──

（そんな、ありえない。でも……）

一楓は声を震わせて尋ねた。

「有島くん……。新会社の業種は、なににする気なの？」

「ん？　ゆくゆくはＩＴ特化。言っただろう？　海外に進出したいって」

先日有島は、伊吹を自分の会社のＩＴ部門の責任者にすると言っていた。

しかし有島の冷ややかな目には、その気などないように見える。

――伊吹は指標に利用されたのだ。彼以上の技術があるのだと証明することで、世界のＩＴ界に新会社を印象づけようとしている。

一楓はとてつもなく大きな不安に襲われた。

（伊吹、お願い早く来て。嫌な予感がするの！）

祈るようにして目を瞑り、自分がしたことを悔いる。有島とこのビルで会った時、嫌な予感がしたのに、彼と課長を引き合わせてしまった。

（わたしに、わたしにできることは……っ）

考えているうちに、向島財閥の御曹司で専務だという男が現れた。

「初めまして。向島宗司といいます」

そう名乗った彼は、三十歳ぐらいで野性的な顔つきだ。柔らかな雰囲気の伊吹とは違い、向島専務は力ずくで支配するような、伊吹の父親にも似た支配者の空気を身に纏っている。

「これもなにかのご縁。ぜひ、うちの者たちに任せてください。優秀な人材を取り揃えていますので」

「ええ、ええ、もちろんです。ぜひお願いします」

彼らが挨拶(あいさつ)している間、一楓は太田にメールを打つ。システムに誰も近づけさせるな、と。

メールを送信すると、一楓はキッと顔を上げる。たとえこの場で完全な部外者であろうとも、社長代理として戦わなければいけない。

「初めまして。イデアシンヴレスのPM補佐兼社長秘書であり、まもなくこちらに到着する社長の瀬名よりシステムを一任されております。設楽一楓と申します」

（怯(ひる)むな、笑え！　いつも強気で話を進めていた、伊吹の対応を思い出せ！）

一楓は自分自身を奮(ふる)い立たせ、話を続ける。

「ご助力くださるお気持ちは嬉しいのですが——システムの全体像を把握していない方が触ると、直るものも直らなくなるかもしれません。弊社の複雑なシステムに対処できるのは、瀬名だけ。お力を借りるか否(いな)かは、瀬名と相談してからにしていただけませんでしょうか？」

「ははは。なんだかおかしいですね。瀬名社長がシステムを一任しているあなたでは、直すことができないと？」

侮蔑と嘲笑の滲む向島専務の眼差しに、ぞくりと背筋が凍った。しかしここで黙るわけにはいかない。

「力不足で大変恐縮です。残念ながら今回のトラブルの対処には、わたしごときでは太刀打ちできない、高度な技術が要求されます。瀬名以外、どんな方でも対処できないでしょう」

向島専務は、一楓を値踏みするように見る。

「ほう。天才と名高い瀬名伊吹社長だけが、解決できると？」

（前もって瀬名について調べてきたってわけね）

ここに居合わせたのは偶然ではないのだろう。有島に向島専務、ＩＴ会社の社員まで同時刻にこのビルにいるなんて、ありえない。だとすれば、あまりにも用意周到な謀だ。

「その通り、彼はイデアシンヴレスの頭脳です。彼が設計したものは、容易に他人が解せるものではない。そんな簡単なシステムは納品しておりませんので」

すると向島専務は鼻で笑うようにして、冷ややかに目を細める。

「では、その頭脳である瀬名社長は、ここで直接システムを復活させてくださるということですね？」

「……え」

「あなたの理屈からすればそうだ。あなたや我々ができないことを、瀬名社長はできる。

では、その奇跡の技とやらを、目の前で見せてもらいましょうか」

「それは……」

操作ができない状況だから、瀬名はバックアップを復元した代替機を持ってくる。

技術的な問題ではない、物理的に操作不可能だからこその苦肉の策なのだ。

一楓は口ごもってしまう。

「では、瀬名社長ができないことをうちができれば――課長、うちのシステムを導入していただけませんかね？　イデアシンヴレスさんよりも、かなり割安にしますので」

向島専務の要求に、一楓は目を吊り上げた。すると、有島が笑って言う。

「まあまあ一楓ちゃん。瀬名ができなかったらという条件付きだし、萩課長側に立って考えてみなよ。止まらず迷惑をかけないシステムなら、どこが作ってもいいわけなんだし。きみもこの業界にいるのなら、わかるだろう？」

「納得しかねます！」

そういう問題ではない。イデアシンヴレスが請け負った仕事は、最後まで責任を持ちたい。

完璧主義の伊吹が直せない欠陥システムを作ったと、顧客に思われたくない。

そのうえ、たまたま居合わせた会社に仕事を取られることがあっては、信用に関わる。

自分たちのミスは自分たちでリカバリーしなくてはならない。

たった一件のミスで信用をなくし、すべての仕事がなくなってしまうこともある。

伊吹は今まで、ひとにできない仕事をすることで、信用を勝ち取ってきた。

彼が死に物狂いで仕事をこなし、成長させた会社を、こんな連中に邪魔させたくない。

（もしものことなんかありえない。）

「これは、うちがいただいた仕事です、手抜きなんてしてないんだから！）

伊吹を汚名から守りたい。誰よりも近くで見つめてきた、最愛の社長を。

「お願いします、課長。信頼回復のチャンスをください！　我が社を、瀬名を、信用してください！」

一楓は椅子から立ち上がると、勢いよく土下座した。

それにはさすがに有島も慌てる。

「一楓ちゃん……。そこまでしなくたって、倒産するわけじゃないんだしさ」

「そういう問題じゃないの、有島くん。わたしたちが魂を込めて真剣にやった仕事を、簡単に扱わないで！　瀬名を馬鹿にしないで！」

有島の瞳が、なにかを訴えるように揺れた。だが――

「どこに仕事を頼むかは、あなたが決めることではない。課長、いかがかな？」

向島専務の冷淡な声が、一楓を一蹴する。

「それはもちろん――」

課長が口を開いた時、一楓のスマホが鳴った。画面にメッセージが現れる。

『着いた。ここから先は僕に任せて』

ついに来た。

一楓は勢いよく、課長の言葉を遮った。

「課長！　大変お待たせしました。瀬名が到着いたしました。システムを復旧させます」

自信たっぷりに言ったが、心の中で伊吹に謝る。

（ごめん、伊吹。わたしは……あなたに任せることしかできなかった）

苦境を切り抜ける伊吹の力を、今は、信じるしかない――


伊吹は大きなサーバーを手にして、葛西と共に現れた。

一楓の隣に有島と見知らぬ男たちがいることに気づくと、伊吹は目を細める。一楓と太田の懇願するような眼差しからも、思わしくない状況だと悟ったようだった。

「課長、ご迷惑をおかけして大変申し訳ありません。大至急復旧させていただきます」

真剣な伊吹に押されて課長が言い淀む間に、向島専務がすっと歩み出た。

「きみが瀬名伊吹くんだね。これはまた男前の顔をしているな。私は……」

向島専務が余裕たっぷりの笑いを見せているのは、これから自身の思い通りになると思っているからだろう。彼はきっと、どんな方法を使っても、のし上がってきた男に違いない。

しかし伊吹は、手を差し出した専務の横を素通りして、一楓に声をかける。

「一楓、有線で使えるノートパソコンを」

「はい、こちらです」

完全に存在を無視された向島専務は、忌々しげに顔を歪め、手を握りしめた。その怒りの様子を見ていた有島が、慌てて声をかける。

「瀬名！　ここにいるのは向島財閥の次期当主で、専務の向島……」

「僕は一楓とサーバーの設定と、セキュリティソフトの変更をする。太田は葛西と共に、社員のパソコンを確認して。回復したら合図を」

伊吹は有島も相手にせず、てきぱきと指示を出した。そして一楓と共に、三台目のサーバーを接続した後、膝の上に置いたノートパソコンのキーボードを軽やかに叩く。

「おいおい、瀬名。その態度は失礼じゃないか。向島開発で、きみの穴を埋めようとしていたのに」

そう言った有島に、伊吹はキーボードから目をそらさずに答えた。

「部外者に媚びた挨拶をする方が、システムを復旧するより優先すべきことか？」

「瀬名！」

「困っている人たちがいるんだよ。その頭と目では、見てわからないのか？」

伊吹の言葉に、有島は言葉を呑み込む。

その時、伊吹の内ポケットに入れていたスマホが、不気味な着信音を鳴らした。人食い鮫の映画で流れる不吉な音楽だ。彼は通常の着信音をクラシック音楽にしてあるはずで、こんな曲が流れるのは初めて聞いた。

（なに、その曲……）

伊吹は課長に一言断ってから、肩で挟んで電話に出る。彼の口調はなんだか荒々しく、怒っているようだ。

（……電話の相手は社員？　随分とぶっきらぼうだけど、誰が伊吹を怒らせたのかしら）

伊吹が一度電話を切ると、今度は聞き慣れたクラシック音楽の着信音が響いた。彼はそちらの電話にも出て、いつもの調子で話す。

「……了解。そちらは引き続き頼む」

伊吹は電話を切ると同時に、パソコンのエンターキーを押した。すると、葛西と太田が歓声を上げる。

伊吹はすくっと立ち上がると、深く頭を下げてから言った。

「お待たせしました、課長。無事に復旧いたしました」

伊吹が来てから十分も経っていない。まるで魔法のような鮮やかさだった。

（やったあああ！）

一楓は伊吹に抱きつきたい気持ちをこらえて、笑みを浮かべる。

そんな一楓を代理するように、それまでハラハラして見守っていた組合の社員たちが、盛大に喜びの声を上げた。

「では、これから土曜日の変更分のチェックをして、請求処理をかけます」

「え、あ……はい」

課長はなにがなんだかわからないという様子で頷いた。

一方の向島専務は、鋭い目つきで伊吹に声をかける。

「瀬名社長、サーバーを持参されましたよね。ということは、単に取り替えただけで、直せたわけではないのでは？」

伊吹は振り返り、向島専務ににっこりと笑いかけた。

「どうしてそんなことが気になるのですか？」

「いえいえ、ただ天才と名高いあなたが直せないというのなら……」

「僕は天才じゃありませんよ。それとも、僕を天才にすることに、なにか意味があるんでしょうか？　たとえば、僕に直せないものを直したら、御社は天才を超える実力者揃いだとアピールできる――とか？　そのためにわざわざこうして居合わせてみたり？　……まさか、向島財閥の次期当主ともあろう方が、そんな暇人ではないでしょうけれど」

伊吹はくつくつと喉で笑うが、その目は笑っていない。

「そちらに実力があるのだと証明なさりたいのなら、動かなかったサーバーでも弄ってみます？」

（せっかく終わった問題を、なんでぶり返すのよ！）

一楓は伊吹に手を振り、挑発するなとメッセージを送る。しかし、彼は見向きもしない。

「僕を上回る活躍で、自社を宣伝しようというおつもりだったのでしょうかね。……できるなら、どうぞ？」

（わかっているなら、なぜさせるんだ。アホ――っ!!）

そこまで言われては、向島も引き下がれなくなってしまうではないか。

そんな一楓の危惧通り、有島が反論してくる。

「瀬名。もしも向島開発の技術が上だったら、どうするつもりだ」

「どうするもなにも。技術に自信があるのなら、課長にサンプルでもお見せして、決めてもらえばいいと思うけどね。決定権は課長にあるんだから、僕が決めることではない」

（だから、あんたがそれを言うか――っ!!　わたしが、わたしがなんのために……っ!!）

一楓は心の中で声を荒らげる。

「だったら、課長が向島開発の方がいいと言ったら、この仕事もらうからな!?」

「おいおい、顧客の前で本性を剥き出しにするなよ。言っただろう？　僕に決定権はないんだ」

伊吹を止めるべく、一楓は彼の腕を掴んだ。そして目で訴えかけると――伊吹は目を細めて、キスでもするかのように唇を尖らせ、リップ音を立てる。

（違う、誘ってないから!!　しかもみんながいるところで、なにをするの！）

「……太田、まずは土曜日に入力があった部分が、ちゃんと反映しているか社員のひとに調べてもらって。葛西はサーバーの中から確認！　大至急！」

伊吹は部下たちに指示を出すと、不具合が起きていたサーバーを、空いた机の上に置いた。そして、有線で接続したパソコンを差し出す。

「さあ、どうぞ。やってみてください」

伊吹は向島専務に笑いかける。一楓には、悪魔にしか見えない腹黒い笑みだ。

すると、専務に促されて、眼鏡をかけた男がパソコンの前に座った。操作しながら、パソコンが動かないことを確認している。

「弊社が開発したソフトを立ち上げて、直してもいいですか？　数十秒で終わるので」

「ほう、数十秒。それはすごいな。お好きにどうぞ？」

伊吹が答えると、男は手にしたUSBメモリをパソコンに挿した。

元サーバーと繋がったパソコンの画面は真っ白なままで、どんな操作も受けつけない状態だ。

そんな状態で別のプログラムを立ち上げても、負荷が増えるだけで動かないはず――

一楓はそう予想したが、あっさり裏切られた。

画面にパスワードを問う小さなウインドウが現れたのだ。そこにパスワードを入れると、別画面が開く。そして、なにかを猛スピードで解析しているような処理画面となった。

（管理画面ですら出てこなかったのに、どうしてこんなに早く読み込むことができるの!?）

驚いて一楓が伊吹を見ると――彼は、愉快そうに笑っている。

それから数十秒で、パソコンは元の管理画面を表示させた。

有島は得意げに伊吹に声をかける。

「どうだ、瀬名。きみにもできないことを、向島開発はやってのけた」

「うん。すごいね、びっくりだよ」

そう言ったが、伊吹はまったく驚いている様子はない。

（……まるで驚いていない。なぜ？）

「なあ、瀬名。俺の会社は、きみ以上の実力がある猛者揃いの向島開発メンバーが集うことになる。きみだけが優秀なきみの会社じゃなく、俺の会社に来いよ。きみが自分を天才だと思っていないのなら、天才に近づける環境で腕を磨くといい」

笑みを浮かべた有島の言葉は、伊吹を誘うものだ。まさか彼の目的は、伊吹から仕事を奪うことではなく、伊吹の引き抜きなのだろうか。

向島専務も歪んだ笑みを浮かべている。

有島の行動は、専務の指示だったのか。有島の野心を、専務に利用されたのだろうか。

（なぜ、伊吹を引き抜く必要があるの？　向島開発だって、優秀な人材がいるじゃない）

一楓が首を傾げていると、伊吹は一笑に付した。

「僕に、向島専務と有島の飼い犬になれって？　冗談はやめてくれ。それにしても、向島さんのところはよほど人材に困っているようだ」

「瀬名！」

有島は咎めるように伊吹の名を呼ぶ。

「悪いけど、僕には僕の信念がある。その信念は、顧客のためにものを作るということだ。誰かの私欲や利益のためにプログラムを作りたくない。僕を怒らせる前に、この舞台から降りてくれないか」

伊吹は怒りを含んだ強い眼差しを、有島と向島専務に向ける。

「こんなに簡単に、きみにできないことをしても、その言い草か。いいのか、そんなことを言って」

専務が冷たい表情で圧力をかけるが、伊吹は平然と笑う。

「では、向島財閥のお力で僕の会社を潰しますか？　そう簡単に潰れるとお思いですか？　僕は会社や部下、そして客を守るためなら、瀬名グループの力だって使います。ああそうか。瀬名だから……という理由もありますか？　あなたが僕に目をつけたのは」

伊吹は皮肉げに笑った。

「僕の肩書きを利用したいなら、僕を超えた技術を見せてください」

「見ただろう、今！　きみにできないことを、うちの部下がやってみせた！」

専務が声を荒らげるが、伊吹はあっさり答える。

「できます。そちらがご披露（ひろう）くださった程度のプログラムを作ることくらい」

思いがけない言葉に、一楓は心の中で叫ぶ。

（え!?　どういうこと!?）

専務も顔をしかめて伊吹に問い返す。

「ではなぜやらずに、代替機を持ってきたんだ」

「そこまで僕に言わせますか。まいったなあ」

伊吹はそう言いながらスマホを取り出し、音声を再生した。

『社長！　あいつを見つけました！』

それは部下の宮部の声だ。

『いやもう、雪村ちゃんの合気道で瞬殺でしたよ。あはははは。今代わります。ほら、俺っちに言ったのと同じことを社長に言え！』

宮部に促されて話し出したのは、今日休んでいたはずの矢田だった。

『イデアシンヴレスが過酷すぎて、キツかったんですよ！　そんな時、向島開発のひとにそそのかされて……渡されたプログラムを、協同組合のシステムのテスト機、サーバー両方に入れました！　正解率二千万分の一のパスワードで止めなければ、今朝から無限増殖していくっていうプログラムを。そうしたら、向島開発で僕を引き抜いて、毎日定時で帰らせてくれるというから、あああ……っ！』

――つまり、矢田がイデアシンヴレスを裏切り、システムに意図的にエラーを起こさせたということらしい。

予想外のことに、一楓は呆然とする。

最後の絶叫の後、早口の女性の声が聞こえた。恐らく怒った幸子が、なにかをしたのだろう。

伊吹は音声を止めると、凛とした声で言った。

「今回、事務の方々のパソコンがネットやLANに繋がらなくなったのは、セキュリティソフトがサーバーに危険があることを察知し、自動的に遮断したからです。僕たちシステム従事者が精査したデータに、おかしなものが仕込まれているはずがないという思い込みがありました。……その驕りが、サーバーダウンに繋がったと、深く反省しています。ご迷惑をおかけして、申し訳ありませんでした」

非を詫びる伊吹に続いて、一楓たちも深く頭を下げた。

身内が裏切ることは想定外だ。しかし、顧客に迷惑をかけたことには変わらない。

一楓は部下の心の揺れに気づかなかったことを悔やむ。

（そういえば、前の電話で伊吹は、矢田くんのことを気にしていたわね……）

伊吹は、矢田についてなにかを掴んだから、宮部と幸子に矢田の捜索を頼んだのだ。

その尻尾を掴んだ上で、向島開発に自爆させるために、わざとシステムを弄らせた――

伊吹は、有島と向島開発の面々を睨みつけるようにして言った。

「あなた方は、二千万分の一の確率のパスワードを、画面が出た瞬間に入力した。状況から見て、正解をあらかじめ知っていたのでしょう。そのことはどう言い訳されるおつもりですか」

「そ、それは……プログラムを起動させるためのものであって……」

向島開発の社員は、ごにょごにょと居心地悪そうに喋りながら、向島専務を見る。

それに構わず、伊吹は声を荒らげた。

「どんな謀をしようと、そちらの勝手です！　しかし、そのために僕たちの大事なお客様に迷惑をかけたことは、どう償うつもりですか!?　僕たちは、遊んでいるわけではない。真剣に仕事をしているお客様を、僕の部下を、馬鹿にしないでくれ！」

その場が、しんと静まり返る。

そして——拍手が湧いた。組合の社員たちが立ち上がって、伊吹に拍手を送っている。

その中には、あの萩課長もいた。——伊吹の言葉は、顧客の心を掴んだのだ。

課長は拍手を送りながら、朗らかに言った。

「向島さん。うちのシステムは、引き続きイデアシンヴレスさんにお願いします。——瀬名社長。あなたのお言葉にも、土下座をした設楽さんの気概にも、感服しました。私こそ大変失礼な発言をして、申し訳ありませんでした。設楽さん、お詫びに今夜……」

「……土下座？」

課長の言葉を遮って、伊吹は低い声を出す。その声を向けられた一楓は、慌てて手を振る。

「そ、それはいいんですよ。そんなことより、もう一度システムを確認しましょう、社長」

すると、伊吹はにっこり笑って、固まったままの有島を振り返る。

「その前に……有島。外で僕たちと話をしようか。——葛西、太田。ふたりはシステムの確認を頼む」

伊吹は額に青筋を浮き上がらせ、有島の腕を掴んで組合を出ようとする。

その途端、ピーという機械音が鳴った。伊吹は足を止め、音を発するパソコンを見た。

「……このシステムをコピーしようとしましたね。システムには、不正コピーがなされないよう、僕が作ったプログラムも入っています。今、パスワード入力画面が出ていると思うので、どうぞご自慢のプログラムを使って、六千万分の一の確率で正解パスワードを見つけ、僕のプログラムを抑えてみてください。それとパスワードを入力できるのは、音が鳴ってから六十秒以内。パスワードを一度でも間違えると、ＵＳＢの中身は抹消されるのでお気をつけて」

向島開発社員は青ざめた。伊吹は超然と笑う。

「僕のシステムを盗んで読み解こうとするのなら、天才を……三上杏奈(みかみあんな)さんレベルを連れてきた方がいいですよ？　彼女がどこにいるのか、ご存じであるのなら」

すると突如、向島専務が声を上げた。

「杏奈の居所を、知っているのか⁉」

「さあどうでしょう」

「教えろ、どこにいる！」

「お知りになりたいのなら、食らいついて離れない人食い鮫の情報屋でも雇うといいですよ」

「なんだ、どこの情報屋だ⁉　それはふたつ名か⁉」

「さあ？」

そして、有島を引きずるようにして組合を出ていく。一楓は慌てて彼を追いかけるのだった。

組合から出た伊吹は、すぐそばにある非常階段のドアを開けた。

一楓も一緒に非常階段に出ると、静かにドアを閉める。

「ふざけるなっ！」

伊吹の怒声と共に、ガツンと激しい音が響く。慌ててそちらを見ると、階段のホールに有島が投げ捨てられていた。

「ちょ、ちょっと！　大丈夫？　有島くん……」

一楓が有島に駆け寄ろうとしたが、伊吹は制止する。

「一楓は黙ってて」

「駄目、やりすぎよ！」

「やりすぎ？」

伊吹は屈んで有島の胸ぐらを掴み、冷淡な笑みを見せる。その双眸が、憎悪にぎらぎらと光った。

「きみに土下座をさせたんだ。八つ裂きにしても足りないくらいなのに、やりすぎ？」

「わたしは大丈夫だから。ね？」

「大丈夫なものか！　僕がそばについていたら、絶対きみにそんなことはさせなかった」

濃藍色の瞳に宿るのは、後悔と怒りだ。一楓を組合に行かせた自分を責めているのだろう。

　そんな伊吹を煽るように、有島は笑う。

「ああそうだな。一楓ちゃんから離れたのは瀬名の意思だ。一楓ちゃんは、お前の見えないところで、お前のためにと体を張る。――よく調教したものだな」

「なんだと!?」

「せっかく穏便にことを進めてやろうとしたのに、知らないぞ！　あのひとは手段を選ばない。お前のせいで、一楓ちゃんが危険に――」

「黙れ!!」

　伊吹は有島に向かって腕を振り上げた。一楓は慌てて彼の腕を両手で掴む。

「あなたのこの腕は、ひとを殴るためにあるの!?　なんのために技術を身につけたの！」

「……っ」

「わたしは自分の意思で土下座をした。それは誰かに強要されたわけではない。瀬名を貶められるのだけは許せなかったから。でも、結局わたしは役立たずで、瀬名にすべてをまとめてもらって……」

　途中から情けなくなって、一楓の鼻の奥がつんと痛くなった。

「わたし、もっと成長するから。瀬名を助けられるくらい、背中を預けてもらえるくらい、わたし頑張るから。だからお願いだから、尊敬できる瀬名伊吹でいて」

伊吹はぎりぎりと歯軋りをし、腕を下ろす。

「その代わり――部下のわたしが、あなたの怒りを代行する」

「は？」

「友達だと思っていたのに、ひとを利用したこの恨み――晴らさでおくべきかぁぁぁ！」

ドゴォォォ！　と音を立てて、一楓は魂を込めた渾身の拳を有島の腹に捻じ込んだ。

有島は「うぐぅぅぅぅ」と呻いて、ふたつ折りになる。それから口を押さえて「で、出る……」と呟くと、悶えながら建物に戻っていく。きっと吐き気をこらえきれなかったのだろう。

「ふぅ、すっきり」

一楓は晴れやかな笑みを浮かべた。

伊吹は唖然とし――ぷっと噴き出した。その顔からは怒りも吹き飛んでいる。

「あ……有島くんに、先にちゃんと話を聞くべきだったよね。もしかして理由があったのかもしれないし。ほら、たとえば向島専務から脅されて仕方がなく、とか」

すると、伊吹は拗ねたような表情で、一楓の額を指で弾く。

「どうしてきみは有島の肩を持つんだよ。きみは僕を喜ばせたいの？　それとも沈めたいの？」

「そういうわけじゃないけど、らしくないというか……。本心が見えないから」

「……本心なんか、見えなくてもいいだろう。これで一生決別だ」

「だけど……」

　これで終わりにしていいのだろうか。

　……昔、一楓が困っていたら、有島は助けてくれた。彼がなにか困っているのなら、助けてあげるべきではないだろうか。

「一楓。もういい加減、頭の中から有島のことは消して、僕のことを考えて？」

「考えると言えば、矢田くんを疑った最大の理由はなんだったの？」

「……さらりと流すね。まぁいいや。矢田はプログラマーとして、欠陥プログラムを入れることにためらいがあったんだろうな。向島のプログラムを入れた際のログを残していた。隠してあったけど、僕らならわかることくらい、矢田も予想していたはずだ。わざとだろう。だから、朝五時のバックアップデータを復元する前に、向島のプログラムを見つけ、取り除くことができたんだ」

「機械が動かない中で、ログをよく見つけられたわね。それに伊吹は、こっちの状況も予想していたでしょう？」

「……元々有島のことを調べさせていたんだ」

「誰に？」

「人食い鮫の情報屋に」

「人食い鮫って、さっきの着信音……？　情報屋さんからの電話だったの？」

「ああ。そんなところ」

頷いた伊吹の顔は、険しく歪んでいる。

（自分の意思で利用しているのに、どうしてそんなに嫌そうな顔をするんだろう）

「有島が突然僕に接触してきた、本当の理由を知りたくてね。有島の行動を見張らせていた。情報屋は日頃ストーカーじみた動きばかりしているから、お手のものさ」

納期間際の修羅場の中、それだけ警戒していたとは驚きだ。

「情報屋から、帝都グループビルに有島と向島専務がいるって話が入った。……嫌な予感がしたんだ。だから、向島専務の弱点を調べさせた。あれで恐らくしばらくは動けないだろう」

「向島専務の弱点ってなに？」

「僕にパソコンを教えてくれたひと――いわゆる師匠さ。向島は彼女を探していた形跡があった。彼女を求める彼の執念は、会社を大きくさせたいというだけではない気がする」

「……向島の御曹司でもわからないひとの居場所を、あなたは知っていたんだ」

伊吹の師匠というひとは、彼にとって特別な女性に違いない。この間彼女の話を聞いた時も、伊吹が彼女を大切に思っているのは伝わってきた。

彼にとって特別な女性がいるということに、モヤッとする。

「本当に、ただの師匠？　パソコンの道を選んだのも、彼女の影響でしょ……。あなたの人生に、随分と影響を及ぼしたひとなんだね。忙しいのに、いつ会っていたの？」

「一楓、妬いてる？」

伊吹が腰を屈めて、一楓の顔を覗き込んだ。

「ち、違う！」

誤魔化したつもりだったが、伊吹にはお見通しらしい。

「彼女の居場所は僕も知らないよ。勤めた会社が肌に合うって写真が送られてきてから、一年以上経つ。昔とかなり違う姿になったから、専務は見つけられないのかもしれない」

「……どう変わったの？」

「妙に若返った。それより、彼女との関係について気になるんだね？　きみが、妬いて拗ねるから教えてあげよう」

「や、妬いて拗ねているわけじゃ……」

一楓は否定するけれど、伊吹は上機嫌に続ける。

「世間話も睡眠も許さない、スパルタなひとだった。超上級レベルの課題を制限時間内にクリアできないと、スクワット百回。特別な女というよりも鬼教師だったね」

自分のスパルタ精神は彼女に培われたものだと、伊吹は笑った。

（いやいや、笑いごとじゃないから。師匠さん、どれだけドS（エス）なの……）

「今度会社でスクワット、取り入れてみる？　体力はつくよ」

「丁重にお断りします！　わたしが勤めているのはＩＴ会社なので！」

「ははは。他になにか質問はない？　きみに誤解されたままなのは嫌だから、なんでも答える」

一楓は瀬名の背広の裾（すそ）を掴んで、首を横に振った。すると伊吹は一楓の頭を撫でる。

「じゃあ、僕たちの責務を果たしてこようか。客に迷惑をかけないように」

甘い眼差（まなざ）しながらも、揺るぎない意志を漲（みなぎ）らせた声。

伊吹がそばにいてくれれば、どんなトラブルが起きても大丈夫――そう思わせるだけのものを、彼は時間をかけて一楓に証明してきた。

（わたしは、仕（つか）えたいひとと好きになったひとを、間違っていない）

そこは自信を持って言える。

「ええ。我らがイデアシンヴレスの意地にかけて！」

ふたりは再び組合に戻った。

第六章　それは、あくまで想定外で

その後、宮部と幸子も菓子折を持って組合に駆けつけ、伊吹を中心にチームは一丸となった。

組合の社員は快く協力してくれて、データを再度精査した。その上で、新サーバーで予定通り請求処理をし、無事に銀行に渡ったのである。

それから謝罪のため、伊吹は一楓を連れて、萩課長の案内で組合の理事長室に行く。

課長は向島から横やりがあった経緯を説明しようとしたが、伊吹はそれをやんわりと制した。そして、イデアシンヴレス側のミスで組合側に迷惑をかけてしまったと、理事長に頭を下げる。

組合理事長は、帝都グループの中枢である帝都貿易総合商社で常務を兼任するひとだ。彼はすでに事態を把握していたようで、怒るどころか穏やかな顔で言った。

「どんな人間でもミスをする。大事なのはその後の動きです。素早くフォローしてくれた御社への信頼は高い。これからもよろしくお願いしますね」

それを聞いて、一楓は泣き出しそうになりながら、伊吹と一緒に深く頭を下げた。

「そしてきみは、きみを心配して電話をくれるいい父上を持っている。大事になさい」

その一言で、伊吹の顔が凍りつく。

瀬名総帥から電話があったから、この程度の騒ぎで済んだようだ。それを知った途端、伊吹はぐっと拳を握った。

「……では、失礼いたします」

彼は貼りつけた笑みで挨拶をして、理事長室を退室する。そこで、課長とも別れた。

伊吹は人気のない階段にさしかかると、壁に背を預ける。そして片手で顔を覆うようにして前髪を掻き上げ、天井を睨みつけた。

父親を憎む彼にとって、耐えられないことだろう。

一楓はなんと声をかけていいかわからず、ただ伊吹の隣に立つ。

「……ごめん、落ち着いた。行こう、みんなを解散させないと」

しばらくしてにっこりと笑った伊吹の顔には、まだ翳が残っている。

どうにかして彼の心を解放してあげたいと、一楓は思うのだった。


組合から引き上げたのは、夕方四時だった。チームメンバーはそのまま家に帰したが、彼らは明日から、自らの意思で組合の見回りをするという。

自分たちのシステムに他人が手を出さないよう、見張りたいそうだ。

ちなみに宮部は、この休暇を利用したジャングル行きを諦め、矢田の説得と説教に回るらしい。

「矢田は心が弱いですが、腕はいい。社長、あいつを解雇しないでくれませんか？　あいつを許してくれるなら、俺っち、給料が下がってもいいです。俺っちがちゃんと指導しますから！」

友達としてもチームの仲間としても、矢田を救済したいのだろう。宮部の切なる願いに、伊吹は頷(うなず)いた。

「そもそも働かせすぎた僕に非がある。もしも本人に戻る意思があり、今後挽回する働きをしてくれるのなら、不問に付してもいいと僕は思っている。だけど、一楓から一発殴られるくらいは、覚悟してほしい」

「設楽さんが殴る？　あはは、社長また冗談を。設楽さんはそんな喧嘩っ早(ぱや)くないですって」

「自称恋愛マスターでも、一楓を理解していないね。やはり一楓を理解しているのは僕だけだ」

そんな風に惚気(のろけ)た伊吹だったが、一楓と共に帰社すると、社員を全員集めて言った。

「今、大至急の仕事はない。だから今日は早く帰って休んでくれ。そして明日からまた、頑張ってほしい」

矢田の件で、思うところがあったらしい。

そうしてイデアシンヴレスは、久しぶりに静かな夜を迎えたのだった。

『デートをしようか。一楓、行きたいところはある?』

伊吹にそう言われて一楓が選んだのは、夜に営業している遊園地だった。

(子供っぽいと思われるかな。だけど……)

伊吹に、現実から離れてほしかったのだ。

理事長に父親のことを言われてから、伊吹はなんだか表情が暗い。それが気になって、一楓は非日常の空間に伊吹を連れて行きたいと思った。

デートだから着替えたいという一楓を、伊吹は一度部屋に送り届け、一時間後に車で迎えにきてくれた。一楓は髪を下ろし、膝丈の白いフレアワンピースと、赤い半袖のボレロに着替えた。

それがお気に召したらしく、伊吹は車に乗り込んだ一楓の首筋に唇を寄せた。

――一時間後、一楓は遊園地のベンチで、伊吹に膝枕をされていた。

失敗のはじまりは、ジェットコースターに乗ったことだった。次に乗ったのは、高速回転をするブランコ。どちらでも一楓は絶叫し、ふらふらになった。

しかしメリーゴーランドなら大丈夫だろうと思ったのに、今度は白馬に乗った伊吹が若い女性たちに注目されてしまった。しかもムッとする一楓が乗った馬は、長閑(のどか)な音楽に合わせて、上下に激しく揺れ――落ちないように馬にしがみつくので精一杯だった。

自分では絶叫系の乗り物も得意だと思っていた一楓は、自分の不調に対応できず、ベンチで休むことになったのだった。

伊吹は一楓の髪を撫でながら、呆れたように言う。

「……抱きつくなら、僕にしてくれればよかったのに。僕、あの馬に嫉妬したよ」

「そんな余裕はなかったの……。馬、怖い……。というか遊園地、怖い……」

「ははは。苦手なら無理して乗らなければいいのに」

「昔は大丈夫だったのよ、絶叫系も」

「……いつ、誰と来たわけ？　遊園地に」

伊吹は、じとりと睨んでくる。

「小学生の時、家族と」

彼はほっとした顔で笑うと、ちゅっと啄むように一楓の唇にキスをした。

「……伊吹は？」

「僕？　僕は初めてだ。だから面白い。やっぱり話を聞くのと、体験するのは違うね」

濃藍色の瞳が、きらきらと好奇心に輝いている。それを見た一楓は、思わず笑みをこぼした。

（伊吹が面白いなら、体を張った甲斐があった……）

しばらくして一楓も回復し、ふたりは手を繋いで遊園地を歩くことにした。園内にはたくさんのカップルがいちゃついていて、目のやり場に困る。

それに負けないくらい、伊吹も甘い。とろけた目で一楓を見つめ、隙を見ては唇を寄せてくる。

(やばい……。なんだかわたし、やばい……)

健全なデートをしているのに、体が火照(ほて)ってくる。

しかしそんなことはバレてはいけない。必死で隠していると、伊吹は観覧車に乗ろうと言い出した。

観覧車のゴンドラに乗ると向かい合わせに座り、ふたりで夜景を眺める。

「綺麗だね」などと話しているうちにゴンドラは回り、四分の一ほど上がったところで、伊吹が手を差し出してきた。

「一楓、僕の膝の上においで」

甘くとろけるような眼差(まなざ)しと声に魅了(みりょう)され、一楓は伊吹の手に自分の手を重ねてしまう。導かれるまま、彼の膝に跨(また)がるように向かい合って座った。

すると、伊吹は彼女をぎゅっと抱きしめる。そして一楓の首筋に顔を埋(うず)めると、すんすんと鼻を鳴らした。

「きみの匂いはたまらない。欲情すると、さらに甘く濃厚な匂いを漂(ただよ)わせる気がする」

ぞくぞくと甘い痺(しび)れが一楓の体に走る。思わず伊吹の首に腕を回し、唇を求める。

しかし、伊吹は彼女の唇をかわし、頬をすり合わせた。

「ん……！」

「ふふ、そんなにむくれないの。もう少し我慢して？」

濃藍色（こいあいいろ）の瞳が、夜景に瞬（またた）くイルミネーションのように煌（きら）めく。そして――

「……愛しているよ、一楓」

観覧車が頂上に着いた瞬間、伊吹は一楓に口づけた。

食（は）まれながら重なっては離れる唇が切なく、一楓は甘い声を漏らしてせがんでしまう。

すると、伊吹は彼女の唇に熱い舌を差し込んだ。

「んん、ん……ぅ」

くちゅりと湿った音を立てながら、一楓の口内を蹂躙（じゅうりん）する。

口づけが深くなるにつれて、リズムを刻むようにふたりの体が揺れた。

「ん……っ、はぁ……っ、……って、え？」

一楓は首元でなにかが揺れていることに気づき、驚きの声を上げる。

そこに触れると、ネックレスがあった。花をかたどったルビーの飾りがいくつもついた、ネックレスが見える。

「誕生日おめでとう。ちょっと遅れたけど、僕からのプレゼントだ」

そう言って、伊吹ははにかんだ。

「きみが家で着替えている間、店に取りに行ってきたんだ。なかなか取りに行けなくて……」

「もしかして……前から、用意してくれていたの？」

「色々と段取りが狂って、こんなタイミングで渡すことになってごめん。だけど……せめて観覧車の頂上で渡したかったんだよ。観覧車の頂上でキスをしたカップルは離れないというジンクスも、味方につけたくて」

一楓の頭の中に、伊吹が典枝に怒った言葉がよみがえった。

『お前が引っかき回してくれたおかげで、長年の勝負の段取りが狂った』

彼はずっと、一楓に想いを告げる準備をしてくれていたのだろうか。

「このネックレスの名前は、フランス語で『Amour brûlant』。日本語にすると、『燃えるような愛』……。これを僕の気持ちだと思って、いつもつけていてほしい」

まっすぐなその瞳に、胸がぎゅっと締めつけられる。一楓は涙をこらえて頷（うなず）いた。

「素敵なプレゼントをありがとう。うん、いつもつけて大事にする。嬉しい」

すると伊吹は泣き出しそうな顔で、一楓に口づけたのだった。

都内にそびえる、高層マンションの二十四階――

そこにある伊吹の部屋は、黒基調の高級インテリアでまとめられていた。モデルルームのように整然としていて、生活感がまるでない。

その寝室の窓際で、一楓と伊吹は抱き合っていた。青白い満月の光が、ふたりを淡く照らしている。

ふたりの唇は静かに重なった。

何度もしっとりと触れ合うだけのキスが続き、一楓は唇を薄く開く。

伊吹は微笑むと、彼女の頭に片手を回し、一気に彼女の舌を捕らえた。

「ん！　……んっ、ふ……ぅ……あっ」

ぬるりとした舌が、一楓の口内を緩急をつけて蹂躙（じゅうりん）する。

伊吹の舌は卑猥（ひわい）な生き物のように彼女の舌に絡みつく。そして彼女に口を大きく開けさせると、くちゅりくちゅりと淫（みだ）らな水音を響かせた。

一楓は羞恥（しゅうち）に身じろぎをするが、伊吹はぎゅっと抱きしめて離さない。より大胆（だいたん）に舌をくねらせて愛撫（あいぶ）しては、一楓の舌をじゅるっと吸う。

「ふ……ぁっ、んん、あ……っ」

伊吹はスカートの上から一楓の脚を撫でていたが、いつの間にかスカートの中に手を忍（しの）び込ませた。

そしてストッキングを下ろしながら、一楓の太股（ふともも）を揉むようにして撫でる。その手が内股に及ぶと、一楓の腰はふるりと震えた。

伊吹はふっと笑い、一楓の膝裏を掬(すく)うようにして横抱きにし、ベッドに向かう。ベッドの上に横たえると、彼女を横向きにさせた。

「こんなに可愛い服を脱がすなんて……。背徳感があるな……」

背中のチャックが引き下げられ、晒(さら)された一楓の背中に、熱い唇が寄せられる。

「あ……」

伊吹はちゅっちゅっと何度も背中に口づけ、舌を這(は)わせた。その度に、背中がぞくぞくして、一楓は思わず吐息を漏らしてしまう。

その間に、ワンピースとストッキングはあっさり脱がされ、一楓は瞬(また)く間(ま)に下着姿になった。

伊吹自身も服を脱ぎ終えると、脚を絡めながら後ろから彼女を抱きしめる。

ふわりと、伊吹の甘い香りに包み込まれた。バニラやムスクの香りに近いが、伊吹は香水をつけていない。きっと生まれながらの彼の香りなのだろう。それは、一楓の体を芯からとろけさせた。

「僕のベッドに一楓の香りが染みついたら、もう僕はひとりでは寝られないね。きみの感じている顔とか、可愛い啼(な)き声を思い出してしまう。……責任とって、ずっと一緒に寝てもらわなきゃな」

「……っ、……ん。ずっと……一緒に寝る」

一楓がくらくらしながら答えると、彼はため息のような熱い吐息を、耳に吐きかけてきた。しかも、たっぷりと唾液を含ませて、一楓の耳を甘噛みする。

「ひゃう！　あ……んっ」

「そんなこと言うと……きみの家、すぐに引き払わせるからな。ああ、この家にきみが住んでくれたら……、家に帰るのが楽しみになりそう。それか……もっと部屋数が多い家を探そうか」

「んん……っ！　あ……っ！」

舌がぬるりと耳の穴に忍(しの)んできた瞬間、一楓は悩ましい声を出した。

「もっと啼(な)いて乱れて、一楓。きみの声、たまらないんだ……」

甘い囁(ささや)きと共に念入りに耳を嬲(なぶ)られ、一楓はぶるりと身震いをする。

すると伊吹は、下着の上からゆっくりと彼女の胸を揉みしだいた。

「この下着も、すごく可愛い。僕好みで、ぐっとクる。……僕を煽(あお)りたくて、これにしたの？」

「そ、そんなこと……。ただ、ワンピースに合わせて……」

「本当に？　この下着、僕のために選んだんじゃないの？」

「……っ、そ、それは……」

「ふふ、嘘がつけないな、一楓は。僕にこうされたかったんだろう？　あぁ、いやらしい……。見てごらん？　きみの胸の先が、白いレースを持ち上げてる」

「し、知らない！　見えないし……」

「じゃあ、見せてあげる」

そう言うと、伊吹は枕元の間接照明をつけた。室内はほのかに明るくなり、窓にはとろりとした一楓の姿が映る。

「や、恥ずかしいっ、消して……っ」

伊吹に可愛いと思われたい――この下着を選んだ動機は至って純粋。それなのに、伊吹に翻弄される様子があまりに淫靡すぎて、一楓は耐えられないほど恥ずかしくなった。

「駄目。素直じゃない子は、お仕置き。さあ、この中はどうなっているかな？」

ゆっくりと下着が下げられ、膨らんだ胸の頂が顔を出す。

「ほら。美味しそうだ。あぁ……ちょっと味見をさせて？」

伊吹は一楓の前側に回ると、その蕾をちゅくりと吸った。

「あぁ……！」

「んん、美味しい。こっちも……ん……。ふふ、一楓は左の方が感じやすいんだね。可愛い」

「いや……っ」

一楓が身悶えれば身悶えるほどに、伊吹の瞳は妖艶に煌めく。

「なにが嫌なの？　こんなに可愛く自己主張して、本当にきみの体は素直だ。見てごらん、きみが思っている以上に、きみの体は悦んでいるから」

下着を外されて露わになった胸を、伊吹の大きな両手が包み込んだ。そして強く弱く、一楓の官能を引き出すような動きで揉み込んでくる。

「ん……ふぁ……あぁ……ぅん……っ」

きゅっと胸の先端を摘まれ、指先で強くこねられて、一楓は体を震わせた。びりびりとした甘い痺れが一楓の体に広がり、艶めかしい声が止まらなくなる。

「はぁ……っ、あっ、んん……っ」

「ほら、窓に映るきみは、気持ちよくてたまらないって顔で喘いでいるだろう？　胸だけなのに、感度がよすぎるよね。そのうち、胸だけでイケちゃうんじゃないかな」

そう言われると、窓に映った自分の姿を意識してしまう。あられもない様子に、一楓の体は熱くなる。

「言わない、で……ああ……っ！」

一層高い声を上げた瞬間、伊吹は一楓の唇を奪った。ぬるりと舌が絡み合う度に、胸の先端を強くこねられ、一楓は身悶える。

秘処がじゅんじゅんと熱く疼いて、たまらなく切ない。一楓の腰がゆらゆら動き、挟み込んだ伊吹の脚に秘処を擦りつける。

「こら。動かないの」

くちゅっと音を立てて唇が離れ、伊吹は笑った。とろりとした濃藍色の瞳を見つめながら、一楓は無言で切なさを訴える。

「僕にどうしてもらいたい？」

わかっているくせに。彼の手は胸ばかり弄って、下りてきてくれない。

「目で訴えても駄目。口があるだろう？」

啄むようなキスをして、伊吹が意地悪く笑う。

「触って……」

泣き出しそうな声で、一楓は哀願する。だが、彼はなぜか触ってくれない。

焦れた一楓は伊吹の手を掴み、じんじんと疼く場所に導いた。

「ここを……触って……いぶ……き、お願い……。たまらないの……」

一楓のおねだりに、伊吹はごくりと唾を呑む。

「ああ、くそ……。返り討ちか……」

悔しげにそう呟くと、伊吹は手を動かした。下着の上から、熱く濡れた中心をなぞる。

「あああぁぁぁ……っ！」

待ち兼ねていた刺激を受けて、一楓の口から喜悦の声が漏れた。

「あぁ、一楓。可愛い下着が、ぐしょぐしょに濡れている。どうしたの？」

「……んん……っ！　やぁ……っ」

「溢れ出てるこれはなに？　触れば触るほど、濡れてくるけど」

わざとらしく聞いてくる伊吹に、一楓は反抗する。

「は……ぅ、ん……っ、あ、汗……っ」

「そうか、これは汗なのか。随分ととろとろと粘っているね」

伊吹はくちくちと卑猥な音をわざと響かせ、一楓の羞恥を煽った。

「ふふ。風邪を引かないように、汗はちゃんと拭き取らないとね」

伊吹の指がクロッチをずらし、指を入れて動かす。

「あぁ……ああ、あぁ……それ、駄目っ」

強まる刺激に、一楓は目の前がチカチカする。

「すごい量の汗だね、僕の指がふやけそうだ」

花弁を割った伊吹の指が、ぐちゅぐちゅと淫らな音を響かせる。

「あぁんっ、あん、ああっ」

「ああ、こんなにたくさん濡らして……。いけない子だ」

伊吹は一楓の頬に自らの頬を擦り合わせると、甘やかに囁いた。

「たまらないよ、一楓。可愛いきみのすべてが、僕の脳髄にガツンとくる」

伊吹の匂いに包まれながら胸と秘処を愛撫されて、一楓の官能は高まっていく。

「……ねぇ、このとろとろの蜜、舐めてもいい？」

「だ、駄目……っ」

「どうして？　思う存分舐めて……たっぷりすすりたい」

「あ、汗だから！　汗は……駄目！」

「ふふ、……そうか、汗だものね。だったら舐める代わりに……早く乾かさないとね」

伊吹の指は、円を描くように秘処を強く擦り上げた。一楓は甲高い喘ぎ声を上げ、チカチカと頭の中が白くなる感覚に襲われる。

「やぁ……っ、駄目！　伊吹、駄目っ、わたし……」

「ん？　また汗かいちゃったの？　汗のかきすぎだから、休む？」

伊吹はパッと手を止めた。突然動きを止められ、一楓はもどかしさにいやいやと頭を振る。

「いぶ、き……伊吹……っ」

「いやなの？　だったら言ってごらん？　きみから溢れているのは、汗ではなくて、いやらしい蜜だって。一楓は僕の指で感じちゃっているから、続けてくださいって」

「……っ」

「じゃないと、続きしてあげないよ？」

意地悪く笑う伊吹に、一楓は弱々しく訴える。

「汗じゃない……っ」

「ん？」

「気持ちよくて……出てくる、えっちな……蜜……なの……。伊吹に触られると……気持ちよくて、出てきちゃう……。だから……して？　ねぇ、焦らさないで……」

必死に懇願され、伊吹は嬉しそうに笑った。

「ふふ、よくできました。いいよ、もっと気持ちよくしてあげる。たくさんえっちな蜜を出していいからね」

伊吹はじゅぽりと蜜壺に指を挿し込み、角度を変えながら抜き差しをする。

「ああ、あああああっ！　い……ぶき、イっちゃう、ああ……」

「一楓、イク時は、僕の顔を見て。感じている顔、見せて？」

懇願するような声が聞こえ、一楓は伊吹を見る。

「いぶ、き……あ、ああ……っ、わた……わたし……」

伊吹は欲情にとろけた目を細める。彼に見つめられ、一楓の体にさらなる快感が走った。迫り上がってくるものにぞくぞくと身を震わせながら、自ら彼の唇を求める。

「んん、んんん――っ」

そして、涙を流して伊吹の腕の中で上り詰めると、びくびくと体を痙攣させた。

伊吹は震える一楓を抱きしめ、優しく頭を撫でて、顔中にキスの雨を降らせる。

そうしている最中に、ごそごそとなにか物音がするが、一楓はそれを気にかけることもできない。

「ああ、可愛すぎ。僕も……気持ちよくして？」

そう囁(ささや)いた伊吹が、一楓の尻を撫でるようにしてショーツを下ろす。

そして一楓の唇に激しいキスをしながら、彼女の太股(ふともも)の間に、避妊具を装着した灼熱(しゃくねつ)の杭(くい)を滑らせた。ごりごりとした先端が、絶頂にいまだささざめく花園を容赦(ようしゃ)なく抉(えぐ)る。

「あぁ……んっ、イったばかりなのに……っ！」

思わず及び腰になる一楓だったが、伊吹はそれを許さなかった。一楓の尻を両手で掴んで引き寄せてくる。

「は……あ……、いち、か……」

ぐちゅぐちゅと淫靡(いんび)な音が響き、喘(あえ)ぎ声も大きくなっていく。

「ああ、あぁあっ、へん、になりそう……っ」

まるで熱を持った獰猛(どうもう)な生き物のように太く筋張(すじば)ったそれは、一楓を刺激する。彼女の秘処は、熱くとろけてきゅんきゅんと疼(うず)いた。

「うん……っ、すごい、音。ああ……一楓。たまらない……」

伊吹は上擦(うわず)った声を漏らすと、一楓の胸に強く吸いついた。

舌を忙(せわ)しなく動かして胸の頂(いただき)を転がしながら、反対の手では胸の形が変わるほどに揉む。

「ああ、あああっ！　は……あ、ああっ」

快感に翻弄される一楓は、伊吹から目を離せない。

挑発的な目をした彼に淫らなことをされる度に自分の感度が上がり、さらに大胆になっていくようだ。快楽にざわざわと総毛立ち、声が止まらない。

「あっ、あっ、それ駄目！　ごりごりって駄目っ」

「ん……こう？　それとも……あ……ん、こっち？」

「あぁん……あぁっ……！」

甘い声で囁かれ、一楓はぶるりと身を震わせる。

「はは。ああ、一楓……きみの中に挿入ってもいい？　限界、なんだけど……」

伊吹は一楓の片脚を持ち上げると、蜜をしとどにこぼす蜜口に先端を当てて訴えた。

「欲しい……わたしも……」

一楓は伊吹の首に抱きつく。

すると、じゅぷりと淫猥な音と共に、その杭はゆっくりと一楓の体を押し広げた。

「んんん……っ！」

一楓の口から甘い声が漏れて、伊吹は浅く息を吐く。

「はぁ……っ。一楓、熱くて……とろけそうだ。やば……い……、あぁ、ん……っ」

彼は苦悶の表情を浮かべながらも、根元まで挿れた剛直を引き、また押し込んでくる。

腹を圧迫するほど質量のあるもので中を擦られ、あまりの気持ちよさに一楓の肌が粟立った。

「ああ、大きい……っ」

「僕の……好きなの？　そんなに締めつけて……とろけた顔で……」

「好き……。あなたのすべてが……。わたしの体、ちゃんとあなたに伝えられてる？」

「あぁ、伝わるよ。僕を離したくないって。……きみは？　ちゃんと伝わってる？」

「ん……。こんなに……愛してもらえて、すごく幸せ」

「幸せなのは、僕の方だ……」

抱きしめ合い、何度も唇を重ねながら、伊吹は抽挿を速めた。

伊吹の感じている顔は、壮絶に艶めき、一楓の女の部分を激しく奮わせる。

一楓は気づけば伊吹の腰に両脚を巻きつけて、彼の肌に吸いついていた。

「はは……っ。なに、可愛いこと……してるんだよ」

「ん……っ、……わたしの痕跡をつけたいの……っ」

「もっと……強く吸って」

「こう……？」

「もっと強く。もっと……そう。それを何度も……んんっ」

官能的な声を上げ、伊吹は一楓の頭を自分の体に押しつけた。

「……いいよ、きみの痕跡、たくさんつけて。僕は……きみのものだという証を」

男らしい体に、数個の赤い華が咲いた。一楓は満足して笑みを浮かべる。

その瞬間、伊吹の力強い律動に揺さぶられた。

「はああぁぁっ！　あぁっ……あん、あぁん、激し……っ、ああっ。伊……吹、わたし、わたし……」

「いいよ、一楓。僕を見て、イって……？」

だんだんと大きくなる快楽の波が、一楓の意識をさらう。

その激しさに唇を震わせながら、全身を粟立たせた一楓が果てに向かった。

「あぁっ、わたし……ああ、駄目！　伊吹、イっちゃう、伊吹、伊吹――っ」

一楓はぎゅっと目を瞑り、頭の中は快感で真っ白になる。

目を開けると、伊吹は一楓を愛おしそうに見つめながら、なにかに耐えていた。

「……はぁ……っ、一緒、じゃないの……？」

「今夜は……きみをいっぱい気持ちよくさせたいんだ。きみのイク顔をたくさん見せて？」

「……っ」

伊吹は、息を整えた一楓をうつぶせにすると、今度は後ろから一気に貫いた。

角度を変えた突き上げに、一楓は白い肢体を仰け反らせる。

「あぁ……っ！　そんな……続けてなんて、ああ、奥に……くるっ」

奥まで突かれて、一楓はあまりの快感にぎゅっとシーツを握った。

「い、ぶきっ、ああ、んんんっ」

一楓が名前を呼ぶと、彼は彼女の顔を振り向かせて唇を重ね、獰猛に舌を絡めてきた。

「ん、んぅう……っ！」

伊吹は片手を一楓の揺れる胸に、反対の手を彼女の茂みに滑らせた。充血して勃ち上がっている秘粒を弄り、腰を回しながら、彼女の蜜壺のより深いところを穿ち続ける。

「ん、んんん、ん――っ」

歓喜の涙を流しながら太股を戦慄かせ、一楓は果てに向かって駆け、そして弾けた。

「あぁぁ……っ」

「……っはぁ……！　ちょっと休憩……っ」

伊吹はそう言って自身を引き抜くと、一楓を抱きしめた。

まだ息を乱している一楓の顔を両手で挟み、顔に貼りついている黒髪を耳にかける。

そして、ネックレスに口づけて嬉しそうに微笑んだ。

「また……一緒じゃないの？　伊吹……っ、気持ちよくない……？」

「そうじゃない、我慢してる」

なぜ今夜は耐え忍ぶのかと、一楓は考え込む。すると、伊吹はふっと笑った。

「可愛いなぁ、僕が溺愛する恋人は。本当に可愛すぎる。イキまくって僕を絞り取ろうとして、僕が抜こうとしたら、そんなに寂しそうにするんだもの。あぁ、幸せだなぁ」

「そ、そんなこと言っちゃ、やだ！」

一楓はぺちぺちと、伊吹の背中を叩く。

「何度も言いたいよ。僕、幸せなんだから。きみが僕を求めていやらしくなればなるほど、僕は嬉しい。だからいいんだよ、一楓。僕だって、いやらしくなるのをきみに隠していない」

「……っ」

「ちょっと離れれば、きみの中に挿入りたくて仕方がなくなる。もう……病みつきだ」

伊吹は一楓をゆっくり組み敷くと、彼女の両脚を大きく広げた。

「僕だけしか受け入れないでね、死ぬまで」

そしてまだ芯を持ったままの剛直を、蜜壺の中に捻じ込んだ。その瞬間、一楓の中が激しく収縮する。

「あぁぁぁん……っ！」

「……っ、一楓、挿れたばかりなのに……イクなよ」

「そ、そんなこと……言っても……気持ち、よくて……ん……」

伊吹はゆっくりと緩やかな抽挿で、一楓を揺らした。

再び彼の熱と雄々しさを体内に感じ、一楓の体は悦びにさざめく。

何度達しても、快楽の波は体から消えない。

「あぁ、一楓、僕を感じて？　きみをこうやって擦り上げて出入りしているのは、きみが泣いてイってしまうほど気持ちいいこれは、僕だからね。痛いくらいに張り詰めた僕が、きみを愛しているんだからね」

「うん……い、ぶき……っ、ああ……好き……っ」

「僕も。……狂おしいほど、きみが好きだよ」

彼は一楓のネックレスに口づけると、律動を激しくする。

「ああ、いぶ、き……っ！　駄目、もう駄目っ、頭……おかしくなるっ」

「駄目って言うけど、一楓の中、ぎゅうぎゅうに締めつけて、せがんでいるよ」

伊吹は笑いながら、一楓の耳をくちゅくちゅと音を立てて嬲った。

彼女はぶるりと身震いし、伊吹の胸に頬を擦りつける。そしてじっと伊吹が見つめていることに気づき、両手で顔を隠してしまった。

「見ないで……っ」

「見たい。ずっと、僕だけには見せて。きみのいやらしい顔」

「ぐちゃぐちゃ……なのにっ」

「可愛いんだ。僕を好きだって言っている、とろけた顔は……たまらない……。見せて？」

「じゃ……伊吹も……見せて。わたしだけに、いやらしい顔を」

「いいよ、好きなだけ見てよ」

一楓を優しく見つめる伊吹の顔は、妖艶でありながら愛おしさに満ちていた。

濃藍色の瞳は熱を帯び、一楓は興奮でぞくぞくと震える。

「……一楓、そんなに締めつけるなって！　いやらしいこと考えすぎるなよ」

「そ、そんなこと……っ、言っても……」

「もっときみの中にいて、きみを感じていたいんだよ。我慢しているんだから、暴走させるな」

ああ——。こんなに愛してもらえるのは、なんて幸せなことなのだろう。

苦しくなるほど幸せなのに、もっと伊吹を独占したくて仕方がない。

彼のすべてを、自分だけのものにしたい。

ひとつに、溶け合いたい。

彼のすべてを共有したい——

「……たとえ会社がどうなっても、わたし……伊吹についていく……から」

思わずこぼれた言葉に、濃藍色の瞳が揺れた。

「なに……」

「だから、好きにして。会社もわたしも……伊吹のもの、だから……悩むことなんか、ない」

彼が抱える憂いの正体に、一楓は気づいている。イデアシンヴレスを強靭な会社にできていないと知り、彼はショックだったのだ。そして今後どうすべきか悩んでいるのだろう。

それを隠すために、伊吹は余裕があるように装っているに違いない。

(なんのために、わたしがいるの)

「どんな時でも、わたしは……あなたの味方よ」

(なんのためにセックスをするの)

「どんなあなたでも好きだから」

(わたしは――一緒に歩きたいの)

切なげに細められた伊吹の目が、わずかに潤む。

「まさか僕が無防備な時に、そんなことを言うなんて……。まだ理性あったんだ?」

「こんな時に……ごめんね。だけど、言葉で伝えたかったの……わたしの好きの重みを」

「……っ」

「伊吹が嫌って言っても、しつこくついていくから。今度はわたしが……」

伊吹に唇を塞がれて、言葉が出なくなる。

「好きじゃ足りないくらい、愛しているよ。心の底から」

伊吹の瞳は熱を帯びながらも、煌めいている。

「ひとりで考える癖がついてしまっていたようで、よくないね。今の僕には、勇ましくて頼りになるパートナーがいるのに」

「伊吹……」

「でもその前に、僕の我慢を解放させて？　きみの中でイキたい」

苦しげに笑う伊吹は抽挿を激しくさせて、一楓を揺さぶった。

「ああ、ぁんっ、ぁあっ、あああっ」

波紋のように次々に生じては、広がっていく悦楽の渦。

一楓はそれに引きずられまいと、伊吹の肩に掴まりながら嬌声を響かせた。

「一楓、一緒に、イクよ？」

伊吹は一楓の頭をぎゅっと抱きしめ、最奥を穿ってくる。

「うん、一緒に……あああ、奥、奥にク……る……っ」

「は……すごい。きみの中、僕を歓迎してくれて……はっ、ああ……っ、いち、か、一楓っ」

「あぁ……ん、あんっ、ああんっ、いぶ……、き……っ」

自分の名前を必死で呼ぶこのひとが愛おしい。

体だけでなく、このひとの心もすべて、繋げることができたのなら。

彼の抱えている苦しみもすべて、自分が吸収することができたのなら――

一楓の頭の中は真っ白く塗り潰され、ちかちかと閃光が散った。

「あああ、イク、……ぁああ……っ、伊吹、来て……っ。いぶ、き……」

ふわっと、体が浮いたような心地になる。急に不安感に襲われ、うわ言のように恋しいひとの名前を呼ぶ。

「いぶ……きっ、今度は……一緒に。一緒に……っ！」

「あぁ、一、楓……、イクよ、僕も一緒……だ……っ。離さ……ないっ」

伊吹にきつく抱きしめられた瞬間、彼とひとつに溶け合いながら一楓は絶頂を迎えた。

同時に、耳に聞こえた荒い息と共に、体内に……薄い膜越しに、熱い欲が迸る。

その熱を感じながら、溜めていた伊吹の愛の深さを改めて知った。

やがてふたりは、震える体のまま抱き合うと、互いの唇を貪り合う。

相手を感じて達すれば、さらに愛おしさが募る——

尽きぬ愛情を胸に抱え、ふたりは何度も口づけを交わし合い、愛を重ねるのだった。


「イデアシンヴレスを、立て直したいと思っている」

真夜中の月光が差し込む寝室で、伊吹は静かに言った。

「僕としてはうまくいっていると思っていたけど、甘すぎた。周りから、付け入る隙があると思われていた。そして実際、付け入られてしまった。わからなかったのは僕だけだ」

「でも、ちゃんとトラブルを解決できたじゃない」

伊吹に腕枕をされながら、一楓は彼に寄り添って言う。

「客に迷惑をかけたんだから、それでよしとは言えない」

その通りだとハッとして、一楓は口を噤んだ。

「僕が利益を追い求めすぎた結果、身内からほころびが出たんだ。こんな状態で海外なんて夢のまた夢だ」

天井を睨みつけ、伊吹は前髪を掻き上げた。

「これで風評被害など出て見ろ。信用の回復にかかりきりになり、新規の仕事なんてとれなくなる。営業を僕だけでしていたことが裏目に出るだろう。今から、僕の主義を理解して、相手の警戒心を解いて百パーセントの働きをする営業を育てても遅すぎる」

「……っ」

「それと、父さんの耳に情報が素早く入ったのは問題だ。情報を統制できていない。どうにかしないと……」

「情報の分野なら、人食い鮫さんが協力してくれているんでしょう?」

「あいつはそれが本業ではない。だから今後、協力を仰げたとしてもタイムラグは発生するだろうし、第一に僕は個人的にあいつが嫌いだ。必要以上に関わりたくない」

そんな人物とは一体誰なのだろうと、一楓はぼんやり考える。その間に、伊吹は話を続けた。

「人材ばっかりは、金をばらまいても優秀なものが得られるとは限らない。ゆっくり育てる時間があればいいけれど、向島が今後も手出しをしてこないとは言い切れないから、早急な対策が必要だ。二度目は師匠の存在を逆手にとられるかもしれない」

その話に頷きながら、一楓は頭を回転させた。

今まで隠されてきた彼の不安や苦悩を知ることができて、嬉しい。

嬉しいからこそ、自分にできることが、なにかないだろうかと考える。

確かに今の会社は、伊吹だけに重圧がかかる体制だ。彼と肩を並べて動くことができ、彼の指示を仰がずとも彼の意思に沿って動ける人材が欲しいと、自分だって常々思ってきたくらいである。

(わたしも考えるのよ。わたしだって、イデアシンヴレスの社員なんだから)

大好きな社長と会社を守ることができる、いい術はないものか。

——僕の主義を理解して、相手の警戒心を解いて百パーセントの働きをする営業を育てても遅すぎる。

——父さんの耳に情報が素早く入ったのは問題だ。情報を統制できていない。

(わたしが、尽くせるベストは……)

考えた末に、一楓は翌朝、伊吹がシャワーを浴びている隙に電話をかけた。

「もしもし、ガンちゃん？　朝早くごめんんね。至急頼みたいことがあるんだ」

「まさか委員長から、お願いされるとは思わなかったよ」

その日の昼、都内にあるホテルのラウンジレストランにて、典枝は頬杖をついてにまにまと笑った。

「忙しいのに、呼び出してごめんね。仕事の予定は大丈夫だった？」

すると典枝は、複雑そうに笑った。

「本業の方はさっぱりでね。コネがなく、スクープも捕まえられないから、いつまで経っても新人扱い。いいところで、カメラマンの荷物持ちくらいかな」

愚痴（ぐち）る典枝の口がへの字になった時、ウェイトレスがドリンクを運んできた。アイスコーヒーが典枝の前に、アイスティーが一楓の前に置かれる。

「こっちとしてはのし上がりたいんだけど、そう簡単にいいネタが転がっているわけもないしね。思い切って探偵にでもなってみたいなあなんて思う、今日この頃、まる」

拗（す）ねたようにそう話す典枝を見て、一楓は心の中でぐっと拳（こぶし）を作る。

「で、なに？　電話では言えないお願いっていうのは」

「ん、まずふたつあって。ひとつは……ガンちゃん、イデアシンヴレスに来ない？」

アイスコーヒーに口をつけた典枝は、ストローをぶはっと離し、複雑そうな顔をした。

「イデアシンヴレスって瀬名王子のところじゃないか。瀬名王子が言ったわけ？」

「ううん、わたしの独断。瀬名、情報を管理したいらしくてね。いいひとを見つけたいな……って思ってるんだけど。ガンちゃん、情報集め好きでしょ？　高校時代、理数系も得意だったし？」

「得意だったけど、委員長や瀬名王子に勝てた試しはないよ」

「あはは、瀬名は怪物だから。だからさ、ガンちゃん。瀬名に教えてもらって、情報収集だけにとどまらない、情報の専門家(エンジニア)になろうよ。わたしと一緒に、瀬名の会社に勤めて、瀬名を支えるの」

「委員長。買ってくれるのは嬉しいけど、適性がないＩＴの分野で、お役には立てないよ」

「そんなことないよ。ガンちゃんは、わたしより情報というものをよく知っている。ＩＴ技術さえ磨けば、情報網を作り出すネットワークエンジニアにも、逆にどうすれば情報が漏れないようにするか考えるセキュリティエンジニアにもなれる。ＩＴは情報のあり方を考える仕事よ、ガンちゃんに適性がないとは思えない。むしろ、ガンちゃんの可能性を広げると思うの。それにガンちゃんなら、瀬名が素(す)を見せているし、その行動力は魅力(みりょく)的！　超ホワイトとは言えないけど、カンキョウイイヨ！」

　一楓は親指を突き立ててウインクしたが、典枝は眉尻を下げ、困ったような顔をした。

「……委員長は、可愛い笑顔でさらっと恐ろしいことを言うね。しかも最後は棒読みだし」

「ソンナコトナイヨ～」

「……本当に嘘がつけないひとだよね。そもそも、瀬名王子が嫌っている奴を社員にするわけないだろう？」

「なんだかんだ言って、連絡取り合って仲がいいじゃない、昔から」

「割り切った関係だから電話に出てくれるのであって、瀬名王子の接し方は、仲がいいって感じじゃないから！」

「いやいや、仲良し仲良し。ガンちゃんの情報や人柄を、瀬名は絶対に重宝するから！」

「だからさ、嫌われているんだってば。もう本当に昔から、嫌悪感丸出しにされているし。女……というか、本当に人間として扱われてないんだよ」

典枝はいじけたようにアイスコーヒーを飲む。

しかし一楓は納得できずに問いかけた。

「なにか原因があるの？　瀬名って誰に対しても愛想よかったじゃない。でもガンちゃんにはそうしないで、素を見せてたってことは、ガンちゃんに特別ななにかがあったってことでしょ？」

「……新聞部に所属してたからだよ。当時、瀬名王子の写真がよく売れたんだ。だからカメラを持って瀬名王子を追いかけていたわけ。そうしたら、わかってしまうんだよ。瀬名王子がいつも誰を見つめているのか」

典枝はじっと、一楓を見つめた。もう伊吹に告白されているため驚く内容ではないが、なんだか居心地が悪い。

「本当にこれまた、見ているこっちが、くぅっと切なくなるほど一途でね。同時に『そんなに好きならがんがん攻めろよ』と言いたくなるほど、もどかしいんだよ。だから王子の背中を押して、あわよくば写真撮影に協力してもらおうと思っていたんだけど」

典枝はため息をついてから、話を続けた。

「……地雷を踏んだんだ。ドッカーン！　と爆ぜて、瀬名王子は、委員長への片想いを拗らせて八つ当たりしてきたわけ。おまけに大学卒業後、委員長を密かに囲っていたこと、隠されてきたし。同窓会の時には、委員長を拉致って王子の弱みを握ったつもりだったのに、あれだ。その反撃が恐ろしくて……」

しくしくと泣き真似をしてみせる典枝に、なんだか申し訳なくなってくる。

（ガンちゃんには昔から、色々迷惑をかけていたのね……）

そんな一楓の様子に、典枝は首を傾げた。

「ん？　驚いてないね？　じゃあすでに瀬名王子に告られた？　もしや両想いになって付き合っていたりして？　だから愛するダーリンを守るために、声をかけてきたの？」

言い当てられ、一楓の顔は熱くなる。図星だと悟った典枝は、にやぁと頬を緩めた。

「可愛いなあ、健気な委員長。……恐らく、いや確実に、瀬名王子の逆鱗に触れると思うけど」

「いやいや、触れない。これは別に恋愛感情とかは抜きで、会社のために……」

「それより、いつから付き合ってるの？　同窓会の時はまるでそんな素振りはなくて、王子が必死だったよね？　もしかして、同窓会に拉致ったおかげとか？」

典枝はにやにやと笑いながら、一楓に問いかける。

「そ、それは置いておいて」

「置いておかずに教えてよ～」

「いや、それはさておいて。ガンちゃんだから言うけど、ちょっと前に有島くんの企みのせいで、会社に危機が訪れていたのよ」

「ああ、向島開発の件かい？　仕事を奪われずに済んでよかったね」

さらっと言われて、一楓は目を丸くした。

「なんで知ってるの⁉」

典枝はハッと口を手で押さえた。そこへ一楓は嬉々として畳みかける。

「そういう情報の速さが瀬名には必要なんだってば。真剣に、イデアシンヴレスで情報収集や統制を担当してほしいの。瀬名が認める情報屋さんは、ガンちゃんしかいない」

「いや、もうそれはなっているようなもん……」

ぽそっと呟かれた声が聞き取れず、一楓は聞き返す。

「え？」

するると典枝はへらりと笑みを浮かべて、首を横に振った。

「いいやなんでも。そりゃあ委員長は好きだし、同じ会社に勤められたら楽しいと思うよ？　だけど瀬名王子が求めるものは、昔から理想が高すぎるんだ。だから結局、すぐクビにされるって」

「瀬名は自分で採用を決めた人材は大切にするから、入社さえ認めさせれば大丈夫よ」

「まず無理！」

「じゃあガンちゃん……瀬名がぜひ来てほしいと言ったら、来る？　瀬名とわたしの、戦友になってくれる？」

「そ、それは……なれたら、いいなとは思うけどさ。でも、いくら委員長がいるとはいえ、専門的スキルがまったくないのがひとり、会社にいても――」

そこで一楓は、典枝の言葉を遮った。

「ガンちゃんひとりじゃないわ。営業でもうひとり、入ってもらいたいひとがいるの」

「え？」

「それでふたつめのお願い。あるひとに連絡をとって、今ここに呼んでほしいの。わたしの名前を出さず、ガンちゃんの名前だけで。わたし、スマホから電話番号とかメールアドレスとかを消されちゃって」

一楓が笑ってその人物の名前を言うと、典枝は絶叫して仰け反った。

「もし王子の耳に入ったら……ダブルの大逆鱗だよ。黒焦げになること、間違いなし」

「怒られても嫌われても、わたしはふたりに来てもらいたい。だから、本音を聞きたいの。ふたりが覚悟を決めてくれたら、瀬名だってわかってくれるはずだわ。この結論がベストだと」

一楓は真剣な表情で、典枝に断言した。

「え……一楓ちゃん？」

三十分後、レストランに入ってきたのは、スーツ姿の有島だった。典枝と一緒に一楓がいることに驚き、バツの悪そうな顔になる。

それを見て、一楓はにっこりと笑った。

「その節はどうも。お腹は大丈夫？」

「ああ、なんとか。でも、なんで？」

いつもの笑みも、今日はなりを潜めている。

「うん。わたしがガンちゃんにお願いして、呼び出してもらったの。話があって。座ってくれる？」

「いや、でも……」

「座ってくれないと、また手が出ちゃうかもしれない。なにかね、拳が疼くの」

有島は素早く、一楓の向かい——典枝の横に座った。

するとと典枝がからかうように一楓に声をかける。

「委員長はいつから中二病を拗らせたような、拳闘士に転職したの？」

「……拳闘士というより、会社や瀬名の護衛でいたいけどね」

「委員長は武闘派だったのか。か弱い女性だと思い込んでいたよ」

「あら、か弱い女性よ。ね、有島くん？」

「委員長、こわっ。目が笑ってないよ」

一楓はふふふと口元だけで笑ってから、有島に向き直った。

彼は少しやつれ、爽やかさも失われている。

「単刀直入に聞くわ。有島くん、どうしてイデアシンヴレスを利用しようとしたの？瀬名をなんとかできると思っていたの？」

有島は暗い顔をして唇を引き結び、緩やかに首を横に振る。

「じゃあなぜ？」

「言えない。すべては言い訳だから」

「ここには瀬名はいない。わたしに話してよ」

一楓がそう言っても、有島は頑なに拒む。

「……あなたは、このままわたしや瀬名と目を合わさないまま、生きて行くつもりなの？」

押し黙る有島を見て、典枝はため息まじりに言った。

「言っちゃえよ、ケンちゃん。瀬名王子の会社を潰すつもりだったのは、向島だったって。元々は王子の会社を人質にして瀬名グループに噛みつこうとしていたのを、たったひとつの仕事を奪うことだけに矛先を向けさせたのは、ケンちゃんでしょ」

「え？」

思いがけない言葉に、一楓は目を丸くする。有島も戸惑った。

「な、なんでガンちゃんが、そのこと……っ」

「壁に耳あり障子に目あり、だ。そのことはすでに王子の耳にも入っているし、ケンちゃんひとりで罪悪感を抱かなくても……」

「ええ!?　瀬名も知っているの!?」

そのことに、一楓も有島も驚愕する。

「え、あ、うん。た、多分お抱えの情報屋が流したかと……」

目を泳がせる典枝の前で、一楓は頭を抱えた。

有島に守ってもらわなくてはいけなかったのは、会社が脆弱だからだと、伊吹は考えたのだろう。

潰すにしても守るにしても、伊吹にとっては『付け入る』の範疇に違いない。

頭を悩ませていると、有島が口を開いた。

「俺の中に、瀬名を妬ましく思う気持ちがあった。あいつは地位もあり会社もあり、そして……」

彼はなにかを言いたげに一楓を見たが、すぐに視線を逸らした。

「だから話に乗った。敗因は……瀬名の仕事に対する姿勢だった。顧客を大切にすることを忘れた時点で、俺は経営者として失格だった」

「……有島くんは、どうしても会社を立ち上げたいの？」

「……立ち上げたかった。だけどあの件以降、向島専務は人捜しに躍起になって、後ろ盾の話は進んでいない。こうなってしまえば、延びて立ち消えとなるのが自然だ。大きな後ろ盾のない俺が、なんの技術もない俺が、会社を立ち上げて大きくすることなんかできない……」

「……有島くんが自分の会社を持ちたいのは、お父さんのことがあるからよね？」

有島の父親――瀧嶋社長を利用して成り上がりたいと、彼は言っていた。

有島が神妙な顔で頷くのを見て、一楓は口を開く。

「お父さんの力を排除して、お父さんを超えたい――実は同じ境遇のひとが作った会社が、人材不足でね。信頼していた同級生をも騙しちゃうような、爽やかな話術を持つ営業マンを求めているの」

途端に、典枝はぶっと噴き出した。一楓は構わず話を続ける。

「なにより、社長の方針をよく理解し、肩を並べられる営業マンが欲しいの。さらに欲を言えば、働きすぎの社長にただ従うだけではなく、『ここは自分に任せてお前は休め』とベッドに突き飛ばすことができるような人材が」

「……一楓ちゃん、それって……」

様子をうかがうように見てくる有島に、一楓はハッキリと告げた。

「イデアシンヴレス——瀬名が社長を務める会社で、営業職に就かない？　瀬名の会社を、世界でも通用する大きな会社にするために、一緒に戦ってほしいの。有島くんは海外のIT権威者ともコネがある。それをイデアシンヴレスのために、使ってほしい」

「ちょっと待てよ。俺は、あの……えっと、瀬名はなんて……？」

「瀬名にはまだ話していない。実はわたしの独断で、ガンちゃんも情報担当として勧誘しているの」

「ガンちゃんも……」

典枝が困った顔で肩を竦めたのを見て、有島は考え込む。

「わたしができるのは勧誘するところまで。決めるのは瀬名よ。だから、わたしたちが同じ方向を見て、同じように会社を大きくすることに魅力を感じてくれるなら……、三日後の金曜日、午後一時。イデアシンヴレスに来てほしい。瀬名社長の面接を受けてほしいの。瀬名に、『きみが欲しい』と言わせてほしい」

ふたりは顔を見合わせて黙りこんだ。

「わかっているとは思うけど、同級生チームで仲良しこよし遊びたいわけじゃない。わたしはイデアシンヴレスに人生を懸けるつもりで、頑張っている。全力で瀬名を支えたいの。同じ気持ちになってくれるのなら、どうか……来てください。わたしを、瀬名を……支えてください」

一楓は震える声を絞り出し、ふたりに頭を下げた。

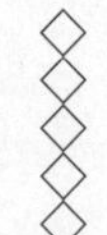

一楓がいなくなったレストランで、典枝はアイスコーヒーを飲みながら言う。

「委員長って、高校時代は縁の下の力持ち的なポジションだったよね。自分の信念で動くタイプではなくて、言われたことを責任もってちゃんとする、的なタイプ」

有島は難しい顔で、ホットコーヒーを口に含んだ。彼の返事を待たず、典枝は続ける。

「こっちが記者の下っ端だのなんだのと腐っている間に、委員長はイデアシンヴレスで、王子の片腕としてパワーアップして、きらきらしていた。それは素直に羨ましいと思うし、憧れる」

有島は片手で顔を覆って、相槌を打った。しかしまだ、声は出ない。

「瀬名王子の会社は、仲良しこよしを求める職場ではないって話は、わかった。だからこっちも、真剣に考えなきゃいけないね。今までのように会社や職業のブランドにぶら下がるのではなく、自分の意思で真剣に働くということを考えなくちゃ。ケンちゃんは、どうするの？」

有島は高校時代を思い出す。

中学で成績首位だった有島を抑えて、新入生代表として壇に上がったのは、見目麗しい瀬名だった。その微笑はぞくりとするほど艶に満ち、彼の一挙一動に目を奪われる。さらに天下の瀬名グループの御曹司だというのだから、尋常ではなく恵まれているものだと呆れた。

彼は、この歪な世界において、完璧すぎる異端――そう思った。

その時、壇上にいる瀬名がふっと言葉を止めた。彼の視線の先には、立ちながら居眠りをしている一楓がいた。ほんの一瞬、瀬名がなぜか嬉しそうに微笑んだのを覚えている。

それ以来、有島もクラスメートとなった彼女を気にかけるようになった。そして妙に惹きつけられてしまった。

外見は古典的な三つ編みに、膝下丈の模範的スカート。委員長として真面目に仕事をこなし、勉強やスポーツができる優等生。

なんの変哲もない地味なクラスメートなのに、瀬名の視線は時折、彼女に注がれた。

女に困らない瀬名が、彼女に興味を持つ理由はなんなのだろうか。まるで謎解きのような好奇心で、有島は一楓を見ていた。すると、真面目すぎるのか不器用なのか、彼女はひとりで頑張りすぎる傾向があった。それを見つけると、ついつい手を差し伸べたくなってしまう。

『あ、ありがとう、有島くん』

どこのグループにも属さない、真面目でおとなしい少女。しかし、助けてやると彼の目をまっすぐ見て、ほころぶように笑う。有島が思わず、どきっとしてしまうほどの綺麗な笑みで。

有島は思った。瀬名はきっと、彼女のこんな笑顔を見ていないだろう。自分だけが彼女の笑みを見ることができる、と。それは、学園の頂点に君臨する王子様に対する、優越感でもあった。

高校二年――推薦でメンバーが決定し、瀬名を頂点とした生徒会が発足した。

瀬名の仕事ぶりは実にストイックで、彼が提案する奇抜な案は、みんなを驚かせる。

彼は生まれながらの支配者で、天才だった。躊躇せず前を見て、不可能を可能にする。

そんな瀬名に、有島は酷く憧れた。

瀬名がその美貌と優秀さで教師をも圧倒し、有島は怖れを抱く者たちをなだめる。

そうして敵なしの生徒会を築き上げ、瀬名と拳をかち合わせて目標を達成した……それはとてつもない高揚感だった。

瀬名と共にいれば、どんなこともできる。もっと広いところで羽ばたける——。そんな万能感に酔った。

なにより、瀬名が唯一気にする彼女の近くにいる異性が自分だということに、優越感を抱いていたのだ。そんな有島に、ある時、彼は言った。

『お前さ、僕に依存するの、やめろよ』

彼の冷めた眼差しと声が、今でも忘れられない。

瀬名の中で、自分は対等にすらなっていないのだと、思い知った瞬間だった。

彼の注意を引くことができるのは、一楓だけだ。

瀬名はもどかしくなるほど一楓に近づかない。だが、彼女が窮地に陥ると、その絶対的なカリスマ性で彼女を救った。……彼女の意思に沿うように、と。

彼はずっと、ただひとりの女性のために動いていた。

自分との力の差を見せつけられたような気がして、有島は苛立った。そして、自分のそばにいる一楓の笑顔を、瀬名に見せつけた。

その一瞬だけ自分に向けられる……嫉妬の目に高揚して。

そんな中——転機が訪れた。高三の嵐の日、有島は生徒会の準備室にいた。後輩のための資料を探していた時、内扉で繋がる生徒会室からひとの声が聞こえたのだ。好奇心でわずかに扉を開け、生徒会室の中を覗いてしまった。

そこにいるのが情交中の一楓と瀬名であるとわかった時、頭の中が真っ白になった。彼女の一番近くにいたのは自分ではなかった。彼女がすでに瀬名と特別な接点を持っていたことに、激しいショックを受けたのだ。

『ああ、瀬名。瀬名、キス、してっ！』

これは合意だとわかった。そして遊びではなく、本気の交わりだと。ひたすら心が痛くて、涙が出た。ふたりが求め合う姿を見て、ようやく気づいたのだ。瀬名への対抗心からではなく、自分もまた……一楓が好きだったということに。自分も瀬名のように、一楓に自分の存在を刻みたかった。もっともっと彼女に、男として意識してもらいたかった。信頼されているだけの、ただの同級生ではなく。瀬名は幸せそうな顔で彼女を抱きしめ、震えながら囁いた。

『一楓、好きだ。きみが……好きだよ』

その声は小さく、絶頂に達して朦朧としている彼女には届かなかっただろう。我に返った彼女は、瀬名に無情な言葉を投げつけた。

『このことはすぐに忘れて。もう二度とわたしに話しかけないで！』

それは彼女の強がりだ。そうだとわかっているのに、傷心の有島は泣きながら笑った。とことん彼女から嫌われてしまえ——そんな呪いを瀬名にかけて。

ひとを呪わば穴ふたつと言うが、それから彼女のガードは堅くなり、目も合わなくなった。彼女が視線を送るのは瀬名で、有島は同級生以下の存在になってしまったのだ。

一楓が誰を男として意識しているのかは、一目瞭然だった。

『悪いけどケンちゃん、委員長と王子を放っておいてくれないかな。ケンちゃんはまだ引き返せる。だけど王子は、委員長以外の女では救済されないんだ。あれは、高校に入る前から好きだっただろうね』

失恋に追い打ちをかけたのは、典枝だった。興味本位でひとの色恋に首を突っ込みながらも、中立な立場でいた典枝までもが、瀬名と一楓を認める。それが悔しかった。

たかが数年片想い歴が長かったからなんだ。そう言うと、典枝は切り返してきた。

『じゃあケンちゃんも同じくらいの期間、片想いしてみなよ。そうだな……社会人になっても、まだ委員長が好きだったら、もう一度狙ったら？　こんな風にしょげているんじゃなくて』

それは、典枝流の慰めだったのだろう。そのおかげで失恋のショックを凍らせたまま、高校を卒業できた。

瀬名が一楓を追いかけて同じ大学に入ったと知ったのは、卒業してしばらくした頃だ。その後のふたりの情報はわからなかった。典枝の情報収集能力をもってしても、わかったのは瀬名が大学生で起業したということのみで、一楓の所在はわからなかった。社会人となり、典枝を何度もせっついて同窓会を開かせたが、ふたりが現れることもなかった。

　そんな時、向島専務が声をかけてきたのだ。

『瀬名グループを崩す協力をしてくれないか。きみは瀬名の次男と同級生だと聞く。しかも、瀬名伊吹が好きではないんだろう？　だったら奴と同じ土俵で奴が持つすべてのものを奪え。向島が後ろ盾となり、新会社に資金を出そう』

　正直、心が揺れた。瀬名が大切にしているものを奪うという、状況に。

　それでも、有島にだってプライドがある。ライバルを汚い手で陥れる真似だけはしたくなかった。

　瀬名自身の意思で、有島のところに来たいと言わせたかった。一緒にやりたいと言わせたい。

　だから、会いに行ったのだ。息子の会社を強くしようとしている、瀬名の子煩悩な父親・瀬名総帥に。土産話は、瀬名グループを呑み込もうとしている向島の奸計だった。

『向島から瀬名を守ってください。向島宗司はなにをするかわからない、危険人物です』

向島を抑えるために、自分は追従しているふりをしているのだと、有島は告げた。

『向島の手で会社を創立しようとしている男を信じろと？』

　情報通の総帥は、瀬名とそっくりな冷笑を浮かべた。

『きみが伊吹を懐柔できたら、向島に代わり、私が後ろ盾になってやろう。だが恐らく、きみは野心ごと、伊吹に取り込まれる。そうなったら、身を削って働く、伊吹の懐刀になってくれ』

――総帥は、有島の野心を見抜いていた。それでも、息子を心配するあまり、有島を近づけた。

『ではトラブルを発生させ、伊吹に処理させてみよ。理事長には私が伝えておく。伊吹にシステムを入れさせ、そしてそのシステムを初日のひとときだけ、止めるということでいいな』

自分は、瀬名の下で甘んじるような男ではないと証明したい。

総帥に、ぜひ息子をきみの懐刀にしてほしいと言われたい。

『そのトラブルに、もしも伊吹が対処できなければ、きみの方で必ず復旧するのが条件だ』

もちろん有島は、ふたつ返事で頷き、実行した。しかし、決定的なミスがあった。

瀬名と作る会社のことしか頭になかったため、トラブルを発生させることで支障が出るひとたちのことなど考えていなかった。瀬名伊吹という男を読み違えていたのだ。

そしてそんな瀬名を、一楓だけは理解していた。同窓会の時、瀬名に怯えていた彼女。

追いかけてきた瀬名に嫌味を言うほど、ふたりの関係はうまくいっていないと思っていたのに……

今の一楓は、公私混同を越えたところで、誰よりもまっすぐ瀬名を見つめている。

自分はそれを羨ましいと思う資格さえ、失ってしまった。

その上に先刻、一楓の覚悟を試すふりをして彼女に告白したが、悩む素振りすらなく断られた。

「ねぇ、ケンちゃんが王子とやりたいと思うのなら、失った信用を取り戻すのは、ものすごく大変だ。向島の件、王子や委員長に弁解しないで逃げていたケンちゃんは、どう誠意と覚悟を見せる？　それはまあ、こっちもそうなんだけれどさ。委員長が落とした爆弾、大きすぎだよね……」

そして有島と典枝は、大きなため息をつくのだった。

社長室でひとり、伊吹はため息をついた。その原因は、一楓だ。

仕事はそつなく、きりりと理知的にこなしてくれる。申し分ない。

プライベートでも、艶めいた女の顔で自分を翻弄する小悪魔な彼女が、ますます愛おしくてたまらない。

だが、その合間——厳密に言えば夜、伊吹がちょっと席を外した隙に、スマホを握りしめているのだ。まるで、誰かからの連絡を待っているかのように。

一楓には、電話をするほど親しくしている友達はいない。誰からの連絡を待っているのかと尋ねてみたが、一楓は動揺した様子で、ぎこちなく笑って席を外す。

彼女は誤魔化せているつもりだろうが、あからさまにおかしい。

「一体、誰と連絡を取ろうとしているんだ……？」

伊吹の脳裏に、有島の顔が浮かんで消える。

「ちょっと待てよ。なんで有島が出てくる。あいつとは縁が切れたはずだ」

組合で会った月曜の夕方、典枝から電話がかかってきて、有島がイデアシンヴレスを潰そうとしていたわけではないことを知った。

確かに違和感を覚えていたのだ。たとえ有島に成り上がりたいという野心があっても、彼らしくないと。

有島は卑怯な手を使ったり、裏工作で誰かを陥れたりするタイプではない。

高校時代に一楓との仲を見せつけてきたことで、有島は正直嫌いだ。それでも、信頼はしていた。彼以上に自分のやり方についてこようとした者はいない。それに、自分を理解してくれているという安心感ゆえに、素を出すこともできた。

「でも、一楓は、有島をそう思わなくていいんだよ……」

伊吹はため息をついてスマホを取り出した。

情報収集力に長けた典枝なら、なにか知っているのではと思ったのだ。彼女に電話してみるが、留守電になってしまった。きっと、本業の方が忙しいのだろう。

欲しい情報がすぐ耳に入ってこないのは、非常に不便だ。

それは昔から思っていたな、などと伊吹が呟いた時、人食い鮫の着信音が鳴った。

『王子、すまないね。なにかあったかい？』

心なしか、典枝の声が上擦っている。伊吹は目を細め、引っかかりそうなキーワードを口に出した。

「一楓」

『っ、ひぃ……っ』

……なんともわかりやすい反応だった。典枝は裏表がないので、話が早くていい。

「どういうことだ。お前が一楓を有島に引き会わせたのか？」

『ひ、ひぇぇぇ……』

「それは僕に対する嫌がらせ？　裏切り？　社会的に抹殺されたいドMなの、お前」

自分が思っていた以上に低い声が出た。そんな伊吹に、電話の向こうで典枝が慌てる。

『ち、違うよ。違う！　委員長はちゃんとケンちゃんに線を引いたから、それで許してよ』

「線？」

『ケンちゃんが委員長に、自分と付き合ってくれるかって聞いた件だろう？』

「なんだよ、それは！」

『ち、違うの、違ったの!?　墓穴を掘っちゃったの!?』

「どういう理由でふたりは会って、お前はそれを知っているんだよ!?」

『ご、ごめん、言えない。それだけは時期が来たら、きっと委員長が説明するから。だから言えない。ごめん、これだけは愛する委員長に免じて許して』

「……一楓はなんて?」

有島が一楓に気があることはわかっている。よくはないけれど、今はそれでもいい。

問題なのは、それに一楓がどう反応し、どう答えたかだった。

『委員長は、言い切った。悪いけど、自分は王子にぞっこんで、他の男性には死ぬまで興味を持てないって。ケンちゃんに対して友情は抱いているけれど、恋愛感情には絶対ならないし、その疑いすら王子に持ってもらいたくない。王子の一途さに、自分は精一杯応えたいって。きっぱりばっさりさ』

途端に伊吹の口元が緩む。

『よかったね、王子の気持ち、委員長に届いて。ちゃんと恋する乙女だったよ、委員長。王子だけへのちゃんとした、しっかりとした恋愛感情だ』

不覚にも、典枝の言葉に泣いてしまいそうになる。

思えば典枝は、高校時代のかなり早い時期に伊吹の想いを見抜いていた。長い間、見守られてきたことになる。私欲で色々と掻き乱した彼女が、最後は祝福してくれるとは、少々複雑だ。しかし、奇縁であり腐れ縁でもあるからこそ、典枝の情報に助けられている面もある。

「ありがとう、岩本」

——だからすんなりと言葉が出た。ほんの少し、礼を言いたい気分になったのだ。

数秒の沈黙の後、電話の向こうから絶叫が聞こえる。

『王子が、ありがとう……だってぇぇぇ!?　寒気がする、うわ、鳥肌が！』

……もう二度と典枝に礼など言わないと、伊吹は心に誓ったのだった。

第七章　それは、あくまで不埒な蜜戯にて

一楓が典枝と有島に会った日から、二日。

一楓がふたりに与えた期間は三日だった。自分のように大いに悩んだ末に決めてほしい——とは思っても、やはり返事は気になる。おかげで、気づけばスマホを手にして連絡を待っていた。

伊吹は少し怪しんでいるけれど、毎回きちんと誤魔化せていたから、きっと大丈夫だ。

返事がなくとも絶対ふたりは来てくれると、信じるしかなかった——

そして金曜日の昼、社長室――

連日の外食は体に障ると、一楓は重い腰を上げて愛情弁当を作った。それを前に、伊吹の顔には上機嫌の笑みが浮かんでいる。

弁当は至って地味な色合いの和食中心であったが、栄養バランスはちゃんと考えてある。

伊吹は箸を優雅に動かしておかずを口に運び、顔をほころばせた。

「美味しい。恋人の手料理を食べられるなんて、僕、すごく幸せなんだけど」

たったひとつの弁当で、伊吹は破壊力満点の笑顔になる。それが眩しくて、一楓は手で目を覆ってめまいをこらえた。

最近、伊吹の美貌に磨きがかかった気がする。少し前は憂いを帯びた顔をしていたこともあったが、今では眩しい笑顔が戻った。

それを見ると、一楓は嬉しくなってにやけてしまう。

（薄々感じていたけれど……、バカップル一直線だわ……）

「ああ、美味しかった。ごちそうさま」

食後は感謝のキス。そのまま深くなりそうな気配を察して、一楓はさっと顔を離して尋ねた。

「あ、あの……。か、会社立て直しの具体案、なにか決まってるの？」

「ん……、やはり人材強化かなと思うんだ。プログラム以外のところで、独自に機能させたい。そうしないと、問題がある度に、僕や会社が機能しなくなってしまうだろう。それは避けたい」

「その人材については？」

「即戦力を優先したい。無難に広告を出して、面接して決めようかなと思っている」

「あ、あのね。実は……目をつけている人材がいて。今日の午後一時に、ここに来てほしいって言ってあるの。伊吹に、社長面接してほしいなって思ってて」

「それは構わないけど、随分急な話だね」

「う、うん。こういうのは出会いが肝心だから！」

一楓は顔を引きつらせながら笑う。

伊吹は腕組みをしてソファに深くかけ直し、なにやら考え込む。

「きみが見つけたなら、人柄は保証されているな。きみが僕に合わない人材を選ぶはずがない」

（ひぃぃいっ、むしろ、あなたが嫌っているふたりですが！）

一楓は内心震え上がるが、なんとか笑顔を作る。

「ひ、人柄より、やる気を見てもらえたらなって」

「やる気より人柄だろう？　新卒？」

「い、いいえ。経験者で在職中だけど、うちで採用になったら転職してくるって……」

「そうか。職種は？」

「じょ、情報担当と……営業……」

「それは欲しいところばかり。よく見つけてきたな。よし、期待して面接しよう」

珍しく上機嫌になった伊吹に腰が引けて、一楓はつい保身に走る。

「あの……期待は人柄じゃなくて、能力の方に……」

「どうしたのさ、弱気になるなって。大丈夫、きみが選んだひとなら」

胸がちくちくと痛むが、間違った人選はしていないはずだ。一楓は自分に言い聞かせる。

「あ、そうだ。肝心なところを忘れていた。イケメンは却下だから。女はどうでもいいけど」

（え、ポイント、そこ!?）

「どう？」

濃藍色（こいあいいろ）の瞳に、鋭（するど）いものが横切る。

「ふ、普通です」

それはあくまで、伊吹に比べたら、の話だ。一楓は心の中で、イケメンなのに普通と言ったことを、有島に詫（わ）びる。そんな一楓をよそに、彼はにっこりと笑った。

「では、期待しよう」

一楓はなんとか頷いて、心から祈る。

（どうか、ふたりが覚悟を決めて面接に来てくれて、伊吹が喜んでくれますように！）

――そして午後一時。一楓の祈りが通じたのか、ノックの音と共に社員がドアを開いた。

「社長、お客様がふたり、面接にお見えになりました」

（ふたり、来たああああ！）

一楓は心の中でガッツポーズをする。第一関門はなんとか突破したようだ。

「ああ、入ってもらって」

伊吹はソファから立ち上がり、中に入ってくるスーツ姿のふたりを出迎えた。

……緊張で顔を強張らせた典枝と、面目なさそうに小さくなった有島を。

「は？」

ふたりを見た伊吹の目が驚愕に見開き、同じ声を繰り返す。

「は⁉」

イデアシンヴレスの頭脳と呼ばれるほどの天才プログラマーであっても、このふたりがここに来ることは想像だにしていなかったらしい。

典枝も有島も髪を短くしてこざっぱりとし、ぱりっとしたスーツ姿だ。この面接に気合いを入れていることは、一目瞭然だった。

とはいえ、ふたりはそれぞれ居心地の悪さを抱えているらしい。真面目な表情なのだが、若干目が泳いでいる。まるで、悪巧み(わるだく)が露呈(ろてい)して廊下に立たされた子供のようだ。

そして伊吹といえば——片手で頭を押さえて考え込み、石のように動かなくなっていた。

一楓はゴホンゴホンとわざとらしい咳払いをして、伊吹を促(うなが)す。

「瀬名社長。会社的にも社長的にも、これ以上ない優れた人材を見つけました。どうぞ面接をお願いします。おふたりとも、こちらのソファにお座りください。社長は向かいに」

この面接は、一楓が指揮を執(と)らねばスムーズに進まない。突っ立ったままの伊吹をソファに座らせ、一楓は彼の隣に座った。

「一楓」

「はい、なんでしょうか、社長」

一楓はとびきりの笑みを返した。

「どうして面接に、このふたりが？」

「それはですね、ふたりが優秀だからです。社長自身もご存じかと思われますが」

「そうじゃない。どうして優秀な人材の中から、このふたりを選んだと聞いているんだ」

「ですから、ふたりが優秀だから——というのは、答えになってませんか？」

堂々巡りしていると、典枝がぶはっと噴き出した。だが伊吹からギンと睨(にら)みつけられ、慌てて目を逸らして硬直する。

「社長が多くを語らなくても、社長の意に沿って動ける人材を求めている。イデアシンヴレスには、ふたりが必要だと判断しました。ふたりがたまたま同級生だっただけのこと。先入観は捨ててください」

「一楓！」

「それとも、社長は私情にとらわれ、最善の選択ができない、そんな方でしたか？」

「……っ」

「そんな社長であるのなら、またどこぞからか横やりを入れられて内部崩壊が起き、イデアシンヴレスがぐらついてしまっても仕方ありません。そうならないための人材確保だと、わたしは理解しておりましたが？」

（反対されるのは承知の上。ならばわたしは、理路整然と押し切るべし！）

ぐっと言葉に詰まる伊吹を見て、今度は有島がぷっと噴き出す。しかしやはり伊吹にギラリと睨まれ、何事もなかったかのように姿勢を正した。

「わたしはＰＭ補佐兼社長秘書をしております、設楽一楓と申します。よろしくお願いします」

一楓の丁寧な言葉に、ふたりもかしこまって「お願いします」と頭を下げた。

面接を強行しようとする一楓を、伊吹は不承不承見守ることにしたようだ。威圧面接でもする気なのか、長い脚と腕を組んで、ふたりに冷ややかな眼差しを向ける。

「では、我が社に入社したいと思われた動機、及び意気込みを教えてください。岩本さん、どうぞ」

「わ、私は今まで、手にした情報を、使われてばかりの下っ端から上にのし上がるための、打算的な道具として使ってきました」

「……最悪」

ぼそりと言う伊吹に、典枝はビシッと人差し指を突きつける。

「王子が言うなよ！」

一楓はゴホンゴホンと咳払いして、軌道修正をはかる。すると典枝はハッとしたように口調を改めた。

「さ、最近、情報を扱うということを熟考し、情報の怖さや偉大さを真摯に受け止める出来事がありました。そこで情報を集めるという特技を生かし、御社で誠実にやりがいを求めて……」

「建て前はいいよ。僕は本音を聞きたい」

苛立ったような伊吹の声に、典枝は口を引き結んだ。そしてしばらくして、口を開く。

「委員長を見て、焦ったんだ」

思わぬところで名前を出され、一楓は首を傾げる。

「え？　わたし？」

「うん。委員長は、きらきらしていた。そして社長や会社のために、わざわざ王子の地雷を踏んでまで勧誘してくれた委員長の期待に、応えたいと思った。新聞社でくすぶっている下っ端のままじゃ、こっちも嫌だ。自分の意志で動いて、きらきらしたいと思った。委員長をお手本に頑張りたい、一緒に会社を大きくしたい。自分の力を必要とされたい！　……そう思って、王子の下で働きたいと考えたんだ」

「ガンちゃん……」

思わず涙目になった一楓の隣で、伊吹はぶっきらぼうに言った。

「まず、お前にきらきらは無理だね。一楓のような美女になって出直せ」

「そんな、ばっさり斬るなよ！」

伊吹は怜悧な目を光らせ、続ける。

「一楓が輝いているのは、毎日必死に努力してきたからなんだ。ドラマのような華やかな舞台で働きたいと思っているのならお門違いだ。違うところに行け」

「待てよ、王子！　きらきらしている委員長のように、頑張って自分を変えたいから、受けに来たんだ。王子に嫌われているのはわかっているけど、それでも挑戦したいと思ったんだよ！」

（ガンちゃん、頑張れ。大丈夫、伊吹には伝わっている）

本気で拒絶しているのなら、無視すればいいだけのこと。

　本音を引き出そうとしているのは、それだけ伊吹も考えたいからだろう。

「ご存じの通り、うちはブラックだ。徹夜続き、休日返上はざらにある。過去、一週間持たずに辞めた奴もいる。挑戦だの頑張るだの、僕には通用しない」

「ブラック企業で社員を働かせた結果、社員が向島に揺らいでトラブルが起きた。大失態だったはずなのに、それでも見直さずにブラック企業を続ける理由を教えてよ」

「それは会社を大きくするためだ。むしろそれ以外になにがあるのか、教えてもらいたいね。なに、ここはドM（エム）養成機関とでも？」

「ブラックブラックって、それは名誉なことなの？　向島の件で、職場環境を改善しようはと思わないのかい！　夢だった記者を辞めてまで、前を向くきみたちと頑張りたいと思ったのに！」

　声を荒らげる典枝に、伊吹は苦笑する。

「はっ。岩本が記者を辞められるわけがないだろう。いつだか、天職だと自慢していたじゃないか」

「いつも聞いていないようで、そんなことは聞いているの!?　悪いけど、こっちは昨日付で辞めてきたよ」

「えええ!?　ガンちゃん、もう辞めてきたの？」

一楓は、仰け反った。まさかそこまでの覚悟だとは思わなかった。

「ああ、きっぱりね。ここでやると決めた以上、退路を断って貫きたいから。王子に虐げられるのは慣れているし、ブラックだろうがなんだろうが、どんとこいさ。とはいえ、社員を離れさせない方法を模索して、ホワイトな会社を大きくしようと思っているけどね！」

煽るように言う典枝に、伊吹が眉を吊り上げる。

「なんだ、僕に意見して方針を変えさせるって？」

「意見を率直に言えることが、同級生の最大のメリットじゃない？」

一楓は、ぶんぶんと思い切り頷いた。

「では岩本に質問する。僕がお前を雇うことで、会社にどんな恩恵が？」

「そうだね——どんな情報でも、王子が望んだ情報を、いち早くお届けするよ。瀬名グループの情報部よりも早く、欲しい情報には食らいついていくよ。人食い鮫のようにね」

いつも飄々としていた典枝が、傲慢なまでの自信を見せる。

すると、伊吹は満足げに笑った。

（よっしゃあああ！　ガンちゃんゲット!!）

一楓が内心ガッツポーズをしていると、伊吹は有島に視線を移し、皮肉気な笑みを浮かべる。

「岩本はともかく――縁を切ったはずのきみがここにいるのは、驚きなんだけれど」

「その節はすまなかった」

「ひとの会社から仕事を横取りしようとして、ちゃっかり自社を宣伝している男が、なんでうちに面接に来ているのかわからないね。理解に苦しむ」

伊吹は容赦なく毒を吐く。

「八方美人の男を、簡単に受け入れられるものかな。裏切られることを前提に考えるのが普通だよね。裏切るとわかっている男を迎え入れる会社が、この世のどこにある？」

正論だ。有島は今までの行動で失った信頼を回復するために、自分でなんとかしないといけない。

「……ああ、わかっている。だからまず俺は、会社を辞め、向島専務の話を断ってきた」

一流企業も独立する夢も辞して、有島はこの面接に臨んだようだ。

一楓と典枝は顔を見合わせて絶句したが、伊吹は動じない。

「俺の裏切りで損害を与えてしまった瀬名に対して、俺もまた失うものがなければ、フェアじゃない。瀬名に会ってもらうためには、それくらいしないと」

そして有島は、深く頭を下げた。

「向島の件は、本当に悪かった。正直、瀬名が顧客のことを考えているとは思わなかった。いや、俺が顧客のことを、初めからなにも考えていなかった。会社経営は資金と後ろ盾さえあればできると、傲慢になっていた。あんなに甘い考えで瀬名の隣に並ぼうとしていたのかと思うと、自分が恥ずかしい」

有島はふと顔を上げる。彼の黒い瞳が、伊吹の瞳に絡みつく。

「俺はＩＴ会社を立ち上げようとしていたが、機械のことはわからない。俺が思っていた社長とは、社長室でふんぞり返り、コネを広げるために様々な会合に顔を出し、仕事は部下に任せる……親父の姿そのものだった。それに気づいたら、もう俺は……会社を作る気力がなくなってしまった」

「……だから、僕のところに来たいと？　随分と都合がよすぎはしないか？」

「俺が会社を作りたいと思ったのは、生徒会の思い出がすごく楽しかったからなんだ。瀬名がいたから、不可能が可能になっていたのだと気がつかず、……自分の力でも同じようにできると、錯覚してしまっていた。愚かだった」

会社経営と生徒会は違う。だが、少なくとも有島にとっては、あの日々は輝かしいものであったのだろう。伊吹とコンビを組んで動いていた有島にとって、それは黄金時代だったに違いない。

「あの時の感動が忘れられない。瀬名と共にひとつの目的に向かって走っていたあの時が」

有島の声が震え、膝に置かれている拳が震えた。

「自分でも調子のいいことを言っているとわかっている。だけど、あの生徒会のように、お前の片腕と呼ばれるところで、懸命に働きたいんだよ！」

悲痛さが滲んだ有島の声に、一楓は心を打たれた。ここにいる全員、同じ思い出を持っている。

伊吹と有島が作った生徒会が、どれだけ目映いものだったのかを、知っているのだ。

しかし——

「片腕？　なれないよ」

その空気を非情に切り裂いたのは、伊吹だった。

「僕の片腕は一楓だ。一楓以外にはなれない」

一楓は歓喜の反面、有島の顔が見られなくて俯く。

「だけど、腹心の部下にはなれるかもしれないね」

「え？」

「あくまで、僕と一楓の下だ。場合によっては、そこのヒラ岩本の下。それでもいいわけ？」

「いい！　それでいい！」

最下層でもいいと有島が嬉々として頷き、ヒラを許可された典枝の目が喜びに輝く。

（よかった。伊吹はちゃんと、ふたりの覚悟をわかってくれた）

「有島。お前を雇うことで、会社が受けられる恩恵は？」

「それは……」

有島は一楓をちらりと見て言った。

「爽やかトークで、同級生をも騙すことができる話術」

「……調子に乗るな。お前は詐欺師か」

「冗談だって。俺が持っている国内外のコネをすべて献上する。ＩＴ部門は特に多い。レセプションに来なかったひとたちとも交流があるから」

それは一楓が見込んだ通りの、有島の武器だ。

「足りない。もっと増やせよ、僕と一緒に。生徒会の時より成長しているんだろう？」

にやりと笑う伊吹に、有島は顔をほころばせる。

「ああ。仕事を取ってくる。会社を大きくしよう。絶対、不可能を可能にしてやる！」

「向島が攻めてきても、対策がとれるだろうし？」

「……痛いところを突くなあ、瀬名は。向島には、絶対手出しさせない。もう俺は、瀬名や一楓ちゃんを裏切らない。ここにガンちゃんを証人にして誓うよ」

（よし！　向島専務を知る有島くんがいれば、今後の対策も具体的に練ることができる！）

「……ただ条件がある。一楓に手を出すな。出したら即刻解雇」

「ちょ、なんでわたしがそこに……っ」

にやにやと笑う典枝を睨みつけ、伊吹は不愉快そうに言う。

「一楓は僕の恋人だ。お前にはやらないから」

「はは……。おめでとう、長く拗らせていた片想いが実って。結果オーライか」

「お前な……っ」

「俺はきっぱり振られているから大丈夫。ちょっかいかけないよ」

有島はにっこりと笑い、ぼそりと言った。

「今はね」

「お前、今なにか言ったか？」

「いいや？」

伊吹の顔に穏やかさが戻っている。一楓は嬉しくて仕方がなかった。

「では、これからよろしく。ガンちゃん、有島くん」

声を弾ませる一楓とは対照的に、瀬名は横を向いて不機嫌そうにする。

「ふん。一楓の顔を立ててやっただけだ。僕に好かれているだなんて、冗談でも思うなよ。馬車馬のように働いてもらう。音を上げたら、喜んで即解雇してあげる」

本当に素直ではない社長だ。一楓たちは、顔を見合わせて笑うのだった。

典枝と有島の面接から一週間が経過した。

イデアシンヴレスに、二ヶ月間は最低時間給の見習い扱いという新人以下の冷遇で、新しい社員がふたり増えた。

このふたりは根性があり、自ら進んで下働きからはじめるという気合いの入れようだ。そしてその情熱に、先輩社員たちも触発されている。仕事をただこなせばいいという考え方を少しずつ改め、どうすれば難題なプログラムを、チームみんなで進めていけるのかを考えるようになってきている。

また、イケメン社員を入社させたことにより、社内に新たな風が吹いた。今まで色事に無縁でプログラムを作ってきた女性たちが、服装や化粧に気を使うようになったのである。

その影響を受け、男性陣も身なりや言動に気をつけはじめた。

きっかけは邪なものだが、職場に活発な空気が流れている。そのおかげで、社員たちに気が引きしまり、残業が減った。

典枝と有島を入れることで起きた変化に、伊吹はなにも口を出さない。きっと、それが強靱な会社にするために必要なことだと思っているからだろう。

そして一楓の役割は、変化の行きすぎに注意して、正しい方向に導くこと。

それは、作り上げてきた伝統を重んじる、絶対王政の形式とは違う。

伊吹はふたりを受容することで、自分が作りだした形のひとつを捨てたのだ。

そうしてまで、ふたりを取り入れたいという彼の覚悟を、一楓は察している。だから、伊吹の色と新しい色がうまく混じり合うようにとりまとめたい。

「――だから、なんで分岐がそっちに行くんだよ。もっと効率いい考え方をしろよ。お前は馬鹿か？」

「いいかい。王子社長。理数は得意だったとはいえ、二進法の機械語をべらべら喋れるわけじゃないんだよ。学びはじめて一週間の社員に、もっと優しい教え方はできないのかい！」

社長直々のエンジニア養成講座は、今日も師弟が本音を言い合っている。

以前は、社内で伊吹に物申せるのは、一楓だけだった。そんな中、社員から典枝に向けられている眼差しは、猛者への尊敬……を超えて珍獣扱いだ。

分厚いテキストを片手に悪戦苦闘する典枝。それをイライラしながら隣で見ている伊吹が、口や手を出してしまう――そんな風景をにこにこと見守っていた一楓に、宮部が声をかけた。

「設楽さん、いいんですか？　社長、浮気をしているんじゃ……？」

宮部も、あの一楓一筋の伊吹が浮気しているなどとは、思っていないだろう。

だが、完全なる異分子の存在に一楓たちが動じないことが、少しばかり退屈なようだ。

「していないわ」

「どうしてそう言い切れます？　唯一社長が、設楽さん以外の女性に、素を見せているのに」

「ん？　それは……内緒」

一楓は艶然と笑う。

――彼女は毎晩、伊吹からの強い愛を体中で受け止めている。そのせいで、彼女の服の下には、執愛の花が咲き乱れているのだ。

『一楓。浮気、するなよ。僕だけを見てて』

そんな激しい伊吹の愛し方は、いかに恋愛マスターの宮部といえども見抜けない。

とはいえ、それを伝えるわけにもいかず、一楓は話を変える。

「ねぇ、宮部くん。さすがはガンちゃんだと思わない？　一週間であそこまで上達するなんて、わたしももちろんだけど、社長がすごく喜んでいるわ。どのエンジニアに向けて磨かれていくのか、原石ってわくわくするわよね。それでなくてもガンちゃんは情報集めが早いのに、社長直伝のエンジニアになったら、鬼に金棒ね！」

一楓はパチンとウインクをする。恋愛マスターの顔がわずかに赤くなり……すぐさま白くなった。

「――やましいことなどなにもありません！　俺っち、プログラム頑張ってきます！」

そう言って、宮部は一目散に逃げ出す。周囲を見回すと、伊吹がぎらりとした目でこちらを睨(にら)んでいた。

……あの日は一体なんだろう。首を傾(かし)げた時、給湯室でコーヒーを淹(い)れようとする有島を見つけ、一楓は慌てて駆け寄った。

「あ、有島くん。そういうことはわたしがするから！」

「いいんだよ、俺は喫茶店でバイトしていたことがあるし、慣れている。一楓ちゃんは仕事をしてて。俺、もう少しで外に出るからさ」

「でも。有島くん、そんなに気を使っていたら、倒れちゃうわ」

高校時代も、彼は細(こま)やかな気遣いができる男だった。変わらない彼の姿を見ると、向島の件はまるで夢だったのではないかと思えてしまう。

「大丈夫だって。倒れる前に止めてくれる奴が、他にもいるから」

「他にも？　友達作ったの、有島くん」

「まあ、今のところ一方通行だから、これからが大切だとは思うけど。ほら来た来た……」

有島がちらりと後方に目をやった瞬間、彼の体が一楓から引き剥(は)がされる。

「こんなところで一楓を口説(くど)くなよ！」

伊吹の慌てた様子を見て、有島が爆笑した。

「本当にいつもご苦労様。瀬名は一楓ちゃんの番犬のようだな」

「うるさいな。わかっているなら、一楓にちょっかい出すんじゃない。解雇されたいわけ？」

今日も社長は大忙しだ。

「ちょっと、わたしが有島くんに話しかけたんだから……」

「だって。一楓ちゃんの意思なら、止められないよね？」

そう言われ、一楓は青ざめた。三日前、伊吹による理不尽なお仕置きにより、彼女はまともに立ち上がれなくなったのだ。

『一楓、いい？　有島と浮気したら、一日中お仕置きだから』

有島のことを男として意識していない一楓にとって、どこまでがお仕置きの対象になるのか、よくわからない。不穏な空気になったら、話を変えるのが一番だ。

「社長！　そういえば、これから外出ですよ。出かける支度をしましょう。ね？」

「お、出かけるの？　俺もついていく？　瀬名だけじゃ不安じゃない？」

からかう有島に、伊吹は牙を剥く。

「いらない！　お前は目標達成のためにとにかく働けよ」

「はは。あっという間に達成するから、見ていて。瀬名が驚くような会社と会ってくるさ。そこがどこかは、俺が帰るまでのお楽しみだ。次は瀬名と一緒に行く予定だから」

有島がにやりと笑うと、同じく伊吹もにやりと笑った。

「お手並み拝見」

そしてどちらからともなく拳をぶつけ合い、それぞれの仕事を再開する。

（結局このふたりって、仲がいいよね）

いがみあっているようで、誰よりも理解し合っているのかもしれない。

……恋人の自分は、親友にはなれない。そう思うと、有島に対して嫉妬に似たものを感じてしまう。

（ああ……。相手を縛りつけたいのは、わたしの方だ）

一楓はどんどん欲張りになってくる自分に苦笑して、伊吹と共に外出するのだった。


「どうした？」

外車を運転する伊吹は、俯く一楓に問いかけた。

「有島くんが羨ましいなって……」

「……ん？　営業をしたいってこと？」

見当違いなことを言う伊吹に笑い、一楓は答える。

「違うの。きっと有島くんは、わたしの知らないあなたの心をわかっているから」

「僕はきみに、僕のすべてをさらけ出しているけど？　僕の恥ずかしいところとか、気持ちよくてたまらない姿とか、有島は知らないよ」

「そんなこと知っていたら怖いわよ……」

「はは。じゃあ、どういうところ?」

「あなたの野心とか、裏の顔とか。会社をどうしたいみたいな野望は聞いているけれど、有島くんは聞かずともわかっているじゃない」

赤信号で、静かに車が停まる。

「それを言うなら、岩本だってわかっていると思うけど」

「ガンちゃんはいいのよ。でも有島くんは……」

伊吹はくすりと笑うと、顔を傾け、一楓に口づけた。

「僕の心をこんなに奪っておいて、これ以上なにが不安なの?」

彼のとろりとした目の中に、情欲の炎が揺れる。

「どうすれば、きみが一番だということを信じてもらえる?」

「そのことは信じているわ。けど、それとは別問題で……有島くんの方があなたを理解している気がして、焦るというか」

「だったら有島、解雇しちゃおうか」

「だ、駄目よ、そんなの! 有島くんは伊吹の理解者なんだから。有島くんと仕事の話をしている伊吹の顔、すごく楽しそうだもの。そんなの駄目! なんのためにわたし、有島くんを勧誘したのよ」

「ふふ。きみの基準は、僕なんだね」

「当然！」

「嬉しいよ」

伊吹が柔らかく笑うと同時に、車が動き出す。

「僕は、きみが親友でなくてよかったと思っている」

「え？」

「親友はオンリーワンではない。複数人いたっていいじゃないか。僕がきみに求めているのは、数少ないうちのひとりではなく、たったひとりしかいない特別な存在だ」

「……っ」

「親友だと、セックスだって不埒（ふらち）な戯（たわむ）れになってしまう。あの日のことは、きみが忘れたくなるようなものにしかならないし、それに……親友と結婚したいとは思わないしね」

伊吹は意味ありげに笑うと、正面を見た。

（け、結婚……）

急に現実感のある単語が出てきて、一楓の胸はドキドキと早鐘（はやがね）を打つ。

結婚願望があるわけではないが、結婚という将来を共にする相手は伊吹以外に考えられない。

そんな彼女に、伊吹が問いかける。

「きみは有島と結婚したい？」

「したくない」

即答した。あくまで有島は友達——戦友だ。親友ともまた違う。

「僕にとって親友と恋人の違いは、互いの理解度の差ではなく、結婚したいかしたくないかという点による。僕の一生をあげられて、相手の一生を欲しいと思う——そんなひとじゃないと、恋人になりたいなんて思わない。僕にとって恋人というのは、替えのきく存在じゃない」

「……っ」

そこで、車が停まった。目の前にあるのは、三週間前に一度訪れた屋敷——伊吹の実家だ。

「父さんにも、そう言うつもりだ。創立五年の決算書と見込み表を叩きつけて」

一楓との付き合いは遊びではない、真剣なのだと、伊吹は濃藍色の目を細めた。

瀬名総帥と再び対面したのは、前回と同じ応接間だった。

伊吹がここに訪れたのは、前々から言っている創立五周年の決算書を提出するためだという。

日本トップクラスの総帥は、伊吹から手渡された資料に見入っている。

（空気が重い……。というか、この場にわたし、必要？）

時計の音がやけに大きく響き渡る部屋の中、しばらくして、瀬名総帥は伊吹に向き直った。姿勢を正した伊吹の顔は強張り、親子の対面とは思えないほどの緊張感が漂っている。

「確かに、五年前にお前が言った目標を超えているな。この調子ならば、この先も利益が出る」

「はい。……約束は果たしました。ですので、僕への約束も果たしてください」

思わぬ単語に、一楓は首を傾げる。しかし瀬名総帥はあっさり頷いた。

「ああ。このお嬢さんのお父上を、元いた会社の社長にして、正式に会社ごと瀬名グループの傘下にするという約束か？」

総帥がにやりと笑うと、伊吹は焦った顔で舌打ちする。

（え、なに？　なんでわたしのお父さんが出てくるの⁉　お父さんを元の会社に戻すって……）

頭の中に疑問符を浮かべる一楓に、総帥が声をかけた。

「一楓さん、でしたね？」

「は、はい。設楽一楓です」

穏やかな眼差しだが、一楓は緊張して姿勢を正す。

「実はきみのお父上が……」

「父さん！」

伊吹が咎めるように父を呼ぶ。しかし瀬名総帥は、厳しく首を横に振った。

「伊吹。お前が本当に彼女を大事に思っているのなら、秘密はない方がいい」

「しかし……」

「教えてください。ねぇ、伊吹、教えて。わたしの父がどうしたの？」

問いかけても、伊吹は答えない。すると一楓の顔を見ながら、総帥が尋ねる。

「きみのお父上は、ご自身が解雇されたことについて、なんと？」

「会社の経営状況が悪化して、リストラにあった、と」

「しかし実際はその会社で、きみのお父上以外は解雇されていない」

「え？」

「そこの社長が、うちの下請けでありお父上の親会社にいる……数人の役員の息子をコネ入社させるために、ベテラン社員をリストラしようとしたそうだ。それに異議を唱えたお父上は、親会社の社長に土下座で直談判した。そしてお父上が辞職する代わりに、ベテランの彼らを救ったんだ」

「うちの父が、ですか？」

家でも影が薄い父。リストラされたと聞いた母親から、嘆きと不安の声を浴びせられても、ろくに言葉もかけられない不器用な人だ。

「ちょうどその場を、社会勉強のためにその会社にいた伊吹の弟が見ていたようでね。話を聞いた伊吹は、それがきみの父親だと知るや否や、ここに怒鳴り込んできた」

『力で弱き者を押し潰すのが、瀬名のやり方ですか!? 下請けだろうと系列会社なのだから、設楽部長を元に戻してください。この解雇は不当です』

五年前の伊吹は、嫌っている父親にそう迫ったという。

「そこで私は言った。社会に出てもいない、会社の経営もしていない人間が私情で口を挟むなと。そうしたら、伊吹は『だったら、僕が会社を経営していればいいんですね!?』と啖呵を切ったんだ」

まさに売り言葉に買い言葉、といった様子だ。その光景が目に浮かぶ。

「あとは推察できるだろう。私はさらに条件を出した。伊吹が作った会社が五年で私の要求通りの利益を挙げたならば、一楓さんのお父上を社長にした会社を、下請けではなく傘下のグループとして引き上げると」

どくんと、一楓の心臓が跳ねた。

「じゃあ……伊吹が大学生で起業して、あんなに利益主義に走ったのは……」

伊吹は一楓の視線から逃げるように片手で顔を覆うと、こくりと頷く。

「僕がきみにできることは、これくらいしか思いつかなくて……。ちょうど僕も会社を作りたかったし、それがちょっと早まっただけの話だ」

なんでもないことのように伊吹は言うが、一楓にとって衝撃的な事実だった。

これ以上の献身を、聞いたことがない。

もしも、自分が伊吹を好きにならなかったら、どうするつもりだったのだろう。

しかも、とんでもない重荷を背負ったのに、一度も一楓に愚痴(ぐち)ったことはない。見返りさえも求めてこなかったことに、心が震える。

「そんな簡単な話じゃないでしょう。……うちの父をグループ会社に入れてもらえただけで、設楽家全員が感謝しているのに……。あの父が、社長だなんて……そんな力は……！」

心配する一楓に、伊吹は笑いかける。

「大丈夫だ。僕でも社長をやれているんだから。それに男気あるきみのお父さんは、部下から慕われていたらしいよ」

「あなたとは違うから！　月とすっぽんよ。あ、あなたが月よ、念のため」

総帥の笑い声が聞こえて、一楓はハッと我に返った。そして、縮こまって頭を下げる。

「いや、いい。話はまだ続きがあるのさ、一楓さん。こちらとしても、ベテランを庇(かば)った人情味溢(あふ)れる部長さんとしか情報がない相手を、急にグループに引き入れるのは躊躇(ちゅうちょ)する。そこで一楓さんのお父上を入れることに対して、また伊吹に条件を出した。伊吹の会社が利益を出せるまで、伊吹にとって一番欲しいものを犠牲にできたら、という条件をね。まあその時間を使い、きみのお父上を観察していたわけだが」

「欲しいものを犠牲に、ですか？」

「そうだ。だから伊吹は、この五年、我武者羅に走り続けてきただろう？　身を削って」

「は、はい……。でも欲しいものって……」

「ふふふ、わからないようだ。伊吹にとって一番欲しくてたまらないもの。それはきみだよ」

「わたし？」

一楓が慌てて伊吹を見ると、彼はそっぽを向いてしまった。だが、その耳が真っ赤だ。

「伊吹はきみという喉から手が出るほど欲しい存在をそばに置いても、つい最近まで手を出さなかっただろう？」

なぜか、今現在はすでに手を出されていることに気づいているらしい。一楓は大変複雑な気持ちだ。

「伊吹は、厳しい条件の下で目標を達成し、それ以上の利益を出せるようになるまで我慢した。その欲求不満が仕事を捗らせたとも言えるが」

確かに伊吹は、創立五年にやけにこだわっていた。

この五年、彼はずっと……一楓の家族を守りながら、自分の想いを封じてきたのだ。

ずっと、手を伸ばせば届く距離にいたのに——

「私としては、伊吹に実現不可能な数値を提示したつもりだった。しかし見事達成し、それ以上のものを持ってくるとは、我が息子ながら見直した」

（わたしの知らないところで、ずっと……わたしの家族を守ってきてくれたの？　我慢って……なにそれ。なんなのそれ。なんでそんなに好きでいてくれるの？）

「わたし、なにも知らなくて、彼に今まで……」

一楓の目に熱が集まり、涙がこみ上げた。伊吹への愛情が溢れて止まらない。自分の人生に、伊吹以外の男性は必要ないとさえ思えた。

（このひとがいい。このひとと生きていきたい）

「ありがとう……ありがとうございます。わたし、わたし……っ」

泣きじゃくる一楓を、伊吹が慌てて抱きしめる。自分の胸に押しつけるようにして、彼女の涙を隠した。

「もういいだろう、父さん。五年越しの約束、守ってくださいね！」

「ああ。一楓さんのお父上の人柄も素晴らしいと、会社から報告を受けている。特に問題はなさそうだ。……しかし、別に約束をするまでもなかったと思うがな、伊吹」

「……は？」

「私は部外者に厳しいが、身内には弱い。特に息子や義理の娘やその家族には、それ相応の贈り物をしたい。……その覚悟で彼女を連れてきたんだろう、お前は」

すると伊吹はぎゅっと一楓を抱きしめながら言った。

「ええ。僕は一楓と結婚して、一楓と未来を生きたいと思ってます」

一楓の心が跳ね上がる。

「ぶははは。私に言ってどうする」

「……先に宣言しておかないと、手を出されるかもしれないので。父さん、一楓を奪うなら、僕は本気であなたの喉（のど）に噛みつく覚悟です。彼女だけは渡さない」

「ふふふ、それを一楓さんにもう言ったのか？」

「いいえ」

途端に総帥は、呆（あき）れたような声を出す。

「なぜお前は、先に私に言うんだ。まずは一楓さんに言いなさい」

「付き合って数週間で結婚してくれなんて、さすがに性急じゃないですか！　もっと一楓が僕を好きになってくれて、絶対に断られないと思えたら、言いますよ。今は時期尚早（しょうそう）だとわかっていますし」

（もう聞いてるんだけど。というか、わたし、ここにいちゃまずいんじゃ……）

「お前は本当に、一楓さんのことになると抜けるな」

「僕と一楓のことを知ったように言わないでください！」

「いや、もうわかるだろう。一楓さんに抱きついているお前を見れば」

「僕が一楓を抱きしめているんです！」

総帥は声を上げて笑う。それにつられて、一楓も笑ってしまった。

やがてむくれていた伊吹も笑い、三人の笑い声が重なっていく。

「ああ、愉快だ。この家に、笑い声が響いたのはいつ以来だったろう。私のせいで、凍えきってしまった家庭だったからな」

総帥は悔いを滲ませるような眼差しで遠くを見つめる。

「伊吹。十数年前、お前の母さんから、お前宛に手紙が届いていた。私はそれを読み、破り捨てた。出て行った女に、息子を取られてたまるものかと……意地になってな」

「……っ！」

「彼女はひとり暮らしをしていたようだ。お前を置いてきたことを後悔し、体を弱らせた。……孤独死、だったそうだ。お前が中学に入る頃だった。旧家の令嬢だったのにな」

驚く伊吹を見て、総帥は寂しげに俯く。

「瀬名の血を多く残したい……その一心で、私は多くの愛人を持っていた。私は女たちを、子供を生む道具としてしか見ていなかったのだ」

彼は息を吐くと、話を続ける。

「妻というものは……、瀬名の金や力を使える代わりに、どんなことがあろうとも耐え、夫である私に従うものだと思っていた。それが妻の義務だと。彼女の人間性について、考えたこともなかった。ある意味で、私は妻を信じ切っていたのだ。その妻に背を向けられ、死なれてしまったことは、自覚した以上にショックだったらしい。私は、女に対して一切の興味がなくなった」

　そのショックは、罪悪感ゆえか、矜持ゆえか。それとも……愛ゆえか。

　一楓には、わからない。

「そして……私の慰めは、男に向かった。私は酷い父であり夫だった。せめてもうこれ以上、哀れな子供を作らないようにと、体が仕向けたのかもしれない」

　母親に子供を捨てさせた代償を、総帥は彼なりに支払っていたのかもしれない。

　それで伊吹たち家族の心の傷が癒やせるわけではないが、それでも……総帥もひととして、思うところはあったのだ。

「最近、とみにお前の母さんを思い出してね。どうして普通の女としての幸せを与えてやらなかったのか、自責の念に囚われる。母さんだけではなく、伊吹の兄弟たちの母親についてもそうだ。お前を含めた兄弟を、どうして私は……ゲホッゲホッ」

　咳をする総帥を心配し、一楓は駆け寄ろうとする。しかし彼は手で制し、立ち上がった。

「私はこれから三時間ばかり外出してくる。ミチルと約束しているものでな。メイドたちには、茶を出した後は、伊吹が声をかけるまでうろつくなと言っておく。二階のお前の部屋はそのままにしてある。……一楓さんに案内してやりなさい。ここは伊吹の家なのだから」

それは伊吹の父親としての、優しい声と表情だった。

伊吹の部屋は、奥に寝室、手前に執務机がある応接間という間取りだった。無駄が一切ないシンプルな部屋だが、決して上品さを失わない——その内装は、イデアシンヴレスの社長室に通じるものがある。

黒革のソファに隣り合って座ると、メイドたちはコーヒーを淹(い)れて部屋を出た。

「父さんは、僕に敵対する人間だと、ずっと思っていた。だけど、僕にしてきたことは、イデアシンヴレスを強くするために必要だと思ってやったことじゃないかって思える。結局、僕は父さんの手のひらの上で転がされていたのかもしれない」

越えられない高い壁を思い、伊吹は悔しさを滲(にじ)ませた。

「そうかしら。どんなお膳立(ぜんだ)てがあろうと、あなたの会社に入りたいと決めたのはガンちゃんと有島くん。そんなふたりを会社に入れたいと思ったのは、社長であるあなたよ。お父様の手がなくても、結局はなるようになったと思う。そこは間違えてはいけないわ」

「そっか……」

「そうよ。それにまた目標ができたじゃない。今度はお父様に心配をかけない会社にすればいいんだし。ガンちゃんや有島くんたちとの同級生パワーで、実現しましょうね」

一楓は片手でガッツポーズをして、笑ってみせた。

「ひとつひとつ、壁を乗り越えて強くなっていきましょう。社員の気持ちをひとつにすれば、できないことはない。だって……あなたの夢を詰めこんで、成長してきた会社だもの」

そう言った一楓を、伊吹はそっと抱きしめる。

「……なんだかさ、老いた父親を見ると複雑で。言いたいことは山ほどあったはずなのに……」

一楓は伊吹の背中に手を回して笑う。

「親にいつまでも元気でいてほしいと思うのが、子供でしょう？　それは当然よ」

「ん……」

「伊吹のお父様もお母様も、ちゃんと後悔してくれていたわね」

自分の肩に顔を埋める伊吹は、なにを思っているのだろう。彼のすべての感情を共有したいのに、それはどうやったってできない。それが、一楓にはもどかしい。

「……傷はそう簡単には癒えないかもしれない。だけど苦しんできた伊吹の心が、少しずつ……過去から解放されればいいね。つらくても、そこには愛もあったのだと……んんっ」

一楓の言葉を遮るように、伊吹が彼女の唇を塞いだ。

ゆっくりと角度を変えて重なり合う唇は、わずかに涙の味がした。

静かに唇が離れると、名残惜しそうな視線が絡まる。

「伊吹……ありがとう。お父さんのこと」

「本当は言うつもりもなかった。今日も父さんには、一楓は僕の恋人だから手を出すなと言いたかっただけで……」

一楓は上擦った声で、伊吹の言葉を遮った。

「今度、わたしのお父さんに会ってくれない？」

「別にお礼を言われたいわけじゃないから」

「お礼もしたいんだけれど……。わたしも家族にあなたを紹介したいの」

（勇気を出すのよ、一楓！）

「け、けけ、結婚を意識している、恋ひひょだって！」

（――だから！　どうして肝心なところで噛んじゃうの、わたし！）

あまりの恥ずかしさに、一楓は涙目になった。

「……僕を好きになって、まだ日が浅いだろう？　もしかして、お父さんのことで責任を感じてる？　あれは僕がしたくて勝手にしたことだから、きみが気を使うことはない」

噛んだことを笑われるかと思いきや、真面目な顔で返される。これはこれで恥ずかしい。

「時間もお父さんのことも関係ないわ。あなたはわかっていないみたいだけど、わたし、本当にあなたのことが好きなの。他のひとと、け、結婚することは、考えられないし……」

今日のことで、一層強くそう思った。だから決心がついたのだ。

「だから、わたしを、あなたの、およ……およおよ、およ……」

「ストップ」

（く〜！　どうして、止めるのよ！）

伊吹は立ち上がると、消沈する一楓を横抱きにした。そして寝室へ連れていき、ベッドの上に一楓を横たえる。

「そこから先は、男のセリフだ」

伊吹は一楓の左手を取ると、彼女の薬指を甘噛みする。

薬指にできたのは、赤い歯形。それはまるで、指輪のような――

「ちゃんと、ここに嵌める指輪を用意してから言う。ただの口約束にするのは嫌だ。言っただろう、僕はきみに誠実な男でいたい。だからこれは予約だ。きみに僕のお嫁さんになってもらうための」

『お嫁さん』――一楓の目尻から、歓喜の涙がすっとこぼれ落ちた。

「予約、今からいい？」

一楓はこくこくと頷く。あまりのことに声が出ない代わりに、両手でＯＫサインを作って見せる。

「はは。よかった。断られても……生涯を懸けて頑張るつもりだったけれど」

伊吹は嬉しそうに顔をほころばせる。その表情はあまりに素敵で、一楓は絶対に忘れないだろうと思った。

このひとと共に生きたい。このひとに見合う奥さんになりたい。

……そう言いたいのに、胸がいっぱいで言葉が出てこない。

「長くは待たせないよ。僕だって一秒でも早く、きみを僕のものにしたいんだから」

「……っ」

「どこにも行かずに、僕を待っていて」

「ん、待ってる」

伊吹はスーツを脱ぎ捨てながら、貪るように一楓にキスをする。

何度も重なり合う唇。漏れ出る互いの吐息が、甘さを滲ませていく。

「一楓……抱きたい」

「ん……でも、ここ……」

彼の実家でそういうことをするのは、はばかられる。しかし伊吹はまったく気にしない風で笑った。

「父さんは三時間ほど外出するって言ってたし、他のひともここには近づかない。それに防音もばっちりだから」

そう押し切られ、一楓は伊吹のキスに酔いしれるのだった。

窓から斜陽が差し込み、赤みを帯びた光が室内を照らす。

床に散らばる服には、情事に耽るふたりの影が長く伸びている。

「あぁんっ、ふ……あ……っ」

ベッドの上に仰向けになった一楓は、切ない嬌声を漏らした。それに合わせて、左右に広げられた一楓の脚が、ふるふると震えている。

脚の間に、伊吹が顔を埋めて蜜をじゅるじゅると啜っていた。

「は……っ、美味しい……」

秘処に熱い息を吹きかけながら、うっとりとした顔でまた口をつける。一楓の体が、カッと熱くなった。

「ふふ、すごいね……。きみのいやらしい蜜、太股まで垂れてきた」

伊吹はわざと一楓に見えるように、蜜を舐め上げてみせる。

肌を這う伊吹の舌が卑猥で、彼女の花園はさらなる蜜に濡れた。

彼はそれを見ると、嬉しそうに花園を吸い立てる。

「あぁんっ、ああっ、恥ずかし……ああ、そこ、そこ駄目ぇぇぇ！」

もう声を抑えることもできない。悩ましげに身を捩って喘ぐ一楓の首元で、ルビーのネックレスが煌めく。

花弁を割る舌は、桜色の花園を散らすように忙しなく動く。陶酔したような眼差しで一楓を見つめながら、溢れ出る蜜をかき集め、濡れた唇で啜っては嚥下して、一楓に微笑んでみせる。そんな伊吹の様は、一楓の体をさらに熱くさせた。

(気持ちいい……伊吹の家で、こんな恥ずかしいことしているのに……)

柔らかな伊吹の髪の先が、一楓の太股を掠める。

「ぁん、はぁ……っ! 伊吹、ああ……っ、いぶ、き……」

伊吹の舌や唇で念入りに愛されている部分は熱くとろけ、嬌声が止まらない。

「この……甘くて、美味しい蜜……。一滴たりとも、こぼさない……っ、僕だけの……特権だ……」

こんなはしたない姿は、伊吹だから見せられる。彼だからこんなに感じて、悶えてしまう。

「イク……イっちゃう……。いぶ、きっ、イっちゃう……!」

一楓は伊吹の頭を抱きしめるようにして叫ぶ。

伊吹は熱を帯びた眼差しで一楓を優しく見つめながら、茂みに隠れた秘粒を舌で探り当てた。そして激しく舌を動かし、時折優しく歯を立て、強く吸いつく。

「やぁ……っ、だめっ、それ、だめぇぇえっ!」

もどかしかった快楽の痺(しび)れが輪郭を持ち、一楓の腰から頭に突き抜けた。

体がびくんびくんと大きく痙攣(けいれん)し、目の前がチカチカする。

伊吹は嬉しそうに微笑して、一楓の唇に啄(ついば)むようなキスを繰り返した。

「ふふ。気持ちよさそうにイケたね。屋敷中に響いたかな、一楓のいやらしい声」

「え……っ」

(さっき、防音もばっちりって、言ってたのに……！)

思わず青ざめる一楓を、伊吹は抱きしめてベッドにもぐり込む。

「……嘘だよ。この部屋の中の音も外の音も、一切を遮断する防音の造りにしてあるから、大丈夫」

「焦らせないでよ……っ、もう！」

一楓は軽く伊吹の胸を叩く。すると伊吹は愛(いと)おしそうに顔をほころばせ、一楓の唇を甘噛みするようにキスをした。そして熱く猛(たけ)る己自身を、擦(こす)りつけてくる。

「……っ」

その熱を感じ、一楓の秘処もまた熱を持った。彼の形に慣らされた腹の中が、彼が欲しいと疼(うず)いている。

一楓は切なく息を吐くと、わずかに唇を開けた。

(もっと、伊吹を感じたい……)

伊吹を見つめたまま、彼に手を伸ばす。そして彼の熱い昂りを掴むと、おずおずと上下に扱いた。

「あぁ……」

すると伊吹は、長い睫毛を小刻みに震わせた。

触るとそれはさらに芯を持ち、むくむくと大きくなる。

「あぁ……、一楓……っ。とても気持ちいいよ……」

伊吹の囁きと連動するように、次第に粘りけを帯び、悦びにびくびくと震えた。

伊吹も、ちゃんと感じているのだ。彼の体も自分に向いてくれているのだと思えば、たまらなく嬉しい。

粘液のぬめりが、一楓の手の動きを加速させていく。

「あぁ……いち……か……。いい……っ」

伊吹は熱っぽく吐息を乱す。懇願するような濃藍色の瞳を向けられた。

それは取り繕うことのない、無防備な伊吹の姿だった。そんな姿を見せる彼がたまらなく愛おしい。一楓の胸の奥がきゅんきゅんと疼く。

「一楓……もっと、強く触って……」

一楓の頬を撫でながら、とろけた顔でねだる伊吹は、あまりに淫らだ。

「ああ、そう……大きく……動かして……ん……」

彼の艶めいた姿に圧倒され、一楓の体も熱く火照ってくる。

そんな一楓に気づいた伊吹は、強い色香を漂わせて微笑んだ。

「一楓も……一緒に気持ちよくなろう……？」

伊吹は一楓の秘処に手を伸ばし、ゆっくりと動かした。

「は……ぅん……っ」

すでに蜜の坩堝と化していた花園は、少し触れられただけでも、甘美な快感を水紋のように広げていく。

「あ……あぁ……っ」

くちゅくちゅという淫らな音は、どちらから聞こえてくるのかもわからない。音が聞こえるだけで、体中がぞわぞわと快感に包まれた。

「ふふ、一楓……僕のを触りながら、こんなにとろとろに溢れさせていたんだね？」

「……っ」

「わかる？　きみの蜜がどのくらいすごいのか……」

伊吹はてらてらと淫靡に濡れた指先を、一楓に見せた。

「や……っ」

羞恥に襲われる一楓の目の前で、伊吹は糸を引く様を見せつけてくる。

「これは僕が好きでたまらないという、きみの愛の蜜だ」

彼は挑発的な眼差しで指を口に含み、舌を使って舐めてみせる。口淫している時のように、色香に満ちた表情で。

一楓の顔が火照り、喉の奥がひりつくほど煽られてしまう。

それを悟ったように、伊吹はふっと笑みをこぼす。絶対に確信犯だ。

悔しいけれど、自分はいつだって伊吹に敵わない。彼に惹きつけられ、理性で抑えきれないほど彼を渇望する。

唇をしっとりと濡らした伊吹は、息も絶え絶えになった一楓に口づけると、艶然と笑った。

「甘くて美味しい……きみの味のおすそわけ。そして……蜜をくれたお礼」

一楓の花園を往復していた指が、くちゅりと音を立てて蜜口から埋め込まれた。

「はぅ……っ」

くちゅくちゅと淫らな音を響かせながら、伊吹の指がゆっくりと抜き差しされる。

「ふふ、一楓の中、きゅうきゅうと、僕の指を悦んでくれている」

一楓はゆっくりと、手の中の伊吹に再び刺激を加えた。自分も伊吹を愛したくて、手の動きに熱がこもる。

すると一楓の手の動きに合わせるようにして、伊吹の指も情熱的に動いた。

「ああ、あぁぁ……っ」

「ん……は、あぁ……」

喘ぎ声を重ね、情欲をひそめた熱視線を絡み合わせたまま、伊吹は一楓の頭を優しく撫でた。そしてちゅっちゅっと彼女の唇を啄む。

同時に、一楓の中を出入りする指は、二本から、三本になった。ぱらぱらと別々の生き物のように動きながら、内壁を擦り上げる。

「やぁん、だめ……っ、そこ、だめぇ……！」

「一楓……あぁ、はぁ……っ」

一楓はどんどん伊吹の愛撫に乱れつつも、彼への愛撫を強めていく。

「ああ、あああっ、伊吹、伊吹……っ」

「ん……っ、は……ぁ……」

快楽の渦に引き込まれそうな一楓は、ぼんやりと思う。

（一緒に弾けて、溶け合いたいのは……。わたしが感じたいのは、体で感じたい……）

「伊吹……。指じゃなく……これを、本当のあなたを、体で感じたい……」

一楓のおねだりで、伊吹の瞳に炎が灯った。そして、彼はふっと笑う。

「……ふふ。光栄なおねだりだね。僕も……きみの中に挿入りたかった」

ちゅっとキスを落とした後、伊吹は床に落ちたスーツを引き寄せ、そのポケットから避妊具を取り出した。一楓はびっくりして、思わず悲鳴を上げる。

「い、伊吹って……いつもポケットに入れて持ち歩いているの？」

「そんなわけないだろう。さっき……メイドがくれたんだ。父さんからの指示だって」

（そういえば……）

コーヒーを出してくれたメイドが、リボンがついた包みを伊吹に渡していた。てっきり、お茶請けのお菓子でも渡したものだと思っていたのだ。

（う～、なにかメイドさんにまで見透かされているようで、恥ずかしいっ！）

「恥ずかしがることはない。メイドたちからも歓迎されているんだよ、こんなに可愛いリボン付きなんてね」

伊吹は欲情にぎらついた眼差しで、準備をする。

「……初めて、父さんに感謝するよ」

その艶笑に、一楓の全身がぶわりと震えた。

「挿れるよ？」

伊吹が屹立する剛直を蜜壺に押し込むと、一楓はうっとりとした顔をして、悩ましい声を上げた。

「あぁぁあぁ……っ」

ざわめく熱い襞がぎゅっと彼を捕まえ、締め上げていく。伊吹はその刺激に目を細めた。

「一楓……すごい……きみの中。は……っ、うねって、締めつけてくる……」

伊吹の全身が、甘美な快楽にざわりと総毛立つ。

「く……っ」

一気に持っていかれそうな誘惑に耐え、喉元を一楓に晒すようにして根元まで埋めた。

「あああああぁぁ……！　んん……、はぁ……っ」

一楓が悦びの声を上げて、抱きついてくる。そんな彼女が愛おしくて、伊吹は彼女の頭を抱きしめた。そして彼女のとろりとした顔を覗き込み、微笑む。

「繋がったね……。きみの手にいた僕が、今きみの中にいるの……わかる？」

一楓はこくりと頷いて、はにかんだように笑う。するとそれに反応して大きくなってしまったようで、一楓は眉根を寄せ、甘い吐息を漏らした。

その唇に、伊吹は己の唇を重ねる。ちゅくちゅくと角度を変えて口づけ、薄く開いた一楓の唇の間に、舌を割り込ませた。

口内を掻きまぜるようにして、一楓の舌をからめ取る。

「ん、んんっ、んぅ……」

伊吹がいやらしく舌を動かす度に、彼女はびくびくと体を震わせながらも懸命に舌を絡めてくる。

こうして直に肌の熱を感じ、甘いキスに酔いしれることができて、幸せだ。

一楓とするキスには、愛がこもっている。それに彼女が応えてくれるだけで、ぞくぞくするほど嬉しい。

「……好きだよ、一楓」

高校時代には届かなかった言葉が、今ならすぐ伝えられる。想いは膨らみすぎて、口に出さずにはいられないのだ。もう……我慢することはできない。

「わたしも……好きよ。伊吹が好き」

愛される悦びは、こんなに素晴らしいものだったのか。

彼女の熱、彼女の柔らかさ——そのすべてが、愛おしくてたまらない。

胸の奥で炎となっている情熱は、生涯消えることはないだろう。

この恋の炎は、恐らく死ぬまで自分を焼き焦がしていく——

「苦しいくらいに……きみが好き。……愛してる」

想いを吐露すれば、一楓は泣きそうな顔で微笑んだ。

繋がったままの下半身にも刺激がいくように、体全体で甘いキスを再開する。ねっとりと舌が絡み合うと、一楓は広げた両脚を上下にゆっくりと動かしはじめた。

一楓に催促され、伊吹は小さく笑うと腰を動かす。

「はぅ……あぁ……っ」

伊吹の首に両手を回して密着し、一楓はより深層に伊吹を誘い込もうとする。

「は……、きみの締めつけ……やばい……」

息を大きく乱しながら、伊吹は快楽に目を細めた。

強烈に迫り上がってくるものが、快楽なのか愛なのかわからない。

しかし、どちらでもいい。自分は男で、彼女は女で。だからこそ得られる悦びであることには変わらない。男として見てもらえなかった昔とは、違う。

「一楓、僕を……僕を感じて……？」

自分はここにいる。ここから見つめている――

「ん……ああ、伊吹っ！　感じてるよ……伊吹っ、あぁ……っ」

一楓の瞳に映る自分の姿に気づき、伊吹は笑みを浮かべた。

ぐちゅんぐちゅんと淫らな水音が響き、情欲をさらに掻き立ててくる。

「ああ、すごい音……だね、一楓。僕ときみのいやらしいものがまざり合う音だ。舌を絡ませてキスをしているよりも、たまらない音」

「……っ」

伊吹は一楓の背中に手を回すと、仰向けに寝転んだ。そして一楓の腰を支えるようにして、彼女を自身の上に座らせる。

「あ……っ、深い……」

角度が変わった屹立に貫かれた一楓は、艶めかしく身を捩らせた。

伊吹は一楓の腰を前後に動かした。一楓は伊吹の脚に後ろ手をついて、揺り落とされないようにしていたが、悩ましげな喘ぎ声を大きくし、肢体を捩った。

ぱちゅんぱちゅんと音が響き、一楓の甘やかな声と重なる。

「ああ、またいやらしい音がしてきたね」

「そ、そんなこと……ああ、恥ずかし……、いい……っ」

「恥ずかしいのか、気持ちいいのかわからないね。あぁ……すごい、この音。僕のをすっぽりと咥え込んで、涎を垂らして……そんなに気持ちがいいんだ？」

「や……っ、見ないで……っ」

伊吹はまっすぐ見つめ、わざと一楓を恥ずかしがらせる。

気づけば彼は腰を動かしていないのに、くちゅくちゅと水音が聞こえていた。

「見るよ、一楓のすべてを。きりっとしている一楓、おとなしい一楓。恥ずかしがっている一楓、いやらしい一楓。どんな一楓も、僕は……ずっと見続ける。昔も今も……」

「……っ」

「わかってる？　一楓。もう僕はきみを動かしていない。気持ちがいいのは、きみが自分で腰を動かしているからだ」

「え、え……あぁ……ん……っ」

一楓はぎこちなくもしっかりと腰を揺らしている。

「ああ、きみの腰……すごくいやらしいよ。さすが優等生だね。セックスの勉強も優秀だ」

「そ、そんなこと……」

「一楓、今度は上下に動いてごらん。きみのいいところに、僕のを当てて」

一楓は彼と両手の指をしっかりと絡ませ合うと、怖々と腰の動きを変える。やがてその動きは、快楽を貪るかのように、安定したものとなった。

「あぁっ！　あぁ……だめっ、伊吹、あぁ……」

艶めかしい曲線を描く肢体が、快感に反り返る。するとそれを合図に、伊吹は下から激しく突いた。

「だめ、だめぇ！　伊吹、あぁ……っ！　おかしくなる、伊吹……っ」

一楓は髪を振り乱して腰を振った。

自分はずっと彼女に恋い焦がれて、溺れ続けている気がする。

いつだって、この蜜戯に夢中になる。これは、快楽に浸るひとときの戯れなどではない。

言葉では到底表現できないほどの、激しい愛の確かめ合いなのだ——

「あぁ、あぁぁぁ……っ！　伊吹っ、イっちゃう……！　わたしもう……」

一楓の濡れた瞳を切なげに見つめて、伊吹は彼女を抱きしめた。そして唇を奪いながら、下からの律動を激しくする。

「ん、んふぅ、んんんっ」

震える舌を吸い、舌先を絡めた。

心よりも言葉よりも近いところで、素の一楓を感じる。それをたまらなく嬉しく思いながら、伊吹は一楓の尻を鷲掴みにし、突き上げると同時に彼女の腰を自分に押しつけた。

「ああ、ああああっ！　いぶ、きっ……！　あぁ、伊吹……お腹……裂けちゃう……！」

自分の存在を彼女に知らしめながら、伊吹は一楓に笑いかけた。

「イク時は、僕とだ……。どこまでも、一緒に」

恋しくて恋しくてたまらない女性――

この愛の果てには、ふたりで行こう。

エピローグ

「あぁ……一楓、締めつけ……すぎ……っ」

髪先から汗を垂らし、苦悶の表情を浮かべた伊吹は、腰を打ちつけてくる。

伊吹をもっともっと深くに欲しくて、一楓はせがむように脚を彼に巻きつけた。

それを察し、彼は浅い息を整えながら、ゆっくりと奥深くまで腰を押し入れて回す。

「奥……っ！　ああ、奥に……すごい……っ」

一楓の足先にゆっくりと力が入り、丸まった。

「ここが、イイんだろう？　一楓は、奥が好きだね。は、ぁ……、奥を……突くと、ぎゅうぎゅうに締めつけてくる……。……あぁっ、気持ち、いい。一楓……たまらない」

熱に浮かされたような表情で、伊吹は一楓にキスをせがむ。

一楓は幸福感に満たされながら、彼のキスに応えた。すると胸の奥がきゅんとなる。

「いいよ……、伊吹、壊れていいよ……？　激しく、していいよ……？」

もっと素の伊吹が見たいと、一楓は思った。本能を剥き出しにしながら、我武者羅になって求められたい――そう思うのは我儘だろうか。

いつもいつも自分を翻弄する、愛おしい男性――

自分のように翻弄されて、いつもの余裕を崩してほしい。

「……僕は、いやらしい彼女に、せがまれているのかな……？」

はっと、乾いた笑いを見せながら、伊吹は腰を振って一楓を激しく揺さぶった。

途端に、一楓の思考は乱されてしまう。

「ああっ、ぁんっ、ああん……！」

快楽の波が次々に押し寄せ、甘ったるい声が止まらない。

「はぁ、はぁっ、もっと……啼いて。もっと……乱れて……」

それでも伊吹がまた乱れているのが、嬉しくて――

ふたりは喘ぎながら、両手の指を絡ませ合った。口づけを交わし、濃厚に舌を絡ませた後、伊吹は一楓の首に顔を埋めるようにして呟く。

「幸せなまま……きみと、ひとつに……溶けてしまいたい」

幸せと言いながら、その声は切なそうで――一楓は伊吹の頭に頬をすり寄せた。

「わたしも。……病める時も、健やかなる時も、死んでも、伊吹と……一緒にいさせて」

まるで結婚の誓いのような言葉に、伊吹の唇が震える。

「あなたが好きよ」

すると彼は、泣き出しそうな顔で言った。

「僕の人生を懸けて、きみを愛し抜く。……きみに僕の愛を捧げる」

Amour brûlant――そう口にした伊吹は、ネックレスに口づけて真摯な愛を誓う。

一楓は歓喜の涙を流した。それを見て切なげに目を細めた伊吹は、彼女の唇を奪うと、荒々しく最奥を穿った。

「一楓っ、一楓っ……好きだ。好きだよ……」

熱を帯びた声は掠れて、艶めかしい。伊吹に奥まで愛されている一楓は、返事の代わりに彼の首に両手を巻きつかせて、大きく啼いた。

共に揺れ、汗を散らしながら、ふたりはひとつのリズムをしっかりと刻んでいく。

「一楓、あ……、すご……、もっていかれそう、だ……」

「伊吹、伊吹、あぁっ、あああああ……」

快感の大波が一楓を押し上げる。

一楓の目の前が一気にスパークして、絶頂に駆け上がった。

「ああ、いぶ、きっ、イク、イっちゃう、あぁあああっ！」

大きく体を仰け反らせて爆ぜた瞬間、伊吹もぶるりと体を震わせた。

「——くっ！」

一楓の体を荒々しく抱きしめ、その最奥に目がけて熱を迸らせた。荒い息づかいに乗せて、薄い膜越しに彼の欲が何度も吐かれる。

……彼の痕跡が欲しいと、一楓の胎内がきゅうきゅうと啼く。彼を迎え入れたままの蜜壺は激しく収縮して、伊吹の熱い精をねだった。

「っ……一楓。結婚したら……、子供を、作ろう……」

乱れた息の中、伊吹は真摯な表情で彼女の腹を撫でる。

「僕ときみとで愛情を注いで育てるんだ。きっときみに似た、可愛く勇ましい女の子の気がする」

それは幸せな……もしもの話だ。一楓は伊吹の胸に頬をすり寄せて笑った。

「あなたに似た方が、いいと思う。行き遅れる心配ないし」

「僕は簡単に嫁に出さないからな」

「ふふふ。そうだね、伊吹はお婿さんにはすごく厳しそう」

「ああ。きみとの子を、どこの馬の骨ともわからない奴に、簡単に渡せるものか」

「その前に、ちゃんとプロポーズをしないとね」

ふたりは額（ひたい）同士をこつんとぶつけ合い、笑いながらキスをする。

まだ見えぬ未来に夢を馳（は）せ、また濃厚に互いを求め合うのだ――

「い、伊吹、もう駄目……、……これ以上は、腰が抜けちゃう……」

息も絶え絶えの彼女が白旗を揚げる。

「じゃあ抜けないように今から腰を鍛（きた）えようか。……あぁ、きみの中は大歓迎のようだね」

彼は絡みつく彼女に恍惚（こうこつ）として笑う。

「本当に……あぁんっ、もう、駄目！　駄目ったら……」

「ふふ、きみの駄目は、もっとしてのおねだりの意味だよね。ほら、いやらしい音がしてきた」

「……っ、それ以上は……嫌いになるという意味の、駄目！」

それはもちろん、意地っ張りな彼女の強がりだけど――

「な……っ、悪魔かきみは！」

「悪魔は伊吹でしょう⁉」

それでも、悪魔で意地悪な彼は幸せそうに微笑む。

「――好きだよ」

だから彼以上に、飽（あ）くまで伝えるのだ。

「こっちは愛している」

伊吹の左手の薬指を握りしめながら。

ふたりは、切なる願いをのせて再び愛を重ね合う。

あくまで不埒（ふらち）にはじまった蜜戯（みつぎ）が、永久に続く愛の証（あかし）となりますように、と――

書き下ろし番外編

それは、あくまで不埒(ふらち)で至福な宴(うたげ)にて

六月大安のその日、梅雨入りとは思えないくらい、澄んだ青空が広がっていた。

ジューンブライドに相応しい、爽やかな天候に恵まれた中、都心にある高級ホテルの広間で、これから披露宴が行われようとしていた。

招いたゲストは百名強。『瀬名グループ』の御曹司という新郎の肩書きを思えば少ないが、新郎新婦自身が今まで関わり、本当に招待したい人物を厳選した結果だ。

自分たちらしい宴にしたいとの強い意志に、瀬名グループの総帥である新郎の父親も了承し、この日ばかりは厳格な顔を崩して、にこにこと嬉しそうだった。

父親の横には、新郎――瀬名伊吹の兄弟が円卓についている。長身で凛然とした男性たちで、伊吹を含めて三人ともタイプが違う美形だ。参列した女性たちの熱い視線を浴びているが、それに気を留めることもなく、リラックスして談笑している。

対して新婦――設楽一楓の家族は、終始がちがちに固まっていた。

家で影が薄いとされる父親は、今でこそ社員に慕われる会社社長をしているが、それまでその会社から解雇されるという憂き目にあっていた。

それを救ってくれた恩人が、長女の結婚相手である新郎とその父なのだ。

一楓が結婚するのは、玉の輿という意味以上に、あまりにも大きすぎる相手。それを象徴するかのように披露宴会場があまりに豪華で、家族は気圧されたのだ。

とはいえ、両親が緊張に弱くすぐに動揺しやすい分、三歳違いの双子の妹弟は、一楓によく似てしっかり者に育った。少し前に教会で挙式した際も、一楓とバージンロードを歩く予定の父親が、緊張のあまり手洗いから出てこないと知るや、弟が連れ戻した。

腹に手をあてた父親と心配そうな一楓がバージンロードを歩くのを見て、息を飲んで見つめていた母親は貧血を起こしかけたが、妹のおかげで事なきを得た。

そんなトラブルはあったものの、新郎と新婦の誓いのキスを見ると、家族全員が大泣きである。家族にとって一楓は、愛する自慢の長女で姉だったのだ。

「ふふ、きみの家族は本当に愛情に溢れて温かいね」

伊吹が羨ましそうにそう囁くから、一楓はこっそり教えてあげた。彼の父だけではなく、伊吹と交流がないはずの兄弟の目も、潤んでいることを。

どんなに複雑な環境にあっても、どんなに格差があっても、血が繋がる家族を送り出す心境は変わらないのかもしれない。

司会の声とともに披露宴会場が暗くなり、大きく開かれた扉から、スポットライトを浴びた新郎新婦が入場する。

白いタキシードが美貌に映える伊吹と、純白のウェディングドレス姿の一楓である。

一楓のドレスは、シンプルながらも波打つような立体的なフリルが美しく、彼女のプロポーションと姿勢のよさを強調していた。

ふたりが音楽とともに入場するや否や、パシャパシャとカメラで撮影をはじめるのは、高校の同級生であり、会社の同僚でもある岩本典枝だ。

一楓はすぐに典枝に気づき、はにかんだように笑うと、控え目に手を振った。

「委員長、最高！」

典枝はぼろぼろと泣きながら親指を突き出して応え、それに対して、伊吹が当然というべきドヤ顔で笑ってみせる。

「わかったよ。王子社長が選んだんだから、最初から最高のお姫様だものね」

その答えに満足したらしく、伊吹は笑った。いまだ不愉快そうな顔ばかり典枝に向ける伊吹だが、今日ばかりはご機嫌のようだ。

あまりにも美しい新郎新婦に、ゲストたちはどよめきながら祝福の拍手を送る。

特にふたりの昔を知る、高校の同級生たちは大歓声。彼らに負けじと声を上げるのは、伊吹が社長を務めるイデアシンヴレスの社員たちだ。

その両方に在籍するのが情報担当の典枝と、営業担当の有島健人で、一応は社員用の円卓についているものの、同級生たちとも一緒になって盛り上がっている。

ふたりが粛として席に座ると、宴がはじまった。

伊吹は元々こうした〝主役席〟には座り慣れているため堂々としているが、いつも裏方を担当していた一楓は、とても居心地が悪い。

さらに新郎新婦の紹介、主賓者の挨拶で、一楓自身のことに触れられると、伊吹の隣にいるのが気恥ずかしく思えてしまい、自然と顔を俯かせてしまう。

すると、すっと伊吹の手が一楓の手を握る。

「一楓。もっと胸を張って」

小声で囁かれた。

「僕と同じ高校、僕と同じ大学、僕と同じ会社に勤めて、同じ時間を歩んできたんだ。……見てごらん、特に同級生たちや社員たちのあの鼻高々な顔。彼らがきみの頑張りと優秀さを証明してくれている。きみの家族と同様、きみは彼らの自慢なんだ」

「……っ」

「父さんだって、むかつくくらい機嫌がいい。あれはきっと、素晴らしい花嫁さんだって、みんなから褒められているんだよ。兄弟たちも、純粋に感嘆しているし。なにも恥じることなどない。きみは僕の自慢の花嫁なんだ。僕が世界でただひとり、選んだきみのその顔を、みんなに見せてあげて」

伊吹の言葉に、一楓は頷いて顔を上げた。

いつだって、一楓を救ってくれるのは伊吹だ。

伊吹の言葉だから、信じられる。

「そう。それでこそ、僕が好きな一楓だ」

……いつまでもときめいていられる。

乾杯が終わり、会食がはじまる。

食事は伊吹と何度も試食して選んだものだ。

フランス料理がベースではあるが、格式張った洋食が不得意なゲストもいるだろうかと、和食と融合したような創作フレンチにして、箸でも食べられるように気を配った。

試食時より美味しい気がして、一楓は伊吹と笑顔を向けあう。

「次はケーキ入刀です」

司会の声がして、ふたりは椅子から立ち上がる。

「本日のケーキは、新婦の弟、葉一さんが学生時代にアルバイトをしていた、人気洋菓子店『Lune en croissant』より、特別五段ウェディングケーキを……」

妹と弟が、ケーキはぜひプレゼントさせてほしいというため任せた。

一楓はその洋菓子店を知らなかったが、伊吹は知っていたらしい。

『前に僕の師匠から、そこのケーキがお勧めだと、画像が送られてきたんだ』

その師匠は今日、抜け出せない仕事があるために、生憎欠席となった。

正直妹弟が、五段ケーキを奮発するとは思わなかっただけに、師匠が出席していればきっと、目からも満足してもらえただろうにと、一楓は残念に思う。

巨大で豪華な五段ケーキを運んできたのは弟で、妹はなぜかパティシエの帽子を頭に載せて現れた。なぜ帽子を被っているのだと思っていたら、司会者が説明する。

「妹の一葉さんは、大好きなお姉さんとお義兄さんのためにと、この洋菓子店のスイーツスクールへ通い、この五段ケーキの最上段を作られました」

サプライズだ。一楓は驚いて妹の顔を見ると、彼女は一楓とよく似た顔で笑った。

「お姉ちゃん、おめでとう！　伊吹さんと幸せになってね。祈りを込めて作ったわ」

みんなの前だというのに、一楓は妹を抱きしめて大泣きである。

「一葉ばっかり……！」

嫉妬する弟を、笑って抱きしめたのは伊吹だった。弟は、それに満足したようだ。

司会の声で、一楓は伊吹とともにナイフを握ったが、その手はふるふると震えた。

「一葉がわたしのために作ってくれたケーキに、ナイフを入れるなんて……」

すると妹は、時間を気にしている司会者をちらりと見て、伊吹に言う。

「伊吹さん。時間が押してしまうので、遠慮なく、ぐさっといってください。ぐさっと」

意外に男前な妹は別のホテルに勤めている。ホテル側に迷惑をかけないように気を配って伊吹を急かし、伊吹は本当に遠慮なくナイフに力を込めた。またもや一楓は泣いてしまったが、伊吹に食べさせてもらったそのケーキの味は格別で、泣きながら笑った。

お色直しは一度。できるだけゲストとともに、一緒にいたかったからだ。

着替えたのは和装だ。伊吹はその瞳と同じ濃藍色の紋付き羽織袴を、一楓も伊吹と同じ艶やかな濃藍色の色打ち掛けを着た。着物には赤いアクセントが入っている。

各テーブルにキャンドルを灯して席に戻れば、余興のスタートだ。

余興は同僚たちと同級生たちが名乗り出てくれたが、なにをしようとしているのかは知らされていなかった。

イデアシンヴレスからは一楓のプロジェクトチームの、葛西、宮部、太田、矢田が出てきて、壇上に用意されていた楽器を持った。

「音楽！　よく練習する時間があったものね」

「まあ、会社がオフホワイトくらいになったから、練習できたのだろうな」

「ふふ。あれ、幸子ちゃんがいない……？　あ、きた……幸子ちゃん、だよね？」

遅れて入ってきた幸子と思われる女性は、眼鏡を外し別人のように綺麗だ。

長い裾の黒コートに着替えた彼女は、マイクを握った。どうやらボーカルらしい。

そして彼女は、そのままアカペラを披露した。

それはシューベルトのアヴェ・マリア。心洗われるかのような美声だ。

誰もがうっとりとその声に聞き惚れていた時である。

突如ドラム席にいる葛西のカウントがはじまり、宮部の五弦ベースが走る。エイトビートのリズムに乗って、矢田と太田のツインギターが冴え渡った。

なにが起きたのかと驚くゲストたちをよそに、幸子はコートを脱ぐ。

現れた衣装は、エナメル地のパンクロック調のものだ。そして彼女は叫ぶ。

「OK、OK。イデアシンヴレスの最高で最強のふたりを称えて、『オレッチーズ』リーダー宮部作詞作曲、『ブラック上等　Don't　恋』いくぜぇぇぇぇ！」

幸子に応え、「いくぞぉぉぉ！」とノリノリなのは、その他の同僚と同級生たち、壁際のカメラ係をしている典枝だ。

彼らが煽る中、幸子の歌は広音域を難なく奏で、シャウトやデスボイスも披露する。

……上手い。とにかく歌も演奏もプロ並みだ。

「ねぇ、伊吹。あの五人がバンド経験者だとか、聞いたことあった？」

「いや。溜まりまくったストレスを発散したら、上達していたっていうオチじゃ？」

「……ありえそう」

真実はわからないが、引き気味だった年配者も次第に全身でリズムを刻み、手拍子をはじめる。一楓も部下たちの意外な一面を知って大興奮で手拍子をはじめ、最初は呆気にとられていた伊吹も、やがて苦笑しながら、一楓とともに手拍子をするのだった。

『オレッチーズ』は大盛況の中で演奏を終えたが、そのまま幸子がキーボードを弾き、同級生たちの余興のBGM役に徹するようだ。

照明が暗くなり、大きなプロジェクターが天井から下りてくる。

映し出されたのは、懐かしき高校時代のスライド写真だ。

同級生たちが持ち寄った写真を集めたのだろう。

そこにはたくさんの笑顔が映されており、一楓と伊吹も交ざっていた。

写真を撮られた記憶はないのに、写真を見ると思い出す。

委員長と呼ばれ、同級生たちをとりまとめるのに苦労しながらも、伊吹や有島、そして典枝のおかげで一丸となり、みんなでともに泣いて笑って過ごした青春の日々。

あんなにもっさりとして田舎くさい自分に、ついてきてくれた優しい仲間たち。

目頭を熱くさせて追憶していると、伊吹がそっと手を握った。

……そう、その青春には、伊吹がいた。

確かに、同じ時間を共有していたのだ。

映像は伊吹と有島の生徒会時代になった。

誰かにカメラを向けられ、ふたりともに笑った……そういう時期もあったのだ。

伊吹は何も言わず、ただ一楓の手を握りながら映像を見ていた。

そんな時に、響いてきたのは有島の声だ。

「私たちが高校時代を思い出す時、必ずそこに瀬名くんと一楓さんがいます。生真面目で誠実で、どんなにつらい状況になってもへこたれず、協調の道を探す。みんなが安心して頼った根性の委員長、一楓さん」

有島の後ろには、同級生たちが立っている。

「そしてどんなに不可能と思われることでも、必ず可能にした……無敵な生徒会長、瀬名くん。彼が目立っていたのはその肩書きや美貌、優秀さだけではなく、常にみんなにとっての一番を考え、叶えてくれること。みんなが慕う王子様でした」

伊吹は、じっと有島を見ている。

「天才と言われながらも、その影ではひたむきに努力している。なんでも手に入れられる環境にあるのに、彼が求めるのは名誉ではなかった。求めていたのはただひとりの女の子。ずっとずっと一楓ちゃんを目で追っていたね。瀬名」

映像が切り替わる。

それは、遠くから一楓を見つめている伊吹の姿だった。

別写真になっても、様々な角度から、伊吹は一楓を見つめている。

見ているだけで切なくなりそうな、そんな表情をして。

一楓は初めて見る写真の伊吹に、きゅんと胸が締めつけられた。

「……っ、岩本か、あの写真は……！」

伊吹は小さく舌打ちする。

「この写真では瀬名の一方通行だけど、いつからか、一楓ちゃんにも変化があった」

映像は今度、一楓の写真に切り替わる。

それは高校三年の秋あたりのものだ。

一楓は純粋に驚いた。伊吹と不埒な戯れをした後は、彼を徹底的に無視していたつもりだったのに、自分の目は明らかに伊吹を追っていたからだ。

ああ、この時から……彼を意識していたのか。

こんなに恋しそうな顔をするほどに。

無自覚のまま同じ大学へ入り、卒業間際に伊吹に声をかけられ、同じ会社に勤めた。

それから数年、幾多もの思い出があった。喜びや悲しみの影に、いつも伊吹がいた。

どんなに彼との記憶を排除しようとしても、排しきれない想いがあった。

かけがえのないパートナーだと思えるほどに、その想いは育った。

「恋を拗らせて遠回りして、それでも諦めずに恋を実らせて結ばれたきみたちを、俺たちは心から祝福する。俺たちにとってきみたちは青春の象徴だ。俺たちが今でも大好きなふたりの結婚は、本当に心から嬉しいよ」

そして有島は後ろに合図を送ると、全員で声を揃えた。

「瀬名王子、委員長！　本日はご結婚おめでとうございます。末永いご幸福を！」

一楓と伊吹は立ち上がると、有島と背後にいる同級生たちに向けて頭を下げた。

「このお祝いの言葉を、友人代表のご挨拶に代えさせていただき……ガンちゃん、交代」

有島がマイクを渡したのは、鼻を啜る典枝だ。

「せっかくのハレの日、しんみりするのはらしくないね。だったら、いくよ！　元新聞部で荒稼ぎさせてもらった、若かりし瀬名王子のピチピチセクシーショット十連発！」

軽快な演奏に乗せて、典枝のかけ声とともに映像は切り替わり、着替え中の伊吹、水道で濡らした髪を掻き上げている伊吹、文化祭でなにかを試食した後なのだろう、指を舐めている伊吹……などが映し出される。

高校生とは思えないほどの妖しげな色気。ゲストたちの歓声が沸き起こる。

一楓もそのひとりで、顔を熱くさせている。

「あいつ……盗み撮り、まだ持っていたのかよ。……一楓まで！　きみはあの頃から、生身の僕を隅々まで知っていただろう？　何度も、その体で、思いきり！」

「そ、それとは、別に……。目の保養というか……」

あの不埒な蜜戯の記憶は、長年触れることは禁忌だった。

しかしあれがあったからこそ、今のふたりがいると考えれば、あの交わりは、永遠の愛を誓いあうための、神聖な儀式であったような気すらしてくるから不思議だ。

「そして……委員長に捧げる、一枚！」

それは、生徒会室の生徒会長席でうたた寝をする伊吹に、有島が悪戯をしようと顔を近づけているものだ。

黄色い歓声の中、一楓の中で完全に封じていたはずのBL魂が刺激される。

「欲しい……！　あの写真、家宝にしたい！」

「しなくていいから。……岩本！」

伊吹は怒鳴りながら、花嫁の目を手で塞ぐ。

そんな伊吹の慌てぶりは、この場では笑いを誘う要素になる。

会場が賑やかになったところで、典枝からのサプライズ余興は終わった。

楽しい時間は瞬く間に過ぎゆき、最後の山場、花嫁の挨拶となる。

両親の前に立ち、一楓は用意した紙を広げて読もうとしたが、すぐにそれを畳んだ。

「色々と言いたいことが多くて、紙にまとめるのにも時間がかかったけど、綺麗な言葉をつらつらと並べるよりも、今込み上げているものを言葉にしたいと思います」

一楓は言った。

「お父さん、お母さん。わたしを生んでくれてありがとう。わたしに可愛い弟と妹をくれてありがとう。楽しい毎日の中で、育ててくれてありがとう。……お父さんとお母さんのおかげで、わたしは……伊吹さんという素晴らしい男性と巡り会うことができました。わたしね、幸せなの。家族だけではなく、たくさんの友達とたくさんの仲間と、たくさんのひとたちに祝福してもらえて。生まれてきてよかった！」

一楓は涙をこぼしながら、笑った。

「これからもずっと大好きよ。お父さん、お母さん。わたしも、伊吹さんとふたりの家庭を愛に溢れるものにしていきたいと思っています。わたしたちを見守っていてね」

一楓の父親は天井を見ながら泣き、母親は一楓を抱きしめておいおいと泣く。

やがて両親は涙を拭い、父親は、一楓のそばに立つ伊吹に言った。

「伊吹くん。うちの可愛い娘を、どうか頼むよ。きみに託すぞ！」

「はい。必ず、一楓さんを誰よりも幸せにします」

伊吹は義父の顔をしっかりと見つめて、その手を強く握って断言してみせた。

一楓は、伊吹との過去のあれこれを思い出す。

『きみを抱こうと思う変わり者が、この先僕以外に現れると思ってるの？』

『僕の会社に来ない？』

『抱きたいんだ、ただの男として』

……つらかった。苦しかった。それでも……伊吹を憎めなかった。

すべての思い出が煌びやかな断片となり、今日の門出を華やがせる光彩となる。

過去だけではなく未来もずっと、伊吹と同じ時間を生きていきたい——そんな決意を改めて固めた一楓に、伊吹が真剣な面持ちで語りかけた。

「一楓、必ず幸せにする。笑顔に満ちた家庭にしていこう」

愛おしい濃藍色の瞳に魅入られる。

「ええ。わたしも必ず、あなたを幸せにしてみせるわ」

互いに笑みがこぼれて、自然と唇が重なり——そして一楓ははっとする。

公衆の面前であることに。

伊吹の胸を叩いてそれを告げても、伊吹は唇を離すことはなかった。それどころか濃厚さを増してきて一楓は焦るが、伊吹の唇もまた涙の味がしていることに気づく。

それを知らないゲストたちは、これは惚気だ、不埒だ、見せつけるなと騒いでいる。

高校時代、あくまで不埒にはじまった、ふたりだけの〝秘蜜〟の戯れは——この日、永遠を誓う真実の愛となった。

たくさんの祝福の拍手と歓声に包まれる中、ふたりは額をこつんとぶつけ、囁きあう。

「——一楓、愛してる」

「わたしもよ、伊吹」

至福に満ちた心からの愛を、かけがえのない伴侶に。

ふたりは手を握りあうと、どこまでも幸せそうに笑うのだった。

〜大人のための恋愛小説レーベル〜

ETERNITY エタニティブックス

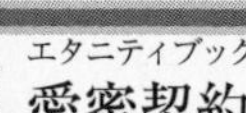

四六判
定価：1320円（10％税込）

エタニティブックス・赤

愛蜜契約
〜エリート弁護士は愛しき贄を猛愛する〜

奏多(かなた)

装丁イラスト／石田惠美

父の法律相談事務所で働く凛風(りんか)は、倒れた父の代わりになる弁護士を探していた。そんな彼女の前に有名弁護士・真秀(まほろ)が現れる。凛風は彼に事務所の立て直しを頼むと、真秀は彼女に身体を差し出すよう条件を突きつけてきた。実は彼は失踪した幼馴染で……!?

四六判
定価：1320円（10％税込）

エタニティブックス・赤

その愛の名は、仁義なき溺情

奏多(かなた)

装丁イラスト／夜咲こん

母親の再婚で、ヤクザの組長の娘になった藍(あい)。とある事情で組が解散したのち、ひっそりと暮らしていた彼女は、ある日運命の再会を果たす。取引先の社長が、なんと組の元若頭・瑛(あきら)だったのだ！　彼は変わらず藍を「お嬢」と呼び、さらには仕事を盾に迫ってきて……!?

※エタニティブックスは大人の女性のための恋愛小説レーベルです。ロゴマークの色で性描写の有無を判断することができます（赤・一定以上の性描写あり、ロゼ・性描写あり、白・性描写なし）。

詳しくは公式サイトにてご確認ください。
https://eternity.alphapolis.co.jp

携帯サイトはこちらから！

〜大人のための恋愛小説レーベル〜

エタニティブックス
ETERNITY

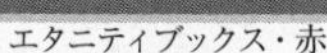

四六判
定価：1320円（10% 税込）

エタニティブックス・赤

若旦那様、もっとあなたの愛が欲しいのです

奏多（かなた）

装丁イラスト／さばるどろ

老舗温泉旅館で仲居として働く雫（しずく）は、幼馴染であり旅館の若旦那でもある瑞貴（みずき）の婚約者。トラブル回避のため、そのことは秘密にしていた。結婚の話はなかなか進まず悩んでいたある日、ひょんなことから若旦那が夜の街に出入りしていると知ってしまい——!?

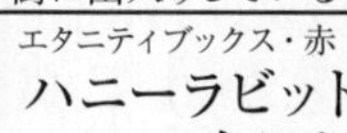

四六判
定価：1320円（10% 税込）

エタニティブックス・赤

ハニーラビットは、今日もつかまらない

奏多（かなた）

装丁イラスト／若菜光流

俊足と体力を活かし総務として駆け回る月海（つぐみ）は、なぜか美形専務に嫌われていた。しかし、ある日、彼女はパーティーで専務のパートナーを務めることに。怯えるばかりの月海だが、彼の優しさや甘い言動に翻弄される。彼はそれ以来、彼女を囲い込もうとしてきて——!?

※エタニティブックスは大人の女性のための恋愛小説レーベルです。ロゴマークの色で性描写の有無を判断することができます（赤・一定以上の性描写あり、ロゼ・性描写あり、白・性描写なし）。

詳しくは公式サイトにてご確認ください。
https://eternity.alphapolis.co.jp

携帯サイトはこちらから！

エタニティ文庫

すべてを奪い尽くす激愛

愛に目覚めた冷徹社長は生涯をかけて執着する

エタニティ文庫・赤　桔梗 楓（ききょう かえで）　装丁イラスト／逆月酒乱

文庫本／定価：704円（10％税込）

厄介な家族の妨害により、人生を滅茶苦茶にされてきた志緒（しお）は、唯一の味方だった祖母を亡くし、悲しみに暮れていた。そんな志緒を救ったのは、取引先の社長である橙夜（とうや）。彼女に好意を寄せていた彼は、志緒の笑顔を取り戻すためならなんでもすると愛を囁いて……

※エタニティブックスは大人の女性のための恋愛小説レーベルです。ロゴマークの色で性描写の有無を判断することができます（赤・一定以上の性描写あり、ロゼ・性描写あり、白・性描写なし）。

詳しくは公式サイトにてご確認ください。
https://eternity.alphapolis.co.jp

携帯サイトはこちらから！

エタニティ文庫

心も身体もご賞味されちゃう!?

敏腕コンサルと甘く淫らな同居生活始めます

エタニティ文庫・赤　小日向江麻（こひなたえま）　装丁イラスト／すがはらりゅう

文庫本／定価：704円（10％税込）

みやびの実家は、廃業寸前の洋菓子店。このままだと、一家心中か極悪大家のお妾（めかけ）さんコース……そんな彼女の前に現れたのは、ドSな敏腕コンサルタントの朔弥（さくや）だった。彼は店を立て直してくれる代わりに、みやびに住み込みのハウスキーパーを依頼してきて——!?

※エタニティブックスは大人の女性のための恋愛小説レーベルです。ロゴマークの色で性描写の有無を判断することができます（赤・一定以上の性描写あり、ロゼ・性描写あり、白・性描写なし）。

詳しくは公式サイトにてご確認ください。
https://eternity.alphapolis.co.jp

携帯サイトはこちらから！

本書は、2018年12月当社より単行本として刊行されたものに、書き下ろしを加えて文庫化したものです。


この作品に対する皆様のご意見・ご感想をお待ちしております。

おハガキ・お手紙は以下の宛先にお送りください。

【宛先】

〒150-6008 東京都渋谷区恵比寿4-20-3 恵比寿ｶﾞｰﾃﾞﾝﾌﾟﾚｲｽﾀﾜｰ 8F
（株）アルファポリス　書籍感想係

メールフォームでのご意見・ご感想は右のＱＲコードから、
あるいは以下のワードで検索をかけてください。

ご感想はこちらから

エタニティ文庫

それは、あくまで不埒(ふらち)な蜜戯(みつぎ)にて

奏多(かなた)

2022年6月15日初版発行

文庫編集－熊澤菜々子
編集長－倉持真理
発行者－梶本雄介
発行所－株式会社アルファポリス
〒150-6008 東京都渋谷区恵比寿4-20-3 恵比寿ｶﾞｰﾃﾞﾝﾌﾟﾚｲｽﾀﾜｰ8F
TEL 03-6277-1601（営業）　03-6277-1602（編集）
URL https://www.alphapolis.co.jp/
発売元－株式会社星雲社（共同出版社・流通責任出版社）
〒112-0005 東京都文京区水道1-3-30
TEL 03-3868-3275
装丁イラスト－花岡美莉
装丁デザイン－ansyyqdesign
印刷－中央精版印刷株式会社

価格はカバーに表示されてあります。
落丁乱丁の場合はアルファポリスまでご連絡ください。
送料は小社負担でお取り替えします。
©Kanata 2022.Printed in Japan
ISBN978-4-434-30429-3 C0193